MORE
THAN

她的孩子氣

FRIENDS

我對他的喜歡，
就像是用鉛筆用力寫下後再擦掉，
清清楚楚，又欲蓋彌彰。

敘娜
著

第一章　以家人之名

正逢週日，晴光宜人，幾縷潔白的雲絲緩緩飄過楓鄰醫院上頭。

三十歲的越籍女子烏荻，提著兩盒湯包上了醫院九樓，一走出電梯，便能聽見從九〇七號病房傳來的歡快笑聲，烏荻臉上漫過一絲笑容。她負責照看一名叫做吳萍月的老婦人，今年六十五歲，因慢性腎臟病住院已有兩個多月。在醫院裡待久了，吳萍月的脾氣漸漸變得有些浮躁，能讓她笑得那麼開心的，就只剩下那個人了。

「阿嬤，我是跟妳說眞的啦！妳都不相信！」秦小希坐在吳萍月的病床邊，替吳萍月捶背，故意撅起了嘴。

「好好好，所以你們那個什麼靈異偵探社，因爲社員們膽子都太小了，一直沒能有什麼偵查結果，就被廢社了？」

秦小希留意到走進病房的烏荻，禮貌地和對方點了頭，才又開口，「對啊，所以我一定要趕快再找個社團收留我，不然社團成績就完蛋了。」

吳萍月笑著說：「我看妳就去臭小子的社團和他作伴好了。」

吳萍月口中說的，自然是自家孫子。

「阿嬤，江敏皓在跆拳道社欸，我又不會跆拳道，去那裡幹麼？」

「幫我看著他有沒有在學校惹事啊！阿嬤住院後，最放心不下的就是他了。」

秦小希的父親和江敏皓的父親是老同學，秦小希對於江爸爸的印象很模糊，只記得他總是一身西裝筆挺。吳萍月曾說，江敏皓的父親從商，時常爲了工作飛來飛去，而母親在他三歲那年就因病過世了，因此江敏皓由她一手帶大，祖孫兩人相依爲命。

江敏皓和秦小希在小學時是同班同學，國中就讀不同學校，上了高中後，又再次成爲同班同學。在其他人眼中，他倆就是青梅配竹馬，但秦小希覺得這個說法太矯情，江敏皓反而比較像她的弟弟，成天追在她屁股後面，甩都甩不掉。

秦小希有個哥哥，名叫秦棋書，她父親秦硯希望兒子琴棋書畫樣樣精通，只可惜事與願違，讓秦硯恨鐵不成鋼，卻在鐵的紀律下意外發現兒子非常耐打，於是秦棋書六歲那年就被送去學跆拳道，並不負眾望地抱了很多獎盃回家。

秦小希小學二年級那年，父親離開待了多年的油品公司，開了一間麵店，了無新意地取名爲秦家麵館，自那以後，每天晚上秦小希都會送兩碗麵到江敏皓家。

「小希，六點了，妳幫媽媽送兩碗麵去小江阿嬤家。」王菱貞總是在秦小希看《美少女戰士》時，無情地關上電視機，嘴裡叨念著：「快去快回，免得麵要爛了。」

起初，吳萍月不好意思白白收下秦家的心意，然而秦小希有「絕不能收錢」這道命令在身，每當吳萍月一掏出錢，秦小希就嚇得馬上跑回家，跑得不夠快還會被王菱貞罵。她也因此鍛鍊出一雙飛毛腿，一百公尺短跑總是能拿下全班第一名。

有回，班上作文考試的題目是「我的媽媽」，秦小希終於逮到機會宣洩積壓已久的不滿，通篇抱怨王菱貞不給她看卡通、晚餐菜色變不出新花樣，還有零用錢總是很少。

當時老師去開導師會議，幾個同學圍著江敏皓的位置，有人伸手要搶他的作文紙，有人譏笑他沒有媽媽，江敏皓忍著眼淚，緊緊捏著手裡的空白試卷。

「沒有媽媽的小朋友好可憐。」一名同學嘴裡嚷著，其他人也跟著竊竊私語，江敏皓紅著眼眶，一言不發。

看著那一幕，秦小希像是眼睛裡扎進一根刺般地難受。

她放下筆，大聲說：「江敏皓，我媽就是你媽。你如果作文寫得太爛，以後就沒有麵吃了！」

說完，秦小希刻意不去看江敏皓的表情，任由心臟咚咚咚地跳，有同學故意起鬨，說她喜歡江敏皓，她始終沒有作聲，鬧了一陣，眾人最後自討沒趣地散開。

那次的作文考試，江敏皓拿了全班最高分，從此班上再也沒有人嘲笑他沒有媽媽。

也是從那天以後，江敏皓更勤勞地跑到她家麵館，常常一下課就到店裡幫忙洗碗，比她這個女兒更像親生的。王菱貞在讀了江敏皓和秦小希的作文後，便把江敏皓視爲失散多年的兒子，至於秦小希應該是當年不小心抱錯的孩子。

往後每年母親節，江敏皓都會送一朵康乃馨給王菱貞，而王菱貞只要一提到江敏皓，眼裡是藏不住的喜悅與驕傲。

小時候秦小希跟秦棋書天天打架，江敏皓總是會跳出來護著她，卻被秦棋書一腳踢到地上。通常只要他哭了，王菱貞就會衝出來追著自家兒女打。後來，王菱貞索性也送江敏皓去學跆拳道，過了幾年，每每帶回獎盃的就是江敏皓了。

這麼多年過去，王菱貞似乎也如秦小希所言，成了江敏皓的媽媽。

轉眼間，江敏皓與秦小希升上高中二年級，此時的江敏皓已被譽爲槐城高中的跆拳道男神。一百八十五公分的身高，讓他得彎著身子才進得了秦小希家的廁所，再加上一張清俊陽光的臉蛋和跆拳道黑帶，讓他在學校裡呼風喚雨，神氣得很。

大家都知道江敏皓有個情同手足的青梅竹馬秦小希，在學校裡流傳著一個說法——若想把江敏皓手到擒來，必須先搞定以家人之名在他身旁晃悠的秦小希。

於是江敏皓的愛慕者們都打聽到秦小希喜歡吃哪一款零食，還有瘋狂的愛慕者能知道她何時來月事，會體貼地遞上衛生棉，像隨從似地陪她去廁所，或偷偷塞巧克力在她的抽屜。在她忘記寫作業或不想做値日生的時候，更有一堆女同學會自告奮勇代勞，只求能給秦小希留下好印象。

仗著江敏皓從未交過女朋友，秦小希在學校裡過得順風順水，簡直像神壇上的神明般被細心供奉著，逐漸有女同學開始心生不滿，暗地叫她「秦小姑」。

在學校裡天不怕地不怕的秦小姑，唯一只怕學生會的會長余禾晉。

余禾晉是三年一班的學長，家境富裕、言行舉止輕浮，明眼人都看得出他對秦小希有意思，導致秦小希但凡看見他就想躲。

午休時間，前座的黃亭回頭喚了秦小希一聲：「走廊上有人找妳。」

黃亭是秦小希在班上最要好的朋友，這件事有個大前提——黃亭不喜歡江敏皓。

秦小希循著黃亭所指的方向往走廊上看過去，正好對上余禾晉朝她揚起的笑臉，頓時感到不寒而慄。

「學長，你找我？」秦小希走出教室，刻意和余禾晉維持一公尺遠的距離，臉上綳著客套的微笑。

余禾晉注意到秦小希的反應，斂起笑容：「聽說靈異偵查社被廢社了，妳決定好要加入哪個新社團了嗎？」

「我想去的社團全都額滿了。」秦小希據實以告。

余禾晉遞出一張入會申請單給她，「那妳加入學生會就好了啊！放心，我一定會讓妳很舒服的，有我在妳完全不用擔心，況且有這方面的社團經驗，對妳未來申請大學也很有幫助。」

秦小希覺得余禾晉的言詞已經構成性騷擾，但她不想惹事，便默默地收下申請單，「我會考慮的。」

余禾晉見她猶豫，作勢長嘆了一口氣，「學生會名額有限，我可是特別幫妳留了一個位子，我只能等妳到明天放學，有意願的話就在時限內過來交申請單……」

「小希。」

兩人的對話硬生生被另一道男聲打斷，秦小希回過頭，只見江敏皓從教室裡走了出來，先是掃了一眼余禾晉，隨後又把視線落在秦小希身上，仗著身高優勢伸手扣住她的脖子。

「我要去社團訓練了，妳陪我一起走吧！」

語畢，江敏皓便架著她往樓梯的方向走，站在原地的余禾晉臉色倏地一沉。

待兩人步下樓梯後，秦小希才揮開男孩架著她的手臂，「你剛才是故意的吧？」

江敏皓輕輕一笑，「希媽說高中男生都不是好東西，要我好好看著妳。」

秦小希嗤之以鼻，做了個鬼臉，余禾晉是不是好東西，她當然看得出來。

槐高體育館在午休時間時常擠滿人潮，女同學們不睡午覺，爲了更靠近跆拳道男神；男同學們不睡午覺，則是爲了看看究竟是何方神聖騙走了自己心儀的女同學。

秦小希盤腿坐在體育館的地上，遠望著穿著一身白色道服的江敏皓，那人的一舉一動牽動著館內所有女孩的目光，除了秦小希。她默默地想，要是那些女生看過江敏皓小時候吸著鼻涕吃麵的樣子，還會視他爲男神嗎？

中場休息時，江敏皓看向秦小希，與她四目交接，接著他微微一笑，筆直地走向她，坐在秦小希身後的女同學見狀，均是一陣鼓譟。

男孩走到秦小希面前彎下身子，臉上笑容依舊，「希媽說今天棋書哥會回家過週末，讓我們放學早點回去。」

秦小希自動忽略身後的竊竊私語，「我哥要回家過週末，爲什麼你會比我先知道？」她有時候眞的覺得自己是家裡最不得寵的。

男孩先是掃了眼體育館另一側的教練，才道：「比賽快到了，我放學後的訓練可能會拖到一些時間，妳要先回家還是等我？」

相較於秦小希，江敏皓對她說話的口吻總是藏著令人羨慕的溫柔，秦小希身後的女同學們都發現了，估計只有兩個當事人沒發現。

「我媽又不買單車給我，當然只能等你啊！」

「她不放心妳騎車，妳別讓她擔心。」

秦小希扮了個鬼臉，「對啦，從小到大你做什麼她都開心，我做什麼她都擔心。」

江敏皓伸過手輕輕按著秦小希的頭，眼裡是滿溢的寵溺，「我這次比賽如果得名就有機會保送大學，這樣也算對得起希爸希媽的栽培，在比賽成績出來之前，妳先幫我保密吧！」

「你想給他們一個驚喜啊？」

「嗯。」

秦小希看著他自信滿滿的樣子，突然就想耍點嘴上功夫，「放心，沒得名我也會幫你保密。」

江敏皓輕笑一聲，指尖抵著她的前額一推，附近的女同學們都被撒了一把狗糧，直到中場休息結束，江敏皓才折回場中央。

「妳也在這裡啊？」

一道少年的聲音自秦小希頭頂落了下來，秦小希抬頭對上林禹的視線，「你怎麼會來？難不成你也迷戀江敏皓？」

林禹是二年一班的學生，曾和秦小希同為靈異偵查社的社員。

「我是直的好嗎？我剛剛去交社團申請書啦！」林禹趕忙自證清白。

秦小希一驚，「你該不會想加入跆拳道社吧？你可別想不開啊。」

林禹這人充滿才氣，考試成績向來是校排第一名，在秦小希眼裡，林禹和跆拳道完全八竿子打不著。

「怎麼可能！我是去學生會遞交申請書，看時間還早，就過來這邊晃晃。」

「學生會？余禾晉也拉你入社嗎？」

「沒有，那個人只邀請女生，我是向副會長申請的。」

秦小希聞言搖了搖頭，「連你都去學生會，看來我們靈異偵查社根本就是被學生會併吞了。」

林禹聽出她話中有話，「怎麼，妳也打算進學生會？」

「不知道，我還在想。」

「進學生會沒什麼不好啊，每學期至少能拿兩支嘉獎。」

唯一的缺點就是她得常常碰見余禾晉。

此時，秦小希的注意力被身旁的學妹們吸引過去，一名戴著髮箍的少女用力推了推一名留著烏黑長髮的女孩，「如果妳去告白，江敏皓一定會答應。」

另一名戴著黑框眼鏡的女孩也跟著附和，「對啊，余倩這麼漂亮，怎麼可能有男生忍心拒絕妳？」

「妳們別亂說了，學長大概早就有喜歡的女生了吧。」

那名叫做余倩的女孩靦腆地笑著，目光朝秦小希投了過來。

秦小希微微一愣，下意識地別開臉，她忍不住想，余倩難道是故意說給自己聽的？余倩的兩個朋友繼續起鬨，「妳既會彈鋼琴，還能說一口流利的英文，江敏皓如果不選妳，那他的眼光還眞差。」

「學長的眼光好像和正常人不太一樣。」

那話才入耳，秦小希又將視線轉了過去，余倩果眞是看著她說的。

林禹也留意到一旁的動靜，湊近秦小希的耳邊說：「她是一年一班的余倩，也是學生會成員，是余禾晉的妹妹。」

「她也在學生會裡？」

「對啊，怎麼了嗎？」

秦小希沉思了會，便道：「那我明天就去交申請書。」

「啊？妳怎麼突然就決定了？」

秦小希沒應聲，只是故作友好地朝余倩揚起笑臉，對方見狀，也含蓄地點了下頭。

「我這是知己知彼，百戰百勝。」

過去，在江敏皓的眾多愛慕者當中，秦小希從未對哪個女生抱有成見，這個叫余倩的女孩，卻只花了短短的時間就改變她的想法。

✦

放學時下了一場大雨，灰濛濛的雲層被天空壓得很低。

秦小希撐著傘在學校後面的公園呆站了好一會，大雨打溼了她的鞋子，石磚鋪成的地面積了一小灘水，倒映出她不耐煩的模樣。

五分鐘後，騎著單車的江敏皓單手撐著一把傘出現，停在秦小希眼前，「等很久了嗎？」

槐高抓單車雙載一向抓得很嚴，所以秦小希總是會先走到公園等他，兩人再一起回家，這是她和江敏皓之間的小默契。

一見到對方，秦小希劈頭就問：「江敏皓，你認識余倩嗎？」

「誰？」

「一年級的學妹。」

江敏皓先是側頭想了想，才道：「有點印象，但不熟，怎麼了？」

秦小希撇了撇嘴，憶起午休時余倩看著她那似有深意的視線，頓時有些鬱悶，「她不可以喔！她絕對不可以。」

「不可以什麼？」

「反正不可以就對了啦！」

「妳到底在說什麼？」

「你是神木喔！眞的很笨耶！」

男孩一臉無辜，「妳不說清楚一點我怎麼會知道？」

秦小希一股氣無處宣洩，只好在江敏皓的腰上掐了一把，「算了算了！快點回家啦，都是你害我的鞋子被雨淋溼了！」

沿路雷雨仍舊嘩嘩地下著，一陣狂風捲起秦小希的百褶裙，把雨傘都吹開了花。她一下車便抱起書包擋在頭上，拔腿往家門口跑去，然而路面溼滑，她沒踩穩，重重摔在柏油路上，濺起了一波水花。

「妳還好吧？」江敏皓冒雨跑過來，將她從地上一把拎了起來。

「嘶！」秦小希吃痛地叫了一聲，低頭檢查手上的傷口。

「哎唷！都幾歲的人了還會跌倒！」王菱貞聞聲從店裡探出頭來，示意他們快點進屋。

「妳哥快回來了，我煮了很多菜，妳快點去換衣服。」王菱貞接過秦小希手中溼漉漉的書包，催促道。

秦小希回房間換上一件寬鬆的衣服後便下了樓，她在樓梯間看見在客廳背對著她吹頭髮的江敏皓，他裸著結實的上半身，肩上搭著一條毛巾，秦小希忍不住驚叫一聲。

「妳有時間在那邊尖叫，還不快點拿件妳哥的衣服給小江換，萬一感冒了怎麼辦？」王菱貞匆忙地從秦小希身旁走過去，「我要去店裡忙了，妳快上樓拿。」

江敏皓回過頭時，秦小希正巧對上他的視線，臉頓時有些發熱，她轉開頭快步跑上樓。

再折回來時，秦小希將手中的白色短袖上衣朝江敏皓丟過去，「接著。」

江敏皓伸手抓住那件險些砸在他臉上的上衣，「妳也快點吹乾頭髮吧！」

直到那人把衣服穿好，秦小希才敢提步走過去，否則都不知道要將視線落在哪。她接過江敏皓遞來的吹風機，手上的傷口突然一陣刺痛。

江敏皓看她皺起眉縮回手的樣子，倏地站起身，把她按到椅子上。

「你幹麼？」秦小希抬眼看他，江敏皓拽起肩上的毛巾蓋在她頭上搓揉了幾下。

隨後吹風機的聲音在她耳邊響起，男孩用手指輕輕撥過她一綹綹的溼髮，她不由得屏住呼吸，彷彿能聽見自己怦怦的心跳聲。

承受不住曖昧的氛圍，秦小希慌忙地想從江敏皓手中奪走吹風機，「好了好了，我自己來就可以了！」

江敏皓手一縮，只說：「坐好。」

秦小希的臉熱得發燙，男孩修長的手指依然在她的髮絲之間撥弄，她的呼吸也漸漸變得有些紊亂。

「哇，秦小希，妳現在還使喚別人給妳吹頭髮啊？」

江敏皓關掉吹風機，和秦小希一同看向背著行李走進來的秦棋書。

「小希的手受傷了。」江敏皓率先接話，對著秦棋書微笑。

秦棋書聳肩笑笑，「別人看了還以爲你們兩個是情侶。」

秦棋書的話頓時又讓秦小希心底一震。

一旁的江敏皓卻是一臉懵，低頭看著她，「會嗎？」

秦小希仰頭瞪了他一眼，心跳這才恢復正常頻率，面對這個神經比水管還粗的傢伙，她眞不知道自己到底在慌張什麼。

「看什麼看，頭皮還沒吹乾啦！」她沒好氣地嚷著，指使江敏皓繼續幫她吹頭髮。

秦棋書上前搶過江敏皓手上的吹風機，粗魯地胡亂撥弄秦小希的頭髮。

「好痛！你扯到我的頭髮了，秦棋書！」秦小希痛得飆出眼淚，心想這種只會欺負妹妹的哥哥，平時還是少回家比較好。

「今年暑假大家空個時間出去走走吧！」大家圍坐在餐桌旁，秦硯忽然開口。

「這個提議不錯，好久沒去南部走走了，小江也一起吧？」王菱貞笑吟吟地看向江敏皓。

「好。」江敏皓點點頭。

秦棋書低頭吃飯，說了句：「最近在寫碩士論文，暑假可能也會很忙。」

「這樣啊，那你就專心寫論文好了。」王菱貞竟像是毫不在意，彷彿只要江敏皓可以去就行了。

江敏皓夾了一顆荷包蛋到秦小希碗裡，瞥了她的傷口一眼：「妳怎麼還沒擦藥？」

「又不是什麼大傷，幹麼擦藥？」

江敏皓立刻放下碗筷，把她從座位上拽了起來，「希媽，我借一下醫藥箱。」

「醫藥箱放在電視櫃下，你不用這麼擔心小希啦！」王菱貞說。

「對啊，放著不管也不會死！」秦棋書附和道。

江敏皓拽著秦小希到客廳，從醫藥箱裡翻出碘酒。

「你不用抓這麼緊，我又不會跑走。」秦小希嘟囔道。

江敏皓仔細地用棉棒沾取碘酒，輕輕塗抹在秦小希的傷口上，見她皺起眉頭，便安慰她，「忍耐一下，還好傷口不深。」

看著江敏皓靈巧地為她上藥、包紮，秦小希遲來地意識到，江敏皓的手在不知不覺間竟變得如此溫暖厚實。

她輕咳了一聲，「紗布隨便貼就好了。」

男孩沒應聲，深邃的眼眸直勾勾地盯著她的手，讓她的心跳頓時又漏了一拍。

吃過晚飯，秦小希回到房間坐在書桌前，一臉木然地看著手邊的社團申請書，對著最後一道題目「求學經驗中影響自己最深的人事物」發愣，許久都下不了筆。

她轉過身，看著背對她坐在地上的江敏皓，那人一手按著握力器，另一手拿著手機，專注地看著螢幕中的影片。

「欸，我問你喔。」

「怎麼了？」男孩聞聲回過視線，取下左耳的無線耳機。

「在你的求學經驗中，有沒有什麼影響你很深的人事物啊？我怎麼想都想不到，也沒有特別喜歡的偶像，你有嗎？」

江敏皓抬眸望著天花板沉思半晌，再看了一眼手機裡的畫面，緩緩道：「應該是GSP吧。」

「那是一家公司還是什麼？」秦小希一臉茫然。

「GSP是來自加拿大的綜合格鬥運動員。」

江敏皓拍了拍身旁的位置，示意秦小希到他身邊。待秦小希坐下後，江敏皓替她戴上左耳的耳機，接著按下播放鍵。

「GSP的本名是喬治聖皮耶，他拿下三屆UFC（注1）冠軍，人稱次中量級之神。」男孩的嗓音落在她的耳畔。

秦小希盯著影片的標題——二〇〇四年UFC50–GSP與馬特休斯的戰役。

見她被影片中兩個在八角鐵籠中扭打的男人引起了好奇心，江敏皓續道：「GSP在小學的時候，因爲身材瘦小遭到高年級生長期欺凌，爲了保護自己，七歲那年他的父親送他去學空手道。後來，他開始參加業餘比賽，又學習摔跤、拳擊和巴西柔術。

「爲了支付生活開銷以及訓練費用，他利用空閒時間到處兼職。二十歲那年投入

注1：提供頂級綜合格鬥體育賽事的專業綜合格鬥組織。

MMA（注1）職業比賽，不到兩年就在當地打響名聲，憑著五戰全勝的紀錄，進入了UFC，但也是這場對上馬特休斯的比賽，讓他嘗到了人生首敗。不過失敗後的GSP並沒有喪志，而是更努力地訓練，在二〇〇六年UFC65中，他再次對上世界冠軍馬特休斯，並且從他手中奪下冠軍腰帶。」

「他的人生聽起來已經到達巔峰了。」秦小希看著畫面裡當時僅僅二十多歲的加拿大青年，內心不由得起了一絲敬佩。

「巔峰之後便是危機。」江敏皓的神情頓時變得有些嚴肅，「GSP在得到世界冠軍的頭銜以後，每天過著紙醉金迷的日子，他天天泡在酒吧和派對裡，心態也變得越來越高傲。五個月後，在一場眾人看好的比賽中，他第一回合就被馬特塞拉K.O.，親手葬送了自己的冠軍腰帶。

「直到後續接受訪問，GSP回想起，當場上裁判問自己是否已經準備好時，他才驚覺自己虛度了很長一段日子，他根本沒有爲這場比賽做任何準備。在那之後GSP重新調整心態，虛心學習各種格鬥技。隔年，他再次挑戰馬特塞拉，並在第一回合就T.K.O.（注2）對方，奪回冠軍腰帶，重新登上世界冠軍的位子，在往後十年的職業生涯中，他就再也沒有輸過了。

「妳知道我爲什麼這麼欣賞他嗎？」江敏皓拿下耳機，聲音依然攜著熟悉的溫柔。

「因爲他很強？」秦小希也摘下耳機，遞回他手中。

江敏皓抿出一抹淺淺的笑痕，搖了搖頭：「在GSP成爲世界強者以後，曾經在路邊遇見過去霸凌他的人，當時對方正在路邊乞討。GSP走上前，將身上全部的錢都給了對方，他的行爲讓對方產生面對生活的力量，也改變了對方的一生。GSP之所以是英雄，是因爲他沒有在成爲世界冠軍以後選擇報復，而是選擇善良以待，他的自律跟自省是世上非常難得的。」

✦

午休時間。

陽光碎成細小的音符，悠揚地縈繞著整座校園，自教室玻璃窗子灑落進來。秦小希握著社團申請單，獨自走在教學大樓五樓的走廊，腳下的影子在陽光下無盡延伸，直到一間門牌上寫著「學生會」的教室映入了眼，才停下腳步。

她敲了敲門，裡頭傳出一道男聲，「請進。」

秦小希小心翼翼地探了探頭，偌大的教室裡只有一個男學生，兩人的視線忽地對上，那人右耳鑲著黑色的耳釘，手裡拿著Switch，雙腳放在桌子上。

「打擾了，這裡是學生會教室嗎？」秦小希退出教室再確認了一遍，門牌上寫的確

注1：允許使用各類武術以及各種格鬥技術、技能的一項運動。

注2：技術性擊倒。

實是學生會。

「有事嗎？」少年把視線移回Switch的螢幕上，蹙著眉頭回應。

「我來遞交入會申請，把申請單交給你就可以了嗎？」

「丟回收桶吧。」

「啊？」秦小希懷疑自己聽錯了。

少年再次眉頭深鎖，「反正那東西最後也是當廢紙用。」

她默默走到少年旁邊的空位坐下，低頭端詳手中的入會申請單，裡面有她花了一晚寫的入會願景，從小到大寫作文都沒那麼認眞，這人居然叫她丟回收桶？

「我還是等會長或副會長來的時候再親手交給他們吧。」

搞什麼，這人是走錯教室嗎？學生會裡也有這種混水摸魚的學生？秦小希暗自在心中嘀咕。

楊嘉愷瞥見她偷覷自己，懶散地抬了抬眼皮，「妳爲什麼想加入學生會？」

「學生會有很多活動，我想把高中生活過得有趣一點。」

「哈。」豈料少年聽完輕笑一聲，「不是因爲你們的幽靈社團被廢社了嗎？」

秦小希頓時感覺身上多了支冷箭，一氣之下把申請單對折再對折，「對啦，你既然都知道，幹麼還要問我？還有，我們不是什麼幽靈社團，是靈異偵查社。」

那人還沒接話，有人推開教室的門，走進來的人是林禹，他來回掃了兩人一眼，嗅出空氣中奇妙的氛圍，「你們相處得還愉快嗎？」

「一點也不，幸好你來了。」秦小希沒好氣地說。

林禹揚起笑容：「我幫妳做個介紹吧，他是楊嘉愷，和我一樣是二年一班的，有時候會搶走我的校排第一名。」

秦小希驚訝地睜大眼，連帶著肩膀抽跳了一下，這人居然是一班的？還校排前兩名？就他身上散發出的氣質，她還以為他上課只會睡覺和打遊戲。

✦

近日陸續有新成員加入學生會，余禾晉在散會前便重新安排午休的校園風紀工作。

「小希學姊，我們兩個一組吧！」發話的人是余倩，秦小希還沒接過話，余倩便熱情地跑向她，一把攬住她的手臂，「我哥跟我說要多多關照新人，今天就讓我帶妳巡視校園吧！」

秦小希之所以入會，有一部分是為了打探這個叫余倩的學妹，送上來的機會她自然不會錯過，於是回以一抹燦爛的笑容，「當然好。」

走廊上，余倩親暱地拉著秦小希的手腕，嘴裡說著通常哪個班級秩序最佳，哪個班級午休時間簡直像無政府狀態。

「小希學姊，可以問妳一個問題嗎？」有別於先前的雀躍，余倩的語氣明顯沉了一點。

「什麼問題？」

少女擺出楚楚可憐的表情問道：「妳有喜歡的人嗎？」

秦小希愣了一會，久久未能給出答覆，只好擠出尷尬的笑容反問：「爲什麼這麼問？」

「有人說妳故意刁難那些喜歡江敏皓的女生，是因爲妳也喜歡他。」說完，余倩觀察秦小希的反應，才又綻開笑容，同時用力抓緊她的手腕，「但我覺得小希學姊應該不是那樣的人，對吧？」

秦小希覺得這人一定是故意的，余倩明明看見她手腕上貼著紗布。感覺到傷口傳來刺痛，秦小希微微皺眉。

「妳不會是打著好朋友的名義待在學長身邊，實則只是不敢告白而已吧？」

余倩的每一句話都用著天真的口吻述說，秦小希卻依舊能聽出藏在字句背後的敵意，她縮了縮脖子胡扯道：「妳想太多了，我喜歡的男生，哪還輪得到妳們？」

這一席話逗樂了余倩，她不禁失笑，「這樣我就放心了，老實說，我本來還擔心你們兩個是不是偷偷交往呢！」

「爲什麼？因爲妳喜歡江敏皓？」

余倩整張臉頓時染上紅暈，「學姊！這只是一部分的原因啦！最主要的原因其實是……」

「是？」

「因為我哥哥喜歡妳啊！」

如果說在秦小希加入學生會以前，余禾晉對她的喜歡屬於明裡暗裡，那麼在她進入學生會以後，簡直就是明目張膽。

這點秦小希不是沒有發現，然而，由於槐高將要迎來第四十七屆的校慶運動會，秦小希背負了參與班上體育競賽的重任，沒有多餘的心思留意余禾晉連日的小動作。那些送到班上據傳相當昂貴的巧克力，全被她轉手分給其他女同學了。

春風送暖，校園裡處處飄散著杏花的氣息。

校慶運動會當天。下午三點，將要舉行二年級女子組兩百公尺競賽，跑道上有六名跑者。秦小希在第三賽道，紮著一條高馬尾，兩手撐地，眼神平靜且專注，雙腳蹬在起跑器的抵足板上。

場邊傳來此起彼落的加油聲，當後方響起「預備」口令，秦小希深吸一口氣，接著抬起臀部，將身體重心往前帶。待起步槍聲一響，她如風一般地向著終點飛馳而去，她隨著彎道的弧度，陸續超越了其他賽道的選手，不負眾望地奪得第一。

豈料，當她衝破終點線時，竟看見余禾晉站在前方高舉寫著她名字的牌子，並朝她熱情地揮手。

回到班上的攤位之後，呼吸仍然有些急促的秦小希接過黃亭遞來的水和毛巾，見黃亭一臉欲言又止，先是喝了口沁涼的水，才道：「妳想說什麼？」

「妳不覺得余禾晉最近有點誇張嗎？妳是不是應該想辦法和他劃清界線啊？」

「可是，他說他只是出於學長對學妹的關照，我也不知道該怎麼辦才好。」

黃亭死死地盯著三年一班的隊伍，「他每次打量妳的眼神都讓人很不舒服耶！妳看妳看，他又要過來了。」

話音剛落，余禾晉果眞越過重重人海，從操場的另一側來到她們面前，「小希，恭喜啊，妳剛剛眞的跑得很快。」

說話的同時，余禾晉上下打量著她運動短褲底下那白淨細長的雙腿，秦小希很想提醒余禾晉，自己的臉並不長在腿上。

她擠出一抹尷尬的笑容，「謝謝學長。」

「大家都在替妳開心，但我可就困擾了。」

秦小希沒聽懂余禾晉的意思，「什麼？」

「妳老是跑這麼快，我什麼時候才能追到妳呢？」

話一說完，余禾晉便自己笑個沒完，秦小希與黃亭交換一記意味深長的眼神。

余禾晉沒發現兩人眉來眼去，心情大好地嚷著：「爲了慶祝妳奪冠，今天我請客，妳想吃哪一攤儘管說。」

說完他便拽著秦小希往隔壁班級的攤位走去，秦小希回頭望向被留在原地的黃亭，用猙獰的表情搭配唇語道：「去找江敏皓來救我。」

收到指令的黃亭，舉起右手比了個OK的手勢。

途經二年一班的攤位，秦小希瞥見攤位上方高掛一張紙板，上頭用簽字筆寫著一行字——贏家吃免費貢丸，輸家付三倍錢。

秦小希瞬間喜上眉梢，只要儘早把余禾晉的錢花光，這人不就不會死纏著她不放了嗎？

「就是那個！學長，我們去吃貢丸！」

「啊？貢丸？園遊會有這麼多東西可以吃，妳就只想吃貢丸？」

秦小希拖著余禾晉走到二年一班的攤位前，只見長桌上放著電鍋，裡頭是關東煮常見的麻辣湯底，和至少二十串用竹籤串成的貢丸。

楊嘉愷雙腿交疊坐在長桌對面，手裡握著一副撲克牌，抬眸掃了兩人一眼，「你們在約會？」

秦小希立刻撇清關係，「不不不，我們只是來玩遊戲的，贏的人就可以吃免費貢丸嗎？」

楊嘉愷隨手洗了洗牌，瞅了一眼電鍋，「嗯，一串五十塊，贏了就送妳一串，但如果妳輸了，就要付一百五十塊。」

「花一百五十塊買一串貢丸？你們班是土匪吧？」許是聽見荷包在哀號，余禾晉唇角連帶著聲音都有些抖。

楊嘉愷輕揚起笑，拍了拍擺在另一張矮桌上的透明箱子，「做善事啊，學長。」

矮桌上的捐款箱上寫著「流浪動物保護協會」，秦小希心想，能讓余禾晉這人為小動物盡點心力，也是美事一樁，於是跟著附和，「學長不會是付不出來吧？剛剛還說要請客……」

「沒……沒事，當然付得出來，妳就放心地玩吧！」

「這個遊戲叫『紙上談兵』，雙方各持五張牌，由進攻方先看牌，通過六道指令先將對方手中的牌清零的人，就是贏家。」楊嘉愷一邊發牌一邊說明遊戲規則，「六道指令分別是炸紅士兵或黑士兵、炸偶數兵或奇數兵、炸三的倍數、炸四的倍數、炸人偶兵以及炸指定花色。」

秦小希連忙問：「等一下，紅士兵和黑士兵是什麼意思？」

「磚塊和紅心，梅花和黑桃。」

「那人偶兵……就是J、Q、K？」

「對。」

楊嘉愷嘴角噙著一抹難察的笑意，「雙方輪流下指令，下過的指令不能出現第二次。想贏的話，妳得猜中我手上的牌色，懂了嗎？」

秦小希幹勁十足地頷首，左手按著右肩膀，右手臂在空中畫了個圈，「好，懂了。」

秦小希身後的金主可就沒這麼有自信了，余禾晉欲言又止地抿了抿唇，「小希，妳是眞的懂遊戲規則了嗎？我都還沒搞懂呢！」

首輪關主爲進攻方，楊嘉愷先開了手中的牌，淡淡瞟一眼，下了第一道指令，「炸紅士兵。」

秦小希這時才開了手中的牌，牌色依序是磚塊五、紅心七、紅心十、黑桃Q及梅花K。

秦小希不甘不願地抽出三張牌丟到桌上，首輪居然就損失一半以上的牌。這回換她下指令，「炸奇數。」

楊嘉愷也丟出手中的三張牌，分別是紅心三、梅花七及黑桃九，秦小希等著他再下指令，他卻微微勾了勾唇角，指尖抵著桌面，「妳只剩黑士兵了，假設我指定黑桃，妳正好兩張都是黑桃，遊戲就結束了。」

秦小希聽懂他的意思，愣了愣，垂眼迅速掃過手上的黑桃Q和梅花K，幸好不至於死在這一回。

儘管只有一秒鐘，女孩鬆一口氣的模樣還是被楊嘉愷收進眼底，他漫開了頑劣張揚的笑，「妳多少也克制一下表情吧？」

意識到對方在觀察自己，秦小希把牌收到背後，「你心機也太重了吧？快點下指令。」

「炸梅花吧。」

秦小希不甘願地丟出梅花K，這下她手中只剩下一張黑桃Q了，而楊嘉愷還有兩張牌。

少年看見她擰緊的眉間，「要我給妳一點提示嗎？」

「你不會又想騙我的牌吧？」

楊嘉愷聳聳肩，一臉坦然。

秦小希發覺自己似乎就快輸了，便問：「什麼提示？」

他瞥了她一眼，「如果妳那張牌是人偶，妳得先喊掉那道指令。」

秦小希這回學乖了，臉上平靜如死水，就怕又被他讀出自己的想法，「炸人偶。」

「妳手中還眞的是人偶？」

秦小希看他沒有要扔牌的意思，想明白楊嘉愷手中一張人偶牌都沒有，頓時氣得跳腳，「你果然又在猜我手上是什麼牌！」

少年臉上的笑容徹底舒展開來，「不然妳以爲我們在玩什麼？」

截至目前已經過了四回合，剩下兩道指令，楊嘉愷隨口一喊：「四的倍數。」

秦小希板著臉丟出最後一張牌，遊戲結束。

她這才想通，無論他最後喊的是哪一道指令，她都保不住手中的黑桃Q。

她伸手翻開楊嘉愷倒蓋在桌子上的兩張牌，分別是紅心四和梅花八，若她方才別聽他的建議，而是先喊四的倍數，還有機會扳回一城。

「虧我剛剛還相信你的建議。」她咬著牙說。

楊嘉愷夾了一串貢丸給秦小希，再轉身把捐款箱往前一推，眉毛微微一挑。

站在一旁的余禾晉臉上一陣青一陣白，無奈地把錢投入箱子。

秦小希把貢丸塞給余禾晉，不服氣道：「再來一局！」

余禾晉說話的音調頓時升高了三度，「還來啊？」

黃亭最後在一年一班的攤位前找到江敏皓，那人個子高，她遠遠就看見一群女學生以他爲中心圍成了一個圈。

「學長，跟我們買冰淇淋嘛！」

「對啊對啊！要不然買章魚燒也好啊！」

「學長，我每天都有去看你練習喔！」

女生們爭先恐後地吸引江敏皓的注意，黃亭先是嘆了口氣，之後便用力撥開人牆擠進去，映入眼簾的畫面卻令她眉間一皺。

一名長髮上夾著碎花髮夾的女孩，手裡拿著一杯可樂，往江敏皓貼過去，紅著臉說：「或是和我們買杯可樂也可以呀！」

女孩將手裡的杯身微微傾斜，沒有蓋上杯蓋的可樂連同冰塊，瞬間往江敏皓身上潑了過去，江敏皓身上的白色運動服立刻溼了大一片。

「啊！學長，眞的很抱歉，誰快點拿紙巾過來！」始作俑者一邊故作慌亂地喊著，手一邊在江敏皓身上亂拍。

「沒關係，不用擦了。」江敏皓微微蹙眉，一手抓住女孩的手腕。

眼前的景象令黃亭大開眼界，原來現在的小高一都這麼主動？

和秦小希當了將近兩年的朋友，黃亭自然有一套萬變不離其宗的做法，她放聲道：

「江敏皓，小希讓你馬上過去找她！」

想了想，她又補上一句，「很緊急。」

話落，江敏皓果真將注意力從運動服上移開，「小希怎麼了？」

「她被余禾晉學長帶走了。」

江敏皓立刻走到黃亭面前，語氣明顯冷了一些，「帶我去找她。」

然而，這席話引來的人還有可樂少女，她跟了上來，「妳說我哥怎麼了？」

黃亭領著江敏皓和余倩來到二年一班的攤位，一路上，江敏皓的腦中閃過很多種猜測，例如秦小希被帶到奇怪的角落告白，或是余禾晉找了幾個男同學堵她之類的，卻沒料到見到秦小希時，她右手拿著三串貢丸，左手拿著一張撲克牌，嘴裡正奔放地喊著：「炸三的倍數。」

沒有半點緊急的氛圍。

✦

園遊會落幕後，期中考接踵而至。

從前在靈異偵查社時，秦小希總是纏著林禹問作業，把社團時間拿來溫書，然而加入學生會之後，她竟是忙得沒時間念書，學生會的事情本來就多，還常常在早自習開晨會、午休請公假出差。

「林禹！」

臨近期中考前的每一節下課，秦小希都捧著數學習題在一班教室外面叫喚，沒等到裡頭的人應聲，秦小希就熟門熟路地走進去，湊到林禹的桌子旁，「來來來，我們速戰速決，陪我訂正這一題。」

秦小希堅持找林禹問數學是有原因的，林禹耐性過人，就算秦小希在同樣的題型上一錯再錯，他也不惱火，只會說：「下次小心一點。」

這樣的教學方式給秦小希莫大的鼓勵，她想，她肯定不是學不會，只是粗心而已。

第五節下課，秦小希又出現在二年一班教室外的走廊，她才正準備喊林禹的名字，那人就從教室裡跑了出來。

林禹瞥了一眼她手上的數學考卷，「我要去一趟教務處，妳下一節下課再來。」

「下一節？不行，下堂課就是數學課了，我有個題目一定要問。」

林禹先是面有難色，回頭看了看教室裡的人，「那妳問楊嘉愷好了，反正你們也認識，這樣可以了吧？」

沒等秦小希說好，林禹便朝班裡喊了一句：「楊嘉愷！秦小希有一題數學題目要問你。」林禹朝她笑了笑，便轉身跑開了。

教室裡所有人的目光隨著林禹的叫喊，朝秦小希看了過來，楊嘉愷則擺出了嫌棄的表情。

秦小希別無他法，只好緩緩地挪動腳步，走到楊嘉愷身旁，「我想問你一題數學。」

楊嘉愷盯著手中的Switch，看都沒看她一眼。

秦小希恨恨地想，這個人上星期和她在園遊會還玩得挺開心的，今天卻又變得這麼冷酷。

無奈秦小希此時已是火燒屁股，只好腆著臉坐在他前座的空位，拿出她自認為最親切的笑容，「聽說你成績很好，可以請教一下？」

楊嘉愷頭也沒抬，「我討厭麻煩的事情。」

「不麻煩不麻煩，看在我捐了那麼多錢給小動物的份上，你就幫我一次，好心有好報啊。」

「我記得那都是余禾晉捐的。」

這個人記憶力未免也太好！莫非整場園遊會就只有她去玩那個貢丸遊戲？

「那不是重點啦！重點是這道題目，你到底會不會？」距離下一堂課只剩下七分鐘，秦小希急得把考卷拍在他的桌上。

少年冷冷瞧了一眼那道被圈起來的題目，「這妳不會？」

她有些心虛，「就是不會才問你啊，還是你也不會？不會就不要廢話那麼多了，我只剩不到七分鐘的時間可以問人了。」

眼前人疑似被關鍵字戳中，放下手中的遊戲機，伸手奪過秦小希手上的筆，「用不到一分鐘。」

楊嘉愷著手在紙上解題，沒花上一分鐘，便把考卷轉向她，「妳看一遍。」

秦小希抓著考卷仔細看著那幾行潦草的算式，吞了吞唾沫，「我看不懂。」

「哪個部分不懂？」

她竭力牽起嘴角，「全部都看不懂。」

最後秦小希是被攆出教室的，楊嘉愷同一道題講了兩遍她還是不懂，如果說林禹對秦小希的耐性有八十分，那麼楊嘉愷頂多只有四十分。

「搞什麼，凶什麼凶啊，自己字這麼醜，還怪我看不懂。」秦小希出教室後忍不住抱怨。

「小希學姊！」

身後傳來一道女聲，秦小希回過頭去，只見余倩快步朝她走來，秦小希立刻把手中的考卷對折，這成績實在見不了人。

余倩看穿秦小希的心思，笑道：「學姊也在爲了期中考惡補啊？我的數學也不好呢，好擔心到時候不及格喔！」

既然會擔心那就去念書啊！她秦小希勉強堆起笑容，「快上課了，妳怎麼還在這裡？」

「我是來找學姊的啊，我想組個讀書會，學姊假日有沒有興趣一起讀書？」余倩嗓音帶笑，「如果可以的話，也邀請江敏皓學長來吧。」

秦小希用膝蓋想都知道余倩眞正想找的人是江敏皓，「謝謝妳的好意，但我假日有別的安排，就不用算我一份了。」

「那學長……」

「江敏皓假日都在道館，校際盃比賽快到了，他應該也沒時間加入讀書會。」

余倩默默垂下肩膀，看上去有些落寞，「原來是這樣，學姊果然知道關於學長的每一件事情啊，那學姊假日都在幹麼呢？」

「我？我偶爾會去游泳。」秦小希下意識就說出了實話。

余倩登時綻開無比燦爛的笑顏，「我也喜歡游泳耶！太好了，那我們可以一起去游泳！」

「我是沒意見，但妳眞的想來嗎？在水裡又不能聊天。」

「原來學姊比較想和我聊天啊？那麼我們也可以一起去吃下午茶。」

秦小希有時眞是受不了自己那張嘴，老是動得比腦子快。

她轉身面向余倩，輕輕拍了拍少女的肩，無奈道：「游泳吧，游泳比較好。」

第二章　喜歡的重量

週末下午，秦小希泡在沁涼的泳池中，五十公尺的泳道，她來回游了八趟，國小國中都是田徑隊的她，體能依舊維持在良好的水平。

水面下，秦小希凝視著自鼻間呼出的氣泡，湧動的水流與氣泡交織在一起。早在二十分鐘前，她就留意到佘倩已經離開泳池，坐在旁邊的長椅上等她，思及此，她就還想在水中躲一下。

秦小希踢水、換氣，一個疑問始終盤旋在腦中：她爲什麼不希望佘倩和江敏皓在一起呢？

閉館前十五分鐘，館內重複廣播著機械女聲：「本館將於五點整閉館，請各位來賓於離館前留意自身貴重物品，感謝您的光臨，期待與您再次相見。」

聽見廣播，秦小希才從水中抬起頭，她張望了一圈，發現佘倩已經不在泳池邊，大概先去更衣了。

由於臨近閉館時間，淋浴間裡大排長龍，秦小希看了下牆上的時鐘，苦惱地想著自己可能會趕不上醫院最後的會客時間。

這時，排在隊伍前端的余倩正巧發現她，朝她喊了一聲：「小希學姊，不介意的話要不要和我共用一間？」

離開游泳館後，秦小希和余倩一起走到公車站牌。遠方的天空剛被大雨洗淨，雲層中隱隱浮現一道彩虹，余倩見了便興奮地直喊：「學姊妳看！是彩虹耶！妳要不要許願？」

許願？只見過人向流星許願，她倒是頭一次見到有人要對著彩虹許願。

原先一路和她並肩同行的余倩似是想起了什麼，驀地停下腳步，「小希學姊，有件事我很好奇。」

秦小希跟著停下，「什麼事？」

「妳覺得我哥哥怎麼樣？」

秦小希一愣，「……為什麼這麼問？」

余倩也不拐彎抹角，「因爲我哥哥喜歡妳啊！他比較幼稚，不知道怎麼追女生，所以我很想知道妳是怎麼想的。」

她的話讓秦小希陷入了半刻的沉默，思來想去才淡淡地道：「他對我而言只是學長而已。」

「又或者是，學姊眼裡只有江敏皓，根本看不見別人？」

「妳怎麼總是覺得我喜歡江敏皓？」秦小希反問。

「女生看女生，總是最清楚的呀！」見秦小希沒應聲，余倩又道：「如果妳眞的不喜歡學長，那我可以許一個和他有關的願望嗎？」

「什麼願望？」秦小希掃了一眼公車站牌上方的跑馬燈，前往楓鄰醫院的公車還要十分鐘才會到。

少女頰上暈出淡淡的朱紅色，「希望明天放學，他可以答應我的告白。」

✦

就在吳萍月的手腕快要揮斷之際，病床旁的秦小希才終於回過神，她趕忙堆起笑臉，拿出方才在醫院樓下買的康乃馨，「阿嬤，母親節快樂！妳看上去精神很好。」

吳萍月故作生氣，冷哼一聲，「妳剛剛神遊到哪去了？」

秦小希起身從冰箱找出兩顆蘋果，「我只是游完泳有點累，我現在切蘋果給妳吃！」

「不用不用，我不想吃。」

「妳今天胃口不好嗎？」秦小希關心地問。

「妳先跟阿嬤說實話，怎麼臉色這麼差，是不是受委屈了？」吳萍月伸手拉住秦小希，示意她坐在病榻旁的椅子。

吳萍月的手背滿是歲月留下的痕跡，爬滿紋路與細小的斑點，秦小希用雙手反握住那有些粗糙的手心，「阿嬤，我問妳喔！妳當年爲什麼喜歡阿公啊？」

「這什麼亂七八糟的問題，老頭子都走那麼多年了，我怎麼會記得？」

「那……那阿公年輕的時候帥不帥啊？是不是有很多女生喜歡他？」

吳萍月使勁地拍了秦小希的手一下，「帥有什麼用？找老公不能只找帥的，老了就不中用了，妳到底想跟阿嬤說什麼？」

秦小希眼看計畫失敗，只得據實以告：「剛剛有一個學妹跟我說她喜歡江敏皓。」

吳萍月聽見自家孫子的名字，皺了皺眉，「臭小子有什麼好喜歡的？」

秦小希立刻彈了個響指，「對吧！阿嬤，我也是這麼想的，可是妳都不知道江敏皓在學校有多神氣，全校有一半以上的女生迷他迷得要死。」

「哼，那有什麼用？留我這個阿嬤在醫院孤零零的，還是小希好。」

秦小希緊握吳萍月的手，「不是啦，最近江敏皓在準備六校聯合的校際盃跆拳道決賽，據說許多體育學校的教練都會關注這場比賽，獲勝的學生有機會可以保送大學，等他忙完比賽，就會來醫院看妳了。」

「知道了、知道了，就妳能說他壞話，我都不行。」

「阿嬤！」

見秦小希跳腳的模樣，吳萍月樂得笑逐顏開，「好好好，那妳呢？妳也喜歡我們家臭小子嗎？」

「沒有啦，阿嬤，怎麼每個人都這樣問我！」秦小希急忙否認。

「最好沒有，阿嬤從小看妳長大，妳在想什麼，我會不知道嗎？」

「阿嬤，要是那樣，我一定會變成女性公敵，被江敏皓的愛慕者們揍得鼻青臉腫。」

「哼！誰敢揍我的寶貝孫女？如果臭小子眞的害妳受傷，妳跟阿嬤說，阿嬤拿拐杖打斷他的腿。」

秦小希沒忍住笑了出來，「阿嬤，那他就不能踢跆拳道了。」

「也是，不然打斷他的手好了。」

陪著吳萍月聊了一陣子，看著吳萍月笑瞇了的雙眼，秦小希不禁祈禱吳萍月能早日恢復健康，早日回家和江敏皓團聚。

當秦小希走進家門時，已經是晚上七點半，江敏皓坐在飯桌前和自己的爸媽吃飯，畫面看上去十足溫馨，好像他們才是一家人。

「爲什麼你們都不等我就先吃了啊？」

自家母親涼涼地掃了她一眼，「玩到這麼晚才回來，如果不是小江練習完就來陪我們兩老吃飯，這個母親節還眞是孤單。」

秦小希把背包隨便擱在一旁，走到餐桌旁邊坐下，「我才不是去玩，我是去醫院看小江阿嬤。」

江敏皓夾了一顆荷包蛋到秦小希的碗裡，嗓音溫潤：「妳和阿嬤聊什麼了？」

秦小希抿出一抹笑，手指勾了勾，示意江敏皓將耳朵湊過來，少年照做，女孩清甜的嗓音如風一般飄進他的耳膜，「阿嬤說要打斷你的手。」

✦

早自習，二年二班教室裡只聽得見筆尖書寫於紙上的聲響，秦小希看著江敏皓空著的座位，距離比賽的日子愈來愈近，她很少能在課堂中看見江敏皓。

前座的黃亭轉身為秦小希講解數學題，她卻一個字也沒聽進去，逕自盯著窗外發呆。

她昨晚失眠了，余倩說的話一直縈繞在她心頭，連她自己都想不透原因，而且總有股江敏皓會接受余倩告白的預感。

秦小希死死抿緊了唇，從前那麼多女生和江敏皓表白，她都不曾有過什麼感覺，然而這次她卻打從心底希望江敏皓不要答應余倩。一個念頭驀地竄入她的腦中，難不成眞的被阿嬤說中了，她其實喜歡江敏皓？

黃亭注意到秦小希的心思根本不在數學題上，便輕輕敲了敲桌子，「妳今天老是恍神，發生什麼事了？」

「黃亭，我好像完了……」

「妳是說數學考試嗎？我剛剛說的妳哪裡不懂？」

「我是說，我好像有喜歡的人了。」

黃亭一愣，「啊？是誰？」

秦小希抿緊了唇，怎麼樣也說不出口，只能緩緩地將視線移向江敏皓的座位，黃亭循著她的視線也望了過去。

「妳終於發現自己的心意了啊？」

「妳幹麼那樣說，難道妳早就發現了？」

黃亭推了推眼鏡，把課本翻到下一頁，「有眼睛的人都看出來了。」

「可是這會不會只是我一時的錯覺啊？就像小孩子玩膩手中的玩具會扔在一旁，如果有別的小孩來搶這個玩具，卻又不想要分享給別人。」

黃亭沉默片晌，搖了搖頭，「小希，妳完全有成爲渣女的潛力。」

「妳不要笑我了，我是眞的很困擾！」

「妳如果眞的這麼心煩，就把煩惱寫在紙上，仔細看過幾遍，就會知道答案了。」

黃亭說完，繼續埋頭解題，秦小希想了一下，決定照著黃亭的方法試試，便在空白的數學習題上寫下一行字——我喜歡江敏皓。

看著那行字，秦小希似乎再也無法迴避自己的心情。

她眞的喜歡上江敏皓了。

下課時間，秦小希踩著悠閒的步伐從廁所走回教室，瞥了一眼空蕩蕩的課桌，一股寒意立刻襲上了她的背脊，連忙上前翻找抽屜。

「妳在找什麼？」黃亭問她。

「數學習作！我的數學習作呢？」

「剛剛小老師收回去了啊，應該送到數學老師辦公室了吧？」

秦小希倒抽一口氣，她試圖讓自己冷靜下來，不過只是一道題目都沒答，還寫上自己喜歡江敏皓而已。

這是要怎麼冷靜？秦小希在內心崩潰地喊著。

「離上課還有多久？」顧不得散落在地上的課本，她倏地站起身。

黃亭看了看錶，「五分鐘。」

「我去找數學老師。」秦小希說完便轉身跑出教室。

多虧以前練過田徑，她不到三分鐘就跑進了導師辦公室，喘著氣來到數學老師的座位前，「老師，我要拿我的數學習作，我不小心夾了考卷在裡面。」

數學老師的視線從電腦螢幕上移到秦小希身上，「妳是二班的吧？找找看這一疊。」

「謝謝老師！」

秦小希緊張地翻找那一疊數學習作，卻怎麼找都找不到她的習作。

「老師，這裡好像沒有耶。」

「奇怪了，難道我們班的數學小老師不小心拿回教室了嗎？」

老師歪過頭思考。她瞬間全身都涼了，像是被一盆冷水從頭到腳潑過一遍。

上課鐘聲響起，秦小希只好再朝著二年一班的方向衝去，遠遠地看見從男廁出來的林禹，秦小希立刻奔上前去，用力攥緊了林禹的袖子，上氣不接下氣地道：「你們班的數學小老師是誰？」

「啊？」

「叫你們班的數學小老師出來！」

「數學小老師？我記得是……」

秦小希隨著林禹手指的方向望去，不偏不倚地對上一雙炯炯有神的眼睛。

「楊嘉愷。」

楊嘉愷手裡正拿著她的數學習作，臉上那奸邪的笑容，足夠她連續做一個月的噩夢。

午休時間結束，秦小希兩眼無神地整理書包，前座的黃亭回過頭來，「妳下午都請公假啊？」

「嗯，學生會要去布置校際盃決賽的現場。」

這也代表她又要見到楊嘉愷了。

秦小希回想起早上的情景，當下她雖然以迅雷不及掩耳的速度從楊嘉愷手中奪回數學習作，但是那人不安好心的樣子，光想起來就讓她心裡發毛。

秦小希思考著，楊嘉愷到底是有沒有看見？

「妳喜歡江敏皓？」原先等在教室門口的少年，一見秦小希走出來，傾身向前，擋住她的去路。

「啊！」

秦小希朝門邊的少年瞪過去一眼，「你幹麼嚇我？」

「妳在發什麼呆？」楊嘉愷依舊笑得不懷好意。

「我在想事情。」

「在想江敏皓？」

看著他那不懷好意的神情，秦小希一度想直接承認，懶得和他爭論。

她用整個上午想出兩個方法，一是否認到底，宣稱那只是無聊的惡作劇，二是坦率承認，反正全校喜歡江敏皓的女生多得是，不差她一個。

「你看起來不像是喜歡八卦的人。」秦小希說完，逕自朝樓梯口走去。

「是不喜歡，但最近的日子很無趣。」

秦小希走了兩步，扭過頭對上楊嘉愷的視線，問道：「爲什麼我的數學習作會在你那裡？」

「想看看我花時間教妳數學有沒有用，很顯然，是在浪費時間。」

秦小希發現自己無從反駁，只好冷哼一聲，「反正我之後也不會再找你問數學。」

她怒火中燒，楊嘉愷卻笑得開懷，「但是我可以教妳到及格爲止。」

「你幹麼要這麼做？」

「我說了，我最近很閒。」

秦小希板起臉，「你很閒是你家的事，我就直說了，你這個人脾氣很差，又沒耐性，字還很醜，讓你教我數學只是在打擊我的信心。」

楊嘉愷笑了出來。

秦小希想了很久也沒找到笑點，「笑什麼？」

「妳不讓我教也可以，我等等就把妳的祕密告訴學生會的人。」

「這兩件事根本毫無關聯。」秦小希在心裡偷罵他，真是卑鄙無恥！

「兩件事都能讓日子變得有趣一點，妳自己選吧！」

事實上，她哪有選擇的餘地。

楊嘉愷說完便朝體育館的方向走去，秦小希趕緊追上前，抓著他的書包背帶向後一扯，「假設我這次的數學考試再不及格，你打算怎麼辦？」

楊嘉愷回過頭瞅她一眼，撓撓後頸，沉思了一會，「那種事不會發生。」

體育館內，江敏皓正在場上進行對打，秦小希盯著他，驀地回想起江敏皓剛接觸跆拳道時，有些高年級的學長會故意找他的碴，嘴裡嚷著：「學跆拳道的人也就這樣。」

江敏皓當時板著臉孔，被揍了卻未曾還手。有一回秦小希終於看不過去，出手往一名六年級生的肚子揮去，其他人見狀，便圍過來將她推倒在走廊上，正當對方要往她臉上揮拳時，江敏皓旋即擋在她面前，將對方按倒在地。

那是秦小希第一次見到江敏皓還擊。

「小希，明天訂便當的事就交給妳了。」

身後走來的余禾晉出聲打斷她的思緒，將表格遞到她的手中，還趁機摸了她的手一把。

秦小希雖留意到他的小動作，然而一切發生得太快，她只是愣愣地接過表格，反覆想著是不是自己多心了。

「訂便當幹麼要麻煩小希學姊？這件事交給楊嘉愷負責就好了。」余倩一邊接過秦小希手上的表格，一邊喊了楊嘉愷過來。

「沒關係，我來處理就好。」秦小希說。

「不行，妳明天和我哥一起接待外賓吧。」

「那是我和妳要負責的事情，妳又在打什麼主意？」余禾晉出聲打斷她。

「我覺得小希學姊比我合適，你們兩個站在一起郎才女貌呀！」

余倩揚起自信燦爛的笑容，又說：「小希學姊，沒問題吧？」

秦小希瞥了一眼余禾晉，對方臉上有些得意的樣子，似乎欣然接受了這項提議，她只好硬著頭皮答應。

「小希學姊，記得要打扮得漂亮一點，當天我爸爸會以家長會會長的身分出席。」

「啊？」秦小希看著余倩對自己眨了半天的眼，卻不清楚她究竟想表達什麼。

其他同學嗅到空氣中的奇妙氛圍，紛紛走了過來，「你們在說什麼？」

「你們不覺得小希學姊和我哥很相配嗎？」

秦小希眼看自己和余禾晉頓時就成了眾人的焦點，恨不得鑽一條地道離開現場。

當大家你一言我一語，越說越熱烈的時候，楊嘉愷悠悠地走來，「她不喜歡余禾晉。」

語畢，周圍的溫度立刻降至冰點，就連余倩也傻了，秦小希看著眾人啞口無言的樣子，覺得自己似乎該說些什麼才對。

「時間差不多了，我送妳回家。」秦小希還沒理出頭緒，就被楊嘉愷拽著走向體育館大門，她三步兩回頭地望著還停留在原地的那群人，一股愧疚感油然而生。

「你剛剛幹麼那樣說啊？害大家都好尷尬。」

直到走出體育館，楊嘉愷才鬆開她的手，「我才想問妳，妳是猴子嗎？那麼喜歡站著給人看？」

「當然不喜歡啊！」

「那最好的方式就是一開始就表明立場。」

秦小希想了想，覺得楊嘉愷說得有道理，她早就和余倩說過自己只把余禾晉當學長而已。

「你連我家在哪都不知道，就說要送我回家？」

「誰要送妳回家了？」

秦小希恍然大悟，「你只是想先離開而已吧？還拿我當藉口。」

「原來妳沒有想像中的笨嘛！」楊嘉愷輕笑一聲。

看著楊嘉愷往校門口走去，秦小希跟上他的腳步，「欸，你為什麼會加入學生會啊？」

楊嘉愷回頭瞥她一眼，「為了身分和地位。」

「什麼身分地位？」

「人一旦有了身分地位，就算犯錯也會被原諒。」楊嘉愷看她沒反應，耐住性子繼續說：「假設今天有兩個學生同時犯一樣的錯，一個是學校幹部，一個是不愛念書又對學校毫無貢獻的學生，你覺得老師對他們的懲處會一樣嗎？」

「你的思想也太黑暗了吧！你是有什麼心理創傷嗎？」

楊嘉愷手插著口袋，唇角勾起從容的弧線，「身為學校幹部，可以省下不少麻煩。」

「你真的是個很怪的人，但不壞，剛剛謝謝你。」

陽光灑落在少年的髮梢，暈出一圈光影，那是秦小希第一次看他笑得像個平凡的高中生。

晚上六點，跆拳道社的社員們自館內走了出來，余倩站在體育館外，踮起腳尖找尋江敏皓的身影，當目標對象映入眼中，她小跑步上前，遞上一瓶運動飲料。

江敏皓見她跑向自己，僅友好地點了頭。

女孩略顯尷尬地收回手中的運動飲料，「學長現在有空嗎？我有話想和你說。」

「我趕著回去，能明天再說嗎？」少年見天色漸暗，若是晚回去，希媽定會叨念飯菜涼了不好吃。

「明天就是比賽的日子，學長一定很忙，我還是現在長話短說吧！」

身後的少女緊緊黏在他的身旁，一路跟到了腳踏車棚，江敏皓最後只得妥協，他邊俯身解鎖邊道：「嗯，妳說吧！」

余倩握緊拳頭，再咬了咬唇，最後仰起頭，「我喜歡學長，請你和我交往吧。」

江敏皓微愣，回過身子，「我不喜歡妳，對不起。」

「學長，感情是可以培養的。」少女從容的態度，彷彿他的回答全在她的意料之內。

見對方沉默，女孩笑著說：「反正學長也沒有女朋友，就和我相處看看吧。」

江敏皓微微皺了皺眉，牽出單車，「我該說的都說了，妳早點回家吧，再見。」

余倩看著江敏皓一腳跨上單車，臉色頓時就沉了下來，冷冷地說：「先看完這個再做決定吧。」

江敏皓一聲長嘆，本不想讓場面太過尷尬，無奈小女生不斷糾纏，他也有點不耐煩了，回過身子正想開口，視線卻恰巧落在余倩手機裡的影片上。影片中的女孩背對鏡頭，正準備褪下泳衣。動作使然，女孩的側臉也被拍了進去，雖然只有一瞬間，江敏皓卻立刻認出影片中的人就是秦小希。

余倩見他驚愕的反應，揚起明媚的笑容，「影片長達半分多鐘喔！」

少年手邊的單車倒地，發出了聲響，他朝余倩走了過去，單手掐緊女孩纖細的手腕，使勁一扭，余倩立刻疼地彎下腰，淚水被逼了出來。

手機摔落在水泥地面上，江敏皓依舊緊緊掐著余倩的手，冷漠的聲音直竄她的耳，「妳怎麼會有這個影片？」

余倩忍著痛，惡狠狠地看著江敏皓，「當然是我拍的啊，影片我已經備份了，你如果不希望影片外流，最好答應和我交往！」

江敏皓腦中閃過幾個想法，例如一腳將她踢到地上去，或是轉身給她一個過肩摔，然而這些都無法阻止秦小希受到傷害，他強忍下心中的怒火，「妳爲什麼要做出這種事情？秦小希又沒有傷害過妳。」

「但是她傷害了我的哥哥啊！我哥對她這麼好，她卻利用他、亂花他的錢，你們一個個都在踐什麼踐？」

少年深吸一口氣，這才鬆開了手，「妳到底想要什麼？」

余倩蹲下身拾起地上的手機，輕聲地說：「秦小希一旦失去最重要的東西，在學校裡會變成什麼樣子呢？」女孩勾起一抹陰暗的笑容，「我很想知道。」

秦小希蹲在江敏皓家門外，看著夕陽自山邊緩緩隱沒，忽地想起自己到江敏皓家送麵的那段時光。她原先很抗拒去送麵，其一是秦小希認爲自家的麵並沒有好吃到人家祖孫會想要天天吃的地步，其二是當同學們討論著美少女戰士昨天又華麗地打敗哪個反派時，她總是插不上話，只能遺憾自己又錯過了精采的集數。

夜幕低垂，街燈也亮了起來，秦小希等得有些乏了，她看著地板，想著若她現在就這麼回去，王菱貞定會問她怎麼沒帶江敏皓回來吃飯，思及此，她只好再等一等。

直到一抹狹長的影子落在眼前，秦小希仰首，正好撞見江敏皓黯然的模樣，男孩瞥了她一眼便移開視線，下了單車，彎身上鎖。

秦小希讀出空氣中不尋常的味道，「你怎麼了？訓練不順利？」她見江敏皓沒應聲，想著自己大概是猜中了七、八分，便換了個話題，「我媽煮了飯等你來吃。」

「幫我和希媽說我不過去了。」少年落下一句話，繞過她身邊，拿出鑰匙轉開門鎖。

這是江敏皓第一次拒絕秦家的晚餐，秦小希總覺得不太對勁，起身跟在後頭，「爲什麼？再怎麼樣你飯還是要吃吧？」

江敏皓回過身子，目光寡淡，聲音毫無起伏，「妳和余倩一起游過泳？」

秦小希沒跟上他聊天的頻率，腦子頓了頓，雖滿臉疑惑，仍頷首道：「對啊，我昨天游完泳才去找阿嬤的，怎麼了？」

得到答案以後，江敏皓不再出聲，轉身向屋裡走去，秦小希見狀，伸手扶著鐵門跟著鑽了進去。

江家是一棟二層樓的透天厝，一樓分別是客廳、廚房、浴室，還有吳萍月睡的和室，二樓右側是江敏皓的房間，左側則是一間寬敞的訓練室。

訓練室裡的擺設不多，有一大片的落地全身鏡、深藍色的橡膠地墊和一個黑色沙袋。秦小希坐在地墊上，屈膝抱著腿，盯著江敏皓來回橫踢著懸掛的黑色沙袋，清脆的擊打聲迴盪在室內。

江敏皓就這麼踢了半個鐘頭，秦小希實在挨不了餓，有些生氣地說：「你到底是怎麼樣啊？就算要準備決賽也要有個限度吧？你在學校都練一天了，該吃飯的時候就要吃飯啊。」

江敏皓這才停下了踢腿的動作，卻依然沒回過頭，留給她一身孤寂的背影，聲音低沉地說：「秦小希。」

秦小希肩膀抖了抖，江敏皓鮮少直呼她的全名，「怎麼了？」

他轉過臉，眼神黯淡無光，「如果當初希媽沒有送我去學跆拳道，我們現在會怎麼樣？」

「啊？」

跆拳道爲江敏皓的人生帶來了正向的轉變，無形之中改變他的儀態，也讓他在被欺凌時，能勇敢地挺直身板，不再是他人眼中的弱者。

可如今的他，不但無法保護秦小希，還讓秦小希成了有心人士拿來威脅他的籌碼，一想到這裡，他對自己只有滿滿的厭惡。

秦小希思忖了一會，便道：「那樣的話，你就不是槐高的風雲人物了，我也不能靠著你騙吃騙喝了。」

「我一點也不想當什麼風雲人物。」

話落，左腿擊出一記旋踢，轉身起腳，右腿再一記後旋踢落在沙袋上。

秦小希越來越摸不透他的思緒，「……江敏皓，你今天眞的很怪。」

江敏皓低著頭解開白色護手套，沉默半晌才走到她眼前，他蹲了下來，看著秦小希，「既然都走到了這一步，如果還沒做出一點成績，一切就沒有意義了，所以我只能贏，不能輸。」

對上那雙深邃陰鬱的眼眸，秦小希的心跳忽然一陣紊亂，囁嚅了句：「你當然會贏啊！」

男孩眼神一沉，「校際盃結束後，我還想學點不同的東西。」

「像是什麼？」

「不知道，柔術、泰拳……都好。」

秦小希知道他平時就有在關注綜合格鬥，但柔術和泰拳聽起來就很危險，抿了抿唇，「你是不是走火入魔了啊？」

「沒有，只是覺得自己還不夠強。」

江敏皓別開臉，秦小希看著他額角沁出的汗水，胸口感到有些滯悶，久久都沒能吐出一個字。

✦

清晨下了一場雨，白雲如煙般消散開，秦小希望著湛藍的天，想著今天也許會有好事發生呢。

才抵達體育館外，秦小希看見楊嘉愷站在門口的長桌前，按照昨天的安排，現在待在這裡的人應該是余禾晉才對。

「你在這邊做什麼？」

「計畫改了，由我們兩個接待外賓。」

話音才落下，昨日傍晚楊嘉愷牽著她離開體育館的畫面，又一次浮上腦海，「學長不會是在記恨吧？如果是那樣的話，我去和他道個歉。」

有別於秦小希激動的情緒，楊嘉愷平靜地遞給她一瓶礦泉水，「那不重要，十點來賓就要陸續進場了，把手上的事處理好比較要緊。」

「怎麼會不重要啊？大家以後還得一起相處。」

少年見她堅持，不耐煩地瞥了她一眼，聲音也制式得毫無溫度，「如果妳加入學生會是來交朋友的，最好打消那個念頭，這裡每個人都是爲了自己。」

秦小希聽完，輕輕咬著下唇，默默地拉開椅子坐下。此次的比賽沒有對外開放，每位來賓都必須仔細核對身分，秦小希看了一眼正在整理資料的楊嘉愷，把礦泉水遞回去給他。

「幹麼？」

「我擰不開瓶蓋。」

「擰不開不要喝。」

比賽預計進行到下午四點，雖然接待來賓的工作早早就結束了，然而他們還要管制出入口，不能離開工作崗位，必須全程待到最後。

楊嘉愷低頭滑著手機，問道：「妳不能去看江敏皓比賽會不會很失望？」

「爲什麼要失望？」

「妳不是喜歡他嗎？」

秦小希沒能承受住突如其來的問題，耳根頓時覆上了一層熱氣，「你幹麼一直提啊？是怕我忘記嗎？」

「那妳幹麼問我？」

話剛說完，體育館內便響起了震耳欲聾的歡呼聲，秦小希站起身想看一看館內的狀況，正巧看見自體育館內跑出來的林禹。林禹上前用力拽起她的手腕，「妳跟我來，妳們女生才知道要買什麼花。」

「花？爲什麼突然要買花？」

「江敏皓贏了，學生會要上台獻花，走吧！」

秦小希腳步踉蹌，一顛一跛地被林禹拖著跑，霎時心臟跳得飛快，臉上的笑容收不回來，好事果然真的發生了。

「接下來請家長會會長幫我們頒發獎牌與獎盃。」

秦小希望著講台上的江敏皓，他穿著一身白色道服，彎下身子讓家長會會長幫他戴上金牌。

主任握著麥克風說：「恭喜本校的江敏皓同學得到此次決賽的冠軍，本校師生與有榮焉。」隨後便將麥克風遞到江敏皓手中，示意江敏皓對著台下發表感言。

江敏皓一手拿著獎盃，一手緊握麥克風，那英姿之颯爽，秦小希覺得這一刻太不真實，她輕輕掐了掐自己的臉，再轉頭喚了身邊的楊嘉愷一聲，「欸，我掐你一下看會不會痛。」

「妳有病啊？」

台上的江敏皓先是沉默了幾秒，最後牽起一抹笑，「謝謝爸媽讓我接觸跆拳道，你們給了我太多東西，我想把這個獎獻給你們。」

秦小希聽見江敏皓的聲音在體育館內迴盪著，轉過臉對上他的視線，才發現江敏皓正看著自己。她想，幸好她媽本人不在現場，否則極有可能會感動到暈過去。

「接下來我們請學生會代表上台獻花。」

原先捧著花站在台下的余倩，三步併成兩步地衝上台，拿起台上的麥克風說道：

「我是學生會代表余倩，首先非常恭喜學長贏得金牌，還有，趁著我爸爸今天人也在現場，有些話我想藉著這個機會和學長說……學長，希望你在收下這束花的同時，也能夠收下我對你的心意。」

余倩一鼓作氣地把鮮花往江敏皓的胸前送去，台下一片譁然。

一旁的主任接著說：「同學之間互相欣賞是很正常的事情，江同學也別愣著，看看人家女孩子這麼有勇氣。」

家長會會長拿起麥克風，笑得爽朗，「江同學可別不給我女兒面子了。」

講台上的江敏皓瞅了一圈眾人熱烈的視線，收下手中的鮮花，台下的掌聲頓時填滿整座體育館，秦小希看著余倩紅著臉站在江敏皓身旁合影的模樣，內心五味雜陳，胸口忽然感到一陣酸澀。

頒獎典禮結束之後，學生會的成員們留下來收拾現場，秦小希扛著手邊的折疊椅，身後傳來一道熟悉的聲音，「小希。」

江敏皓朝她跑了過來，拎過她手上的兩張折疊椅，「等等一起去吃飯。」

「我還沒忙完。」秦小希將身子轉開。

「我等妳啊！」

秦小希沉默了一會，扭過頭瞅著他鑲著汗珠的眉心，隨口胡謅：「我沒錢。」

「我有啊，這次比賽有獎金，妳想吃什麼？」

這人一下就戳到她的痛點，秦小希氣得挺起了胸，手插著腰，「對，你有獎牌、獎盃、獎金，現在還有鮮花配美人，開心了嗎？」

江敏皓靜靜地看著女孩的眼睛不說話，秦小希在氣勢這方面從來不落人後，於是兩人就這麼對峙著，誰也不肯先將視線移開。

靜默了半晌，江敏皓才把手中的折疊椅放到地上，就在秦小希以爲他終於忍不住要揍她的時候，少年卻將脖子上的那枚金牌摘了下來，緩緩爲她戴上。

她感覺脖子一沉，木然地看著胸前的金牌，「你幹麼？」

「如果不是妳，我至今還是那個沒有媽媽的小孩，也沒有機會上台領獎。」

江敏皓誠懇地說著，秦小希的內心也泛起了陣陣波瀾，回想起兒時那個每每比完賽，就會帶著獎盃回她家的江敏皓。

少年拍了拍她的頭，頰邊陷下了兩顆酒窩，「對我而言，妳才是金牌。」

秦小希拿著那面閃亮的金牌，樂呵呵地遞到吳萍月手中，「阿嬤，江敏皓今天拿到冠軍了，還得到保送津川體育大學的機會喔！」

吳萍月手裡搓著金牌，冰涼的觸感襲上指尖，抬頭瞅了自家孫子一眼，江敏皓挺直身板站在床尾，身邊還站了一個吳萍月看不順眼的黃毛丫頭。

余倩勾起一抹甜笑，「阿嬤好，我是江學長的女朋友，我叫做余倩。」

吳萍月把手中的金牌朝她扔了過去，「沒規矩，誰是妳阿嬤！」

余倩嚇得往後退了一步，金牌「硄」一聲掉落在冰冷的地面，吳萍月轉而瞪了江敏皓一眼，「還有你，保送大學又怎麼樣？在還沒畢業前你就只是個高中生，居然給我亂搞男女關係，你想氣死我啊！」

余倩俯身拾起地上的金牌，再挽住江敏皓的手，「阿嬤，我們沒有亂搞男女關係，妳對我好像有什麼誤會。」

吳萍月氣得一手按住胸口，「妳還繼續說？妳爸媽知道妳在學校不念書，只知道談戀愛嗎？」

「阿嬤如果對我有意見，就請針對我一個人，不要扯上我的家人，妳又不認識我爸媽。」

江敏皓甩開余倩挽上來的手，嚴厲地道：「妳說夠了沒？」

吳萍月伸手搓揉著太陽穴，嘴邊低喃：「一個小孩子滿口胡言，父母親怎麼會沒有責任？」

秦小希見狀，用眼神示意江敏皓先帶余倩出去，她擔心吳萍月的情緒會太過激動。待余倩和江敏皓離開病房後，秦小希輕輕按著吳萍月的肩頸，試圖安撫她的情緒，吳萍月滿面愁容，半晌才開口，「小希啊。」

「嗯？」

吳萍月目光黯淡了下來，語氣平淡，「阿嬤小的時候，家裡是開銀樓的，見過形形色色的人，一眼就能看出哪些人居心叵測。」

秦小希手邊的動作慢了下來，「阿嬤是在說余倩嗎？」

「那個小女生演起戲來一套一套的。」

「演戲？」

吳萍月皺眉，伸手拍了拍秦小希擱在她肩上的手，「阿嬤是讓妳多提防她一點，這樣都聽不懂？能不能讓阿嬤少操點心啊！」

秦小希咧開嘴笑了，阿嬤果然最懂她，她一個字都沒說，阿嬤就知道余倩是個不討喜的女生，「阿嬤，那妳說我要怎麼防？」

「什麼也不做，笑笑地看她演，妳如果隨她起舞，她才開心呢！」

秦小希好像懂了，又好像哪裡不懂，「阿嬤，原來妳把我們每個人都看得清清楚楚啊？」

「那當然，你們幾個小鬼頭，在阿嬤面前透明得跟沒穿衣服似的。」

話落，兩人同時笑了起來。

從前到江敏皓家送麵的時候，秦小希總會看見他手舞足蹈地和吳萍月分享學校生活，祖孫倆總有說不完的話，那時候的她，非常羨慕江敏皓。

秦小希的爸媽總是很忙碌，一家四口仰賴一間麵館維生，也因此她自幼沒能度過什麼溫馨的家庭時刻。長輩以爲小孩子不會有所感受，然而當秦小希看見江敏皓和吳萍月的互動時，便明白了其中差異。

所以秦小希非常喜歡吳萍月。

每當吳萍月看見秦小希，總是會慈藹地將她一把抱在懷裡，親切地問：「妳今天在學校過得好不好？」

她覺得自己把媽媽分享給江敏皓是她做過最明智的決定，因爲從那時起，她也成了吳萍月的寶貝孫女，她媽那麼兇，阿嬤那麼溫柔，她簡直賺到了。

隔日，秦小希在結束早自習會議後回到教室，看了眼江敏皓空著的座位，心想，比賽已經結束了，訓練應該不會像以前那樣密集才對。

她拍拍黃亭的肩膀，「江敏皓人呢？」

黃亭緩緩地回過了頭，努力穩住自己的聲音，「小希，妳先冷靜聽我說。」

秦小希一聽黃亭這麼說，更緊張了，立刻繃緊了臉，「快說。」

「剛剛早自習的時候，班導把江敏皓叫了出去……」黃亭深吸一口氣，才重新開口，「老師說，江敏皓的阿嬤早上過世了。」

秦小希翹課了。

她自公車站牌一路狂奔到楓鄰醫院，雙腿早已沒有力氣，淚水爬滿了臉，昨天還和她說說笑笑的人，怎麼會一轉眼就不在了？

秦小希在急診室前停下腳步，眼前一黑，全身的力氣瞬間被抽離，就在快要倒下之際，一名經過的護理人員扶住了她。

對方見她穿著校服，緊張地詢問：「同學，妳還好嗎？」

秦小希面色蒼白，用乾啞的聲音反覆呢喃：「阿嬤……我要去哪裡才能見到阿嬤？」

「妳是病患的家屬嗎？振作一點，我先扶妳過去詢問處……」

「小希！」秦小希朝聲源望去，只見神色凝重的母親朝自己走過來，「妳怎麼會跑來醫院？」

護理人員見秦小希遇見熟人，才將兩人留在原地，逕自進了急診室。

秦小希期待著媽媽會和她解釋這只是一場誤會，然後念她哭得亂七八糟簡直是在觸阿嬤霉頭，可是母親憔悴的神色，卻早已告訴她答案。她的聲音不自覺地顫抖著，「媽，阿嬤她……」

王菱貞眼中透出一片哀戚，這才明白女兒全都知道了。

「早上烏荻推著阿嬤出門買飯，一輛酒駕的小轎車高速衝撞人行道，連帶駕駛本人，三個人都當場身亡。」

秦小希感到一陣天旋地轉，腦海中浮現了吳萍月那張滿是慈藹的笑臉，她的呼吸越來越急促，盈滿眼眶的淚水模糊了視線……

王菱貞的聲音流露出一絲疲憊，「妳爸正在聯絡小江的爸爸，妳也不能一直待在這裡，先回學校上課吧！」

聽見江敏皓的名字，秦小希才在破碎凌亂的思緒中，想起了那個此刻最痛苦的人，她得快點、得快點趕去他的身邊。

消毒水的味道漫上鼻腔，秦小希朝著吳萍月的病房直奔而去，抵達時，病房的門是敞開的，秦小希放慢腳步，悄悄地將那抹悲傷的背影納入視線，白熾的燈光潑了他一身孑然，少年木然地整理吳萍月的遺物。

留意到她的靠近，江敏皓轉身看向秦小希，女孩早已哭腫了雙眼，垂下的雙手緊緊攥著百褶裙，蒼白的唇瓣翕動著，卻未能說出一個字。

秦小希邁開腳步朝他走近，當她望進男孩的眼眸，猶如落入了一個深不可測的井，再無一絲光線能透進去。唯獨在他面前，她覺得自己得堅強起來，她不可以哭，如果她也倒下了，那麼他還有誰能依靠？

她抬手拉了拉江敏皓的袖子，她想告訴他沒事的，一切都會過去的，我會陪著你好起來……

還未能說出一句話，男孩便一把將她抱緊，雙臂收起，似是要將她揉進身體般，「小希，阿嬤走了。」

秦小希聽見他哭過的嗓音，立刻一陣鼻酸，她使勁閉上眼，讓眼淚落下來，深吸一口氣，輕拍他的背安撫著，「嗯，我知道。」

「以後眞的只剩下我一個人了。」

「不會的，你還有我。」

秦小希的世界隨著江敏皓嘶啞的哭聲震盪起來，直到眼前這個當下，她才明白了他對她有多麼重要，還有她有多麼地喜歡他。

✦

日子很快地來到出殯那天，江敏皓穿著一身黑服，手中捧著吳萍月的照片。自那日在病房哭過以後，他顯得消瘦了些，也越來越沉默寡言，一夕之間彷彿成熟了許多。樂隊的聲響縈繞在耳際，吳萍月的三個女兒都回來了，唯獨江敏皓的爸爸因人在國外，未能前來。

秦小希和父母一起陪著走完當日的所有程序，殯儀館外，幾個秦小希從未見過的長輩們以江敏皓爲中心圍成一圈，他們朝他手裡塞白包，囑咐著：「你要堅強起來，好好讀完大學知道嗎？」

「阿嬤會在天上保佑你的。」

「能夠保送津川大學，未來一定會一路順遂。」

當天晚上，秦家麵館沒有營業，秦小希洗完澡出來，途經廚房時發現媽媽正在做便當。

王菱貞餘光留意到她的動靜，喚了她一聲，「這幾天我都會準備兩份便當，妳明天帶去學校給小江吃。」媽媽的語氣平淡得不像是剛剛經歷生離死別，秦小希愣愣地頷首。

「媽，江敏皓以後該怎麼辦？」

王菱貞先是安靜了半晌，才道：「妳好好陪著小江，其他的事就別想了。」

秦小希走過去環抱著王菱貞，把臉貼在她的背上，「那我也要拜託妳一件事，請妳繼續當江敏皓的媽媽，偶爾抱抱他，偶爾罵罵他，千萬不能太寵他，要像全天下的媽媽一樣。」

王菱貞見自己女兒情緒低落，刻意打趣地道：「我和妳爸早就把他當成自己的兒子，妳才是那個撿來的，還看不出來嗎？」

秦小希垂下眼，淚珠沾溼睫毛，想了想母親這話確實半點不假，這才笑了出來。

隔日。

江敏皓到教務處遞交保送大學所需要備齊的資料，離開後繞到學生會教室，手裡提著兩袋早餐，一袋是要給秦小希的。

學生會教室裡傳出幾個男孩子的笑聲，原本準備開門的江敏皓，下意識停下腳步。

余禾晉的聲音從教室傳出，「我當下不說話是因爲我有風度，秦小希還眞的以爲我會看上她？她到底憑哪一點那麼有自信？是憑她那個小孩子身材嗎？」

話一入耳，江敏皓立刻一腳踢開教室的門，教室裡一共三個人，余禾晉和另外兩個三年級的學長。

余禾晉見眼前人來勢洶洶，顯然是聽見他們的談話了，內心雖然害怕，氣勢可不能輸，他擺出一副放蕩不羈的樣子，「跆拳道冠軍怎麼會跑來這裡？」

少年抬高眉峰，冷冷地道：「把你剛剛說的話再說一遍。」

「哪個部分？秦小希嗎？她爸媽眞的很會取名字，因爲她的確是秦小C啊！」

余禾晉說完，攤開雙手朝自己的胸膛比劃，身邊兩名男同學同時大笑起來。

伴隨那些低俗的玩笑，江敏皓聯想到余倩拍的影片，余禾晉是她哥，莫非他手中也有影片？當這個念頭浮上腦海，他幾乎按捺不住自己的憤怒，一把揪起余禾晉的衣領，目光透出一抹駭人的寒意，「說清楚一點。」

余禾晉倒抽了一口氣，先是吞了口唾沫，才道：「要……要我說幾次都可以，她的身材又不是多好，要拒絕別人之前先照照鏡子吧！」

江敏皓怒不可遏，一拳揮在余禾晉臉上，余禾晉連帶著椅子一起往後倒，兩人隨即在地上扭打成一團，兩名男同學見了，紛紛從座位上跳了起來，嘴上喊著：「快去找教官。」

此時秦小希正打著呵欠往學生會教室的方向走去，在走廊上看見兩道身影像一陣疾風似地朝她奔來，兩人一左一右繞過她身邊時，在她的耳邊落下一句：「江敏皓在學生會教室打架！」

秦小希在原地愣了幾秒後，才邁開步伐朝教室的方向跑去。

教室外聚集了幾名湊熱鬧的同學，眾人一看見秦小希，立刻讓出一條通道給她。當秦小希走進教室，映入眼的是被壓在地上挨揍的余禾晉，以及瘋狂揮著拳頭的江敏皓。

「江敏皓！你到底在幹麼！」

聽見秦小希的聲音，江敏皓眼中閃過一瞬的慌張，要是余禾晉在她面前說出影片的事就完了，腦中立刻下了判斷，使勁捂住余禾晉的嘴。

秦小希見到這幕後更害怕了，以江敏皓的身手，再打下去絕對會出事，「你快點放開他！」

但她的聲音就像被自動屏蔽似的，江敏皓完全不爲所動，秦小希內心都快急哭了，「江敏皓，拜託你住手！教官已經要來了！」

江敏皓耳根漲紅，脖子上的青筋明顯突出，他又揮了一拳，余禾晉的鼻血瞬間流了下來。

「江敏皓！你再打下去就眞的完蛋了！」

急促的跑步聲由遠而近，幾名學生和教官跑了過來，教官見江敏皓單方面地向余禾晉揮拳，扯著嗓子喊：「不要再打了！」

余禾晉最後是躺在擔架上被扛出去的，教官不停安撫著，「你先去醫院，等等主任就過去看你了。」

秦小希和江敏皓則是在一旁等待教官的處置。

「流鼻血就送去醫院，會不會太誇張了。」江敏皓雙手收在背後，嘴邊呢喃著。

教官目送著余禾晉離開後，回頭朝兩人怒吼，「你們兩個知不知道余禾晉他爸是誰？是學校的家長會會長！余會長的地位在學校是不可撼動的！我立刻聯絡你們導師，明天你們的家長必須來學校一趟！這事鬧大了，上新聞都有可能，你們兩個是想敗壞校風嗎？」

秦小希用餘光瞪了身旁的江敏皓一眼，在心底忿忿不平，她連發生了什麼事都不知道，爲什麼也要跟著被罵？

回到家，王菱貞一見江敏皓臉上的擦傷，便馬上拿著藥膏跑過去，粗魯地在他臉上塗塗抹抹，這愛的力量秦小希是避之唯恐不及。

「今天教官打來家裡，我還以爲發生了什麼大事，不過就是男孩子間打架，大驚小怪。」王菱貞叨念著。

盤腿坐在椅子上的秦小希翻了個白眼，「妳可以念一下江敏皓嗎？他今天完全不受控制。」

「妳爸明天會到學校處理這件事，你們兩個都沒事我就不追問了。」王菱貞起身走去店裡幫忙。

秦小希不服氣地哼了一聲，她媽對於江敏皓簡直是溺愛，如果今天打架的人是她，王菱貞看她只剩一口氣，也會補幾拳讓她死得痛快。她惡狠狠地瞪了江敏皓一眼，「你今天到底爲什麼跟學長打架？」

正在吃麵的江敏皓抬起頭，盯著眼前的碗，「余禾晉被妳拒絕後惱羞成怒。」

意識到他是因爲自己才動的手，秦小希頓時有些心虛，余禾晉的事她確實一直擱著沒去好好處理，現在果眞出事了，「他果然很討厭我吧？」

「不用管他，妳値得更好的男生。」

秦小希一聽，一股暖意湧上心頭，她放下手中的筷子，「那你覺得什麼樣的男生是更好的男生？」

江敏皓抬起頭盯著天花板，沉思了半晌，接著撓撓後頸，想了半天才回：「打得贏我的？」

秦小希皺緊了眉頭，嘆了一口氣，專心吃麵。

江敏皓打架的事情很快就在全校傳開了，謠言像滾雪球一樣越滾越大，有人甚至說余禾晉被打斷了一隻手。

放學時間，秦小希走到導師辦公室，在門口喊了一聲報告後便走了進去。

「老師，妳找我？」班導師陳紋示意她坐下，秦小希愣愣地照做，雙手緊握成拳，放在腿上。

「我聽到很多學生都在傳余禾晉和江敏皓是爲了爭著做妳的男朋友，所以才會打起來，這件事妳知情嗎？」

秦小希不可置信地眨了眨眼，這謠言也傳得太荒謬了吧？「老師，不是這樣的。」

「昨天主任到醫院探視余禾晉的時候，余禾晉也說江敏皓確實是因爲妳才會出手打他的，妳就要升上三年級了，千萬不能在這個時候疏忽學業。」

陳紋搖了搖頭，「江敏皓也是一樣，妳覺得他這次的行爲不會影響他保送大學的資格嗎？昨天我和主任還有二年一班的導師開了會，針對這次的打架事件，我們決定先讓妳調到一班去，直到考完學測爲止。老師希望妳和江敏皓可以保持一點距離，這麼做也是爲了妳好。」

聽完主任和導師們所做的決定，秦小希相當錯愕，「老師，這樣太不公平了吧！我都已經和現在的同學同班兩年了，突然把我調去一班，我要怎麼適應……」

「妳只要認眞念書就好了，去一班的機會不是人人都有的，說白一點，槐高的主力師資都落在一班。這事已經成定局了，妳也不需要和我爭論了。」

秦小希本還想說點什麼，無奈教官正好進辦公室喊人，「秦小希，妳父親已經到學校了，妳跟我去一趟教官室。」

秦小希前腳才踏進教官室，便聽見一道陌生的男聲。

「你就是那天的跆拳道冠軍？」

一名身形臃腫的中年男子坐在椅子上，翹著腿，高抬下巴，肥胖的手指輕敲著座椅把手。

秦小希看見站在她爸身旁的江敏皓，雙手收在背後，抿著唇點了頭。

「禾晉連防身術都沒學過，你打贏了這場架，不覺得很卑鄙嗎？」

「余會長，是這樣的，學校這邊會對江同學進行適當的處分，絕對不會讓這件事情就這樣過去。」教官看著余會長越趨凝重的臉色，趕緊在一旁緩頰。

余會長勾起一抹輕視的笑，「再多的處分也不會改變他打人的事實，沒有動腦判斷是非的能力，跟動物還有何差異？」

一旁的秦硯九十度鞠躬道歉，「余會長，動手確實不對，管教不當的地方我會再好好協助教導，還請您不要和小朋友計較。」

「天生就知道使用暴力，這樣的人出了學校，也只是浪費社會資源，危害安全而已。」

秦硯不疾不徐地說：「我相信每個人都有很多面向，取決於你看見他的哪一面。」

余會長冷哼一聲，「總之這件事必須公事公辦，犯錯就要勇於承擔。江同學，希望你能夠記取教訓，拳頭只不過是莽夫的武器。」

傍晚的教官室中，江敏皓從未開口說一句話，他白皙的側臉和直挺挺站立的模樣，使他的身影多了幾分孤獨。

教官在目送余會長離開以後，轉身對江敏皓說：「校方基於事情的嚴重性，決定記你兩支大過。」

秦小希的視線始終落在江敏皓身上，卻看不出他的情緒，他沒有反駁，只是靜靜地站著接受處分。

離開教官室之後，秦硯走在秦小希和江敏皓的前方，到了停車場之後，他才回頭朝兩人笑了笑，「肚子餓了嗎？今天去外面吃晚餐吧！」

坐在駕駛座上的秦硯哼著歌，緩緩駛離校園，沿途坐在後座的秦小希和江敏皓都沒敢開口講半個字，秦硯雖然一直以來都很疼愛秦小希，但兒時每回修理秦棋書的那股狠勁，自幼就在她的腦海中揮之不去。秦小希平時再怎麼敢對王菱貞鬧脾氣，面對生氣時的秦硯，總歸還是怕的。

一路就開到百貨公司，秦硯領著兩人走到地下美食街，最終選定了一間泰式料理。

秦小希看著秦硯摘下臉上的眼鏡，在餐桌對面一語不發，端詳著菜單的模樣，一股寒意襲捲而來。她終於鼓起勇氣開口，「爸，你要說什麼就直說吧，突然帶我們來吃什麼高級餐廳啊？」

秦小希和江敏皓心裡七上八下，猜不透秦硯心裡在想什麼。

「你們想吃什麼盡量點。」

秦小希看著菜單上貴得要死的餐點，得出一個結論——秦硯被他們氣瘋了，現在腦袋不正常。她這個做女兒的雖然很同情他，卻又不想錯過可以吃美食的絕佳機會。

「那我要吃月亮蝦餅，再叫一盤打拋豬。」秦小希隨手往菜單上一指。既然秦硯都精心設立了一場鴻門宴，起碼要吃得開心一點再去死，隨後轉頭看了身邊的江敏皓一眼，「你要吃什麼？」

「小江，難得出來一趟，你也點個愛吃的吧？」秦硯笑得慈祥，江敏皓更害怕了。

「……謝謝希爸。」

菜陸續上桌，秦小希夾起月亮蝦餅，一口塞進嘴裡，驚呼一聲，「爸！這個很好吃耶，你吃吃看！」餘光看見身旁的江敏皓連筷子都沒拿，「你怎麼不吃？」

江敏皓依然固執地把雙手放在腿上，「希爸，很抱歉今天給您添了麻煩，我認爲我不值得這一頓飯。」

秦小希簡直要被他的耿直打敗，這麼快就切入正題，她還能假裝沒事繼續吃嗎？眞是豬隊友。

秦硯夾了兩片月亮蝦餅到江敏皓的碗裡，「喔？是嗎？爲什麼？」

「我讓您失望了。」

秦硯爽朗一笑，將雙手交疊放在桌上，「我栽培你去學跆拳道，結果踢進了全國數一數二的體育大學，怎麼就不值得這一頓飯了？」

「您不追究我在學校打架的事嗎？」

秦硯溫柔地說：「作爲一路看著你長大的長輩，我相信你這麼做一定是情有可原的，況且你也付出了代價不是嗎？」

秦小希聽著自家父親語氣還挺溫和，這才敢開口，「爸，你不生我們的氣嗎？」

「你們是年輕人啊！年輕人總會有孩子氣的時候，但是我希望你們記住，總有一天，你們都必須爲了心中想要守護的東西，開始學會承擔和失去。」

✦

放學鐘聲響起，同學們收拾東西的聲音此起彼落。

依照班導師的安排，秦小希自暑期輔導開始就要轉到一班，這件事成了學生們茶餘飯後的話題。槐高並不是沒有過中途轉班的先例，往年在二年級升上三年級之前，學校會依學生的成績來決定，是否有二班的學生能夠調到一班，然而，秦小希這次的狀況比較特殊，讓許多二班成績優異的學生頗有微詞。

自從江敏皓打了余禾晉之後，學校裡無論是否認識秦小希，那些投射在她身上的視線，盡是充滿惡意的。

秦小希才剛走出教室，便看見楊嘉愷嘴角牽起一抹笑，在走廊上等她。

少年俯身向前，「踩著自己的青梅竹馬擠進一班，眞是高招。」

她看著楊嘉愷的笑臉，從前總以爲他陰險狡猾，現在卻覺得他是她周遭少數眞心的人了，她友好地伸出手，「楊嘉愷，未來我們就是同班同學了，請多指教啊！」

楊嘉愷沒回握她的手，笑得古怪，「妳在一班除了我和林禹，應該沒有其他熟人了吧？」

秦小希一時語塞，「那……那又怎樣？」

「新同學得有點表示啊！」

秦小希瞬間明白了他的意思，拍了拍少年的肩，「知道了，我請你喝飲料，你以後可得多幫著我一點。」

「我還教妳數學，只請飲料會不會太小氣？」

「請你吃飯，可以了吧？你別再趁火打劫了，卑鄙小人。」

楊嘉愷滿意地點了點頭，「成交。」

秦小希看著他那副得意的模樣，好言相勸，「你別再用這種方式和女生交朋友了，眞的很容易被討厭。」

他臉上堆著笑，「我怎麼了？」

「你上次還威脅我，要把我喜歡江敏皓的事情說出去。」

「我那不是在威脅妳。」

「那就是威脅好嗎？你不會眞的和誰說了吧？」

「余倩。」

秦小希一聽，嚇得升高了幾個音，「你說什麼？」

楊嘉愷看著她輕笑了一聲，揚起下巴，示意她往後看，「我說余倩來了。」

秦小希回過頭去，看見余倩正帶著兩個平時和她形影不離的女同學走了過來。

「妳爲什麼要指使江敏皓去打我哥？」余倩激動的喊罵聲，聚集了周圍的目光。

面對這般洶湧的開場白，秦小希試圖安撫，「妳冷靜一點，我沒有叫江敏皓去打余禾晉。」

「妳還否認！要不是我和我爸求情，這次的事情，可能會害江敏皓被退學！妳不只欺騙我哥的感情，還想介入我跟江敏皓之間，妳怎麼會這麼不要臉啊！」

秦小希看著余倩奮力地在自己眼前叫罵著，突然就想起了吳萍月曾和她說過的話，此刻她無論說什麼，都只會被對方扭曲，索性抿緊了唇。

余倩看秦小希不回話，視線往她身旁的楊嘉愷掃了一眼，「妳在挑撥完我哥和江敏皓之後，又跑去貼著楊嘉愷，臉皮也太厚了吧？」

余倩的話再次成功地引起了走廊上同學們的注意，對於身旁的那些耳語，不知曾幾何時，秦小希竟也感到麻木了。

楊嘉愷瞥了秦小希一眼，隨後將視線轉向余倩，聲嗓分外清冷，「說夠了沒？」

「學生會裡有她這樣的亂源，以後要怎麼整頓學校風氣？」

「誰才是亂源妳心裡知道。」

顧不得頭子漫上的熱氣，秦小希還沒回過神，楊嘉愷便拽過她的手腕，朝樓梯的方向走去。

「站住！我還沒說完！」

余倩的聲音被遠遠拋在後頭，秦小希望著楊嘉愷的後腦勺出神，跟著他下了階梯，驀地雙腿一陣發軟。

「妳什麼時候才能改掉喜歡站著讓人觀賞的毛病？」

不顧眼前人的碎念，秦小希甩掉了他的手，站在樓梯轉角發楞。

「幹麼？妳不回家啊？」

「你自己走吧！」

楊嘉愷皺起眉，站在下方的階梯仰頭看著她，「妳在發什麼瘋？」

「我叫你自己回去。」

「妳不走我也不走。」

看著少年臉上那堅定的神情，秦小希頓時覺得不吐不快，說出原先梗在胸口的話，「你如果想過正常的高中生活，就不要和我走這麼近了。」

她把視線看向操場上正嘻笑打鬧的學生們，那樣單純的生活，感覺離她好遠好遠。

明白她的顧慮後，楊嘉愷恢復了往常的從容，「高中生活正常過嗎？不過就是把一群沒長熟的動物關在一起，我根本不在乎。走吧！」說完，男孩頭也沒回地下了階梯。

夕陽恰巧落了進來，照耀在他白淨的制服上，秦小希心裡想著，總有一天，她一定要和楊嘉愷說，你當時的背影特別帥氣。

秦小希臉上的笑容這才舒展開來，三步作兩步地追了上去，和他並肩下樓，「我說啊，你的個性真的很古怪。」

第三章　暗戀這件事情

三年一班的導師請了長假回家待產，暑輔期間的代課老師名叫常昭玉，今年四十歲。

學期最後一天，身爲班長的余禾晉帶常老師熟悉校園。

走廊上，即將升上三年級的二年一班正搬著課桌椅進教室，余禾晉說：「之後這間教室就會是三年一班了。」

常昭玉手裡拿著班級名單，再抬眸瞧了一眼教室裡的學生們，視線落在一抹熟悉又陌生的身影上，「那個學生也是一班的？」

余禾晉循著常昭玉的視線往教室裡看，映入眼簾的是抬著課桌有說有笑的秦小希和楊嘉愷。見那兩人之間和諧的氛圍，便想起楊嘉愷牽著秦小希離開體育館，當眾給他難堪的那天，至今仍感到氣憤難平，他聲嗓低沉地道：「秦小希是臨時轉進一班的。」

「我問的是那個男生，以他的成績，怎麼會在一班？」

余禾晉微愣，再確認了一眼常昭玉的目光所在，「楊嘉愷？老師認識他嗎？」

常昭玉沒應聲，沉默了一會，神情怪異，「你剛剛說那個女學生是怎麼回事？他們兩個關係很好？」

「秦小希教唆同學打架被懲處，學校爲了讓她專心在課業上，才會暫時將她調到一班。」

常昭玉聞聲，皺起細眉，「怎麼能任由那種學生轉進一班？這樣會影響到其他同學念書和學習。」

余禾晉不曉得常昭玉對楊嘉愷的成見從何而來，不過倒也無所謂，他就要畢業了，得給他們留下禮物才行。

「秦小希是從和楊嘉愷走近以後性格才慢慢轉變的，您應該多留意這兩位同學，尤其是楊嘉愷，他平時只顧著打遊戲，但每次校排成績都是一、二名，連我都覺得很不可思議。」

余禾晉是學生會會長，他的話在常昭玉心中自然多了幾分可信，「你的言下之意是他作弊？」

少年正色，「老師，那得由您去判斷了。」

✦

暑假才過了兩週，槐高便迎來了爲期一個月的暑期輔導。

常昭玉進到班上的第一件事不是自我介紹，而是要求同學們按照成績高低，重新安排座位。

常昭玉坐在講台旁椅子上，晃了晃手中的成績單，「這是你們二年級下學期的班排成績，班長過來引導同學們換座位。」

一名坐在講台前的男同學道：「老師，班上還沒選新任班長。」

常昭玉不耐煩地嘆了口氣，「高三生是沒有暑假可言的，你們班未免也過得太鬆散了，既然如此，上學期的第一名……」

她的視線停留在成績單最上排的名字，半晌才抬眸，朝楊嘉愷的座位看過去，少年面不改色，平靜地回瞅著她。

他認得她，三年過去了，一點也沒變。

常昭玉收回視線，改口道：「上學期的班長過來負責這件事。」

暑期第一節課，光是換座位就耗上了一半的時間，接下來的半節課常昭玉也不打算講課，將手邊的考卷發下去，「不及格的明天放學留下來，下課前還沒寫完的，零分計算。」

坐在第一排的楊嘉愷接過常昭玉手裡的考卷，女人冷漠的聲音落了下來，「你把抽屜裡的東西全部清空，拿到講台上來。」

少年微愣，仰首對上她的視線，唇角一勾，「老師認爲我會作弊嗎？」

男孩坦然的笑容映入了她眸底，和當年仍有幾分相似，常昭玉頓了頓，不怒反笑，「你的成績如果是憑實力而來的，又怎麼會不敢？」

上學期期末考時，秦小希還在二年二班，一班的班排名上沒有她的成績，理所當然地就被安排到教室的最後一排。她伸長脖子關注著常昭玉和楊嘉愷兩人，女人的眼神裡布滿輕視。

見楊嘉愷沒有動作，常昭玉板著臉站在他身旁，又道了句：「我就在這等你，你不收東西我就不發考卷，大家如果寫不完，全班一起留下來。」

話一出，原先看戲的同學們各個開始躁動起來，小聲地議論著，「暑輔已經夠煩了，放學還要留下來？」

「現在是怎麼樣啊？要全班一起陪葬？」

「楊嘉愷眞的有作弊嗎？」

如果要說秦小希在同儕之間領悟得最透徹的一件事情，那便是人言可畏。她想起小學的那一堂作文課，還有江敏皓紅著眼眶的模樣，不自主地握緊手，指尖微微泛起了一陣白。

她雙手撐著課桌，在班上吵雜的耳語聲中站了起來，常昭玉瞥見教室最後一排的動靜，只見女孩抿了抿唇，「老師，這麼做是不對的。」

她記得兒時的那一堂課，是因爲老師不在，同學們才有機會作亂，但這次不是，是老師主導著這一切，是她任由那些揣測的聲浪淹沒整間教室。

「您不可以無憑無據地說誰有作弊的嫌疑。」

常昭玉看向秦小希，冷冷地道：「妳的意思是要我一視同仁？那麼妳也把抽屜裡的東西全部交上來。」班上頓時鴉雀無聲，見女孩沒有回應，常昭玉又道：「憑妳的成績，根本不屬於這個班級，我給妳個機會證明自己，妳說好不好？」

秦小希吞了吞唾沫，苦笑著，「老師，妳根本不認識我們，為什麼要無緣無故地懷疑我們？」

話落，常昭玉冷哼一聲，「人的品行是沒有那麼容易改變的，不會因為換了環境就有所轉變，妳願意付出多少行動證明妳口中的清白？」

秦小希自己也沒有答案，人人都該享有平等的待遇，她為什麼必須付出行動來爭取自己應得的東西？

常昭玉見她沉默，轉頭朝窗外的操場看了一眼，「這樣吧，妳如果能在這堂課結束前跑完三千公尺，未來的考試我不會再有任何要求，相反的，如果妳跑不完，往後的每次考試，你們兩個都要把抽屜清空。辦不到的話妳也可以坐下，下次逞英雄之前，先多用點腦子。」

全班的視線頓時都朝秦小希看了過去，秦小希心跳急速地跳著，明知道這個提議打從一開始就不公平，但眼下這個狀況，她已別無選擇，咬了咬唇，摘下手腕上的黑色髮圈，麻利地紮了個馬尾，長腿一邁，跑出了教室。

豔陽下，秦小希調整著呼吸節奏，在紅土跑道上跨出一步又一步，陽光把她的頭皮曬得發熱，腦海中，方才常昭玉注視她的眼神還殘存著，冰冷且輕蔑。

校園裡靜得一點聲響也沒有，秦小希頰上漸漸染紅，只聽得見自己換氣和跑步的聲響。她身穿白色制服和灰色百褶裙，放眼望去，任誰看了都知道她被老師處罰。
此時，二班正在上英文課，幾名靠窗的同學留意到操場上的動靜，壓低了聲音道：「那不是秦小希嗎？怎麼剛轉去一班沒多久又惹事了？」
「她到底有沒有心要念書啊？」
議論聲傳到了江敏皓耳邊，他將臉湊向窗邊，確認操場上的人是秦小希後，沒有半分猶豫地起身跑出教室。
在秦小希跑完第三圈以後，身後傳來了另一個人的腳步聲，她回過頭去，映入眼的人是江敏皓。
少年沒有看向她，而是調整了速度和她並肩。秦小希前額的碎髮因爲汗水交織在一起。她喘著氣，仰首道：「你怎麼在這裡？」
「妳又怎麼會在這裡？」
秦小希收回視線，望著前方，平淡地說：「我忤逆師長。」
江敏皓沒有應聲，意識到她腳下的步伐漸漸慢了下來，也跟著放慢腳步，「我不相信。」
「那……我作弊？」
操場上兩個人肩並肩跑著，沒了剛才影隻形單的寂寞，此刻看上去還有些溫馨，男孩漫出一抹笑容，「妳不是會作弊的人。」
秦小希聞聲，莫名地有些感動，可惜常昭玉並不是這麼想的，「很難說，也許我去一班之後性格轉變了啊，他們全是只知道念書的怪物……」

「妳肯定是因爲某個人才會被罰。」江敏皓仰頭望著湛藍的天空。

他說這句話時，語氣特別有自信，就連秦小希也不曉得那股堅定是從何而來。

汗水浸溼了白淨的制服，她眨了眨眼，「你怎麼知道？」

少年看著前方，「因爲我也曾經被妳幫助過。」

礙於時間壓力，秦小希沒有熱身就上場跑了三千公尺，好不容易在鐘響前跑完最後一圈，心臟急促地跳著，她先走了一會，待呼吸平穩一些，才癱坐在跑道上，捶了捶自己痠痛又發脹的小腿。

江敏皓見她耳後的碎髮貼在脖子上，雙頰也被染得鮮紅，彎唇笑了，「妳去一班之後體力變得那麼差？」

秦小希喘著氣，仰首狠瞪了江敏皓一眼，「我可是在你來之前就已經跑了一千二欸！光會說，你怎麼不去跑？」

江敏皓俯身，伸手要拉她，「站得起來嗎？」

秦小希拍掉他的手，「再坐一下，走不動。」

江敏皓拿她沒辦法，最後也在跑道上坐了下來。陣陣的南風在兩人之間穿梭，男孩最後還是說出了心中的疑問：「妳是爲了誰才這麼做的？」

秦小希把凌亂的頭髮重新綁了一次，「楊嘉愷啊，他不知道做了什麼事，代課老師一進教室就針對他。」

江敏皓沉默了片刻，抓著秦小希的腳踝往自己拖了過去。

秦小希的屁股往前摩擦，叫了一聲，正想罵人的時候，卻見江敏皓輕輕按起她的小腿，臉一熱，立即就收回了腳。

見江敏皓一臉無辜的樣子，她感到有些無奈，「你神經眞的很大條耶！」

「怎麼了？」

秦小希長嘆一口氣，語重心長地道：「你做這種事女朋友會生氣的，陪別的女生受罰，幫其他女生按腿什麼的。」

江敏皓臉上倏地就閃過一絲不悅，「妳不是其他女生。」

秦小希一凜，心跳不受控地撞了兩下，抿了抿乾澀的唇，「說這種話也不行。」

少年又抓過她的腳，「無論其他人怎麼說，我們都不要變。」

秦小希想，在學校被說閒話的人總是她，他當然沒差，雙手使勁推開江敏皓，「我說了不要碰。」

江敏皓眉間起了點皺褶，方才聽見她是爲了楊嘉愷而受罰就有些不滿了，現在又一副要和他劃清界線的態度，頓時就沒好氣，「妳在不高興什麼？」

「不高興你交女朋友啊！」

話一說出口，秦小希就後悔了，在腦中想想是一回事，卻沒想到說出來會這麼羞恥，要不是雙腿無力，不然她絕對會以百米賽跑的速度逃離現場。

下課鐘聲正巧響了，兩人同時將視線別開，秦小希腦子熱得無法思考，最後於事無補地道了一句：「我是開玩笑的。」

江敏皓站起身，裝作沒聽見她的話，徒留給她一身瀟灑的背影，秦小希見了，故意大聲地說：「江敏皓，等我交了男朋友之後，我們就會變的，到時候我可能再也不理你了。」

少年這才終於有了反應，回過身子俯視她，「妳要找什麼樣的男朋友？」

秦小希揚起下巴，完美展現人小志氣高的態度，「你管我？又不是找給你的。」

「他會對妳好嗎？」

「廢話，不對我好我幹麼喜歡他？」

「那他會願意陪妳跑操場嗎？」

「我哪有那麼多操場要跑啊！」

雖然她也不曉得口中的那個人什麼時候會出現，但就算是嘴上說說也過癮，「反正等我找到一個男朋友當靠山，就再也沒有人會說我搶人男友，也沒有人敢欺負我了。」

江敏皓沉默了一會，「嗯，那樣妳不理我也沒關係。」

只見那人溫柔又強勢地結束了話題，秦小希細細琢磨他的那一番話，發現他只用一句話，就顯得他有容乃大，她小肚雞腸。從小到大總是這樣，每次吵架江敏皓都順著她的話收尾，害她一個人也吵不下去，最後只好打他、踹他，直到他哭了為止。只可惜現在她已經打不贏他了，她肚子裡一股氣無處宣洩，只能狠狠地瞪著他。

秦小希跑完三千公尺之後，常昭玉如約沒有再針對她和楊嘉愷，不過也沒給過兩人什麼好臉色，勉強相安無事地度過了暑輔期間。

日子進入秋季。開學日，早自習鐘響，秦小希走進學生會教室，便看見晨會往往是最晚現身的楊嘉愷，今天居然最早到，她漫不經心地走到楊嘉愷前方的座位坐下，轉過身把手中的早餐放在他的桌上，「早安啊！」

楊嘉愷的視線隨著她落下，勾起唇角，「妳頂撞老師的事傳到新生那裡去了，大家都說妳這學姊品行惡劣。」

秦小希咬了一口手中的紫米飯糰，瞪了他一眼，「我就是品行惡劣才會和你當朋友。」

楊嘉愷回瞅她一眼，笑了，「妳當時爲什麼要幫我？」

秦小希平淡地道：「我只是覺得，你這個人再怎麼卑鄙，也不是那種會作弊的人。」

接著，她又揚起一抹清甜的笑容，「再說，我先賣個人情給你，也許將來派得上用場。」

「妳現在還知道算計我？」

秦小希繼續吃著飯糰，「好說好說，我跑完之後腿可是足足痠了五天。」

既然楊嘉愷都先開了這個話題，秦小希也就順勢問下去，「不過常老師爲什麼對你這麼有偏見啊？」

楊嘉愷沒想隱瞞，一邊開啟Switch的螢幕，一邊道：「她是我國中時學校短期聘用的老師。」

「然後呢？」

「我是她討厭的那種壞學生。」

「你國中的時候不愛讀書啊？」

楊嘉愷點擊Switch的遊戲介面，續道：「嗯，她剛進班裡的時候常常體罰學生，也會羞辱成績比較差的人，所以很多人都不喜歡她。某天放學，常昭玉被人反鎖在學校的回收室，直到第二天才被學校的工友發現。」

秦小希驚叫一聲，「你把常老師鎖在回收室裡？」

他抬頭見女孩的眼神裡存著幾分驚恐，笑了出來，「我不知道是誰，不過她一口咬定是我。」

再憶起這件事，少年早已沒了什麼情緒，「我後來發現，她只是需要一個出氣的對象，事情是誰做的一點都不重要。但也是因爲她當時說的話，我才會決定開始念書。」

「她對你說了什麼？」

「成績好的學生做不出這種爛事。」

秦小希心裡湧上一股苦澀，她想起他曾和她說過的那套好學生壞學生理論，突然有點心疼他了。

楊嘉愷沒發現她的憂愁，把手中的遊戲機推到她面前，亮光照進秦小希眼裡，她反射性地瞇了一下眼。

「今天是妳生日吧？島民們辦了一個派對，禮物讓妳來拆。」

秦小希盯著遊戲畫面，幾個小動物一字排開地站在小木屋中，手裡鼓掌慶賀著，頓時覺得新奇無比，想不到現在的遊戲做得這麼人性化。

她開心地道：「他們怎麼會知道我今天生日？」

「妳白痴啊？知道妳今天生日的人是我。」

秦小希被罵得措手不及，她前一秒還在疼惜他的傷口呢！只得愣愣地應：「那你怎麼知道我今天生日？」

楊嘉愷垂首盯著遊戲螢幕，「妳的入會表單，上面有個人資料。」

她才想起那張差點被楊嘉愷拿去回收的入會表單，臉上倏地浮上一層鄙夷，「你居然還偷偷記住我的生日？也太噁心了吧？」

「妳廢話怎麼那麼多啊？快點敲皮納塔。」

「什麼是皮納塔？」

楊嘉愷指了指畫面中被懸吊在天花板的彩虹小馬，「這隻布偶，妳敲它就會掉出禮物。」

秦小希看著那隻彩虹小馬，二話不說把它當成江敏皓猛敲，用力得像要戳穿螢幕般，半晌，果真掉出了幾顆五彩繽紛的蛋糕，小動物們各個跳著舞祝她生日快樂，身為壽星，她感觸良多，一時說不上來。

楊嘉愷的視線停在畫面裡的小動物身上，「怎麼樣？開心嗎？」

只見秦小希嘴角抽了抽，「我覺得有點悲傷，到底是多沒朋友才需要遊戲人物來幫我過生日？」

那話落在楊嘉愷頭頂，少年抬眸瞪了她一眼，一把搶回秦小希手中的遊戲機，「島民要是知道妳講這種話，不知道有多難過。」

秦小希被楊嘉愷的反應逗笑，「不過你居然會玩這麼可愛的遊戲，我都不知道該從哪開始吐槽你。」

楊嘉愷紅了臉，「妳幹麼管那麼多？」

秦小希笑得前仰後合，她覺得這人挺可愛的，看上去冷冰冰，玩的遊戲卻和本人完全不同風格。

兩人還在說笑之際，兩道身影自教室門口走進，「我們是不是打擾到你們了？」

秦小希循著聲源回頭，余倩和江敏皓一前一後地進了教室，眼看兩人沒有回應，江敏皓接著開口，「你們在聊什麼？」

「沒什麼，我送秦小希生日禮物。」

周圍的氣氛頓時有些滯悶，江敏皓沉默了幾秒後才揚起笑容，「我也是來和妳說這件事的，放學後我們一起去吃飯，幫妳過生日。」

秦小希想都不用想，就知道余倩等會又要對她擺臉色了，她抬過臉笑笑道：「不用了，我沒錢。」

「我請妳，放學公園見。」

余倩再也忍不住了，「你還要幫她過生日？全校都在傳她忤逆老師的事，學生會的臉被打得還不夠腫嗎？」

江敏皓看都沒看余倩一眼，冷淡地說：「她是我的家人。」

「家人？全校都知道她喜歡你。」

江敏皓難忍怒火，語氣加重，「不要再傳那些謠言了。」

余倩冷哼一聲，氣得跺腳，轉身離開教室。

秦小希看向衝出教室的余倩，伸長了脖子想知道她往哪裡跑。她從以前就很好奇，氣到奪門而出的女生，下一步到底是要去哪？

秦小希再瞅了一眼江敏皓，用唇語像念咒語似地重複說著：「不要去追她，不要去追她，不要去追她……」

只可惜江敏皓的視線自余倩出去後就停留在走廊，嘆了口氣才追了出去。

秦小希見他追過去，嘖了一聲，眞受不了那個木頭。

她那副期望落空的樣子全進了楊嘉愷的眼，他有時候眞不知道她究竟是單純還是傻。

「秦小希。」

「幹麼？」

「妳都不覺得余倩的行爲很奇怪？」

「啊？你也說得太保守了吧？她是有病。」秦小希說完，趕緊回頭確認教室裡只有他倆。

「她怎麼那麼有把握江敏皓不會跟她分手？」

這話勾起秦小希的好奇心，她以爲余倩是仗著自己漂亮才胡作非爲，如今想想，根本是江敏皓太縱容她了。

「那不然你覺得是爲什麼？」

楊嘉愷仰躺在椅子上，「只有一個可能啊！」

秦小希殷殷期盼地看著他，音量不自覺地壓低了些，「是什麼？」

楊嘉愷在心底默默推敲，余倩可能有江敏皓的把柄。

他瞅了眼她唇角的米粒，眉間一鎖，「是妳太沒魅力了，就算她那麼瘋，江敏皓也不選妳。」

秦小希氣得朝楊嘉愷射去一記眼刀，回過身繼續吃她的飯糰。

關於槐高三年一班的讀書風氣，秦小希是略有耳聞的，他們的音樂課會被拿去上數學，體育課會被借去考試。其他班的學生嘲笑他們是飼料雞，每回校內舉辦體育競賽，一班從未能拿到什麼好名次。

儘管如此，一班的學生依然以自己是出類拔萃的菁英而自豪，秦小希這個空降的二班學生，再加上頂撞老師一事，自然是不討一班同學們的喜歡。新學期才剛開始，秦小希就過得水深火熱，像是座位被安排在垃圾桶旁邊，或是衛生股長把最偏遠的外掃工作分配給她。

每當她對這個世界感到不滿的時候，就會感謝上天至少安排了楊嘉愷在她的身邊共患難，否則她可能熬不過這麼痛苦的校園生活。

放學時間，秦小希和楊嘉愷結束外掃工作後準備走回教室，教室外聚集了一群學生，他們低聲議論著，看向秦小希。

一踏進教室，映入眼的畫面讓她靜默了好一陣子，她的座位上被撒滿麵粉，彷彿鋪上一層厚重的白雪，就連書包、抽屜、桌上的課本還有座位旁的走道都沒能倖免。

桌上放著一張沾著麵粉的字條，寫著——生日快樂。

座位上的麵粉出自誰的主意，秦小希和楊嘉愷都心知肚明，卻很有默契地沒開口道破。楊嘉愷從剛掃完地的同學手中搶過一支掃把，開始掃著地上的麵粉，秦小希則是拎起書包，使勁地抖下麵粉，她這時特別慶幸垃圾桶就在自己的座位旁邊，打掃起來省事了不少。

兩個人的反應太過平靜，沒有出現大家所期待的戲劇性場面，圍觀的群眾沒一會兒就各自散去了。

橙色的晚霞籠罩著校園，距離放學時間已經過了一個小時。

秦小希陪著楊嘉愷到腳踏車棚牽車，兩人一路無話。

楊嘉愷打破沉默，「今天我送妳回家吧！」

「幹麼?你今天很反常喔?」

「這是生日願望。」

「我有許生日願望嗎?」

「白痴，是我的生日願望。」

秦小希倒抽一口氣，就連座位上的麵粉都沒讓她那麼驚訝，「你也是今天生日?和我同一天?」

楊嘉愷瞪了她一眼，將車身傾斜，「不然我怎麼會記得妳的生日?上車。」

一路上楊嘉愷專心注意著路況，秦小希原本想問：「爲什麼你的生日願望是送我回家?」想了想又怕答案會讓她招架不住，索性還是不問了。

寂靜的氣氛壓得她不自在，正當躊躇著該說點什麼的時候，楊嘉愷突然開口，語調輕鬆：「我姊結婚一年，最近終於懷孕了。」

「你有姊姊喔?」

「嗯，大我七歲，預產期在明年六月。」

「六月啊，剛好是我們要畢業的時候耶!」

兩人的對話明明很溫馨，秦小希卻感覺更不自在，大概是被楊嘉愷罵習慣了，一時適應不來。

「秦小希。」

「幹麼？」

「妳為什麼喜歡江敏皓？」

楊嘉愷說完，忽然煞車，秦小希一沒注意便撞上他的後背，鼻子疼得險些出手打他。

他回過頭看著她，「紅燈。」

她捂著鼻子，本想罵他無良駕駛，又怕半路被趕下車，只好默默吞下這口氣，「你幹麼突然問這個？」

「我不知道他有哪裡好。」

秦小希本想說出一個與眾不同的理由，好讓她看起來和那些愛慕江敏皓的女生不一樣，然而想了很久卻是徒勞，就連她自己也不知道為什麼會喜歡江敏皓。

「我也不知道他有哪裡好。」

楊嘉愷沉默了很久，直到號誌亮起綠燈，才踩下踏板，迎風而來的微風吹起他的髮絲，「我呢？我不好嗎？」他的聲音很輕，秦小希險些聽不清楚。

她反覆思索著這句話，卻想不出個所以然，只好含糊地道：「很好，你很好。」

「沒有比江敏皓好？」

「……你到底想要問什麼？」

「我跟他誰比較好？」

秦小希不知道楊嘉愷今天吃錯什麼藥，她快要沒有耐性在這好和不好的問題上周旋，「我不知道啦，這又不重要。」

「秦小希，這很重要。」

他的認真以致空氣裡蔓延著凝重的氣息，她再沒神經也能聽出他想表達什麼，秦小希故意輕描淡寫地回：「喜歡就是喜歡，無關他好不好。」

楊嘉愷沒像往常一樣貧嘴，只是靜默，搞得人在後面的她如坐針氈，距離她回到家還有好一段路程，她看他不說話，覺得伸頭是一刀，縮頭也是一刀，刻意用調侃的語氣掩飾不安，「你不會要和我說你喜歡我吧？」

照著她的劇本，楊嘉愷此時應該要說「妳少臭美了」，或是「妳也把自己想得太好了吧」，那樣一來她就可以停止胡思亂想。只可惜她忘了，今天的楊嘉愷特別失常。

清風徐徐，少年的聲音傳到耳際，「嗯，我喜歡妳。」

兩人再度陷入了很長一段時間的沉默。秦小希腦袋一片空白，因爲楊嘉愷的告白就只有這麼一句話。

他沒有開口問「妳要不要跟我在一起」，也沒有說「那妳喜歡我嗎」，導致秦小希現在說什麼都不對。

楊嘉愷最後在距離秦家麵館幾公尺處停了下來，「江敏皓在妳家外面。」

秦小希把臉從楊嘉愷的後背挪了出來，恰巧對上江敏皓的雙眼，他的身影和粉紫色的彩霞融合在一起，靜靜地回望他們。

「楊嘉愷，你和我告白的事我可以裝作不知道嗎？」秦小希不想失去他這個朋友，裝傻似乎是最輕鬆的選項。

楊嘉愷回頭瞪她一眼，「不可以，妳明天去學校敢躲我試試看。」

「可是這樣我很尷尬。」

「我都沒尷尬，妳尷尬什麼？」

秦小希想了想，他說得好像也有道理。

她下了單車，低頭咕噥，現在連正視楊嘉愷都變成一件極為困難的事。

楊嘉愷看她煩惱的模樣，內心莫名不爽，淡淡地覷了她一眼，「我又沒讓妳給我答案。」秦小希盯著他腳上的白布鞋分神，她的高中生活究竟是從什麼時候開始變得這麼複雜的？好像自吳萍月離開以後，一切就脫序了。

見那兩人站在原地不動，江敏皓大步地朝他們走了過去，略帶怒火的嗓音從秦小希頭上落下：「我在公園等了妳一個小時。」

「我放學有事耽擱了。」

「你們一起去過生日了嗎？」

「沒有。」

「為什麼是他送妳回來？」

「你真的什麼都不知道？」楊嘉愷打斷兩人的談話，朝江敏皓挑眉。

秦小希見楊嘉愷一副要全盤托出的模樣，便伸手拉了他的衣角，這畫面落在江敏皓眼裡格外刺眼，他討厭秦小希和楊嘉愷成為朋友以後，處處防著自己的樣子。

「你先回去吧。」秦小希對楊嘉愷說。

「他看起來很想知道發生了什麼事，妳不說我可以幫妳說。」

「嗯，你說。」江敏皓的聲音冷漠得嚇人。

余倩的惡作劇在秦小希心中已經是過去式了，倘若讓江敏皓知道，他就會找余倩理論，繞了一大圈，余倩又會回來找自己麻煩，秦小希光想就覺得很累。

想到這裡，秦小希頓時就變得有些急躁，再次拉了拉楊嘉愷的衣角，「楊嘉愷，我叫你回去，我眞的要生氣了。」

楊嘉愷不悅地看向秦小希，拍掉了她抓著制服的手。

這幅畫面在江敏皓眼裡，就像兩人背地裡有著不可告人的小祕密，偷偷摸摸又眉來眼去。江敏皓掉頭而去，徒留下冷峻的聲音，「妳不用趕他走，我要回家了。」

「把話說完再走。」

「既然妳覺得不重要，那我們也沒什麼好說的了。」

她皺緊眉頭，「什麼東西不重要？」

他轉過身子注視著她，「家人就是會把彼此的生日放在心上，卻只有我這麼重視今天嗎？」

秦小希瞅著他擰緊的眉間褶痕，既委屈又生氣，「現在和以前不一樣了，你有女朋友了啊！」

「我們的事能不能別總是扯到余倩？」

「你又不是不知道，她早上都已經不高興了。」

無力感在心中來回拉扯，在江敏皓心裡，余倩根本不是他的女朋友，可是他卻一個字都不能說。「那妳呢？比起我們，妳似乎更在乎楊嘉愷，妳才剛轉去一班，大家都在注意妳，妳卻還爲了他頂撞老師。」

「對，現在我做什麼事大家都有話說，所以你能不能別再給我添亂了？更何況，當初要不是你沉不住氣打了學長，事情也不會變成這樣啊！」

「嗯，一切都是我沉不住氣。」

秦小希見他那受傷的神情，頓時有些心疼，「我不是那個意思，全校的人都在傳我和你的事，所以我才想說……我們暫時別走得那麼近。」

江敏皓愣了愣，盯了她半晌，「原來我們之間也就這樣。」

他落下這一句話後便離開了，留下這話在秦小希心裡扎根、發芽。她的呼吸變得急促，視線落在他騎著單車揚長而去的身影上，他的話太不公平了，她從來都不想要他們之間變成現在這個模樣。

自從江敏皓和余倩交往之後，她常常覺得很孤單，她即使難受也不敢和他說，她害怕他沒有選擇站在她這邊。

天色漸暗，路燈接連亮了起來，江敏皓的身影縮成一個小小的黑點，他離去時，也帶走了那些他們曾經以爲會永遠存在的東西。

其實她知道，他們終究會變的。

✦

開學第二天，新生們要進行入學健康檢查，學生會會長林禹及副會長余倩皆請了公假協助引導。

坐在詢問處整理新生資料的林禹，自方才就留意到走廊上那群一年三班的男學生，他們已經做完心電圖檢查，卻遲遲不回班上，他們的笑鬧聲越發張狂，林禹起身，邁開步伐朝學弟們走了過去。

「你們聚在這裡做什麼？」

新生們不知道林禹是學生會會長，嬉皮笑臉地壓低了聲音，「學長也在HB檔案群組裡面嗎？」

林禹從未聽過什麼HB檔案，應了聲，「沒有，那是什麼？」

「就是槐高男生限定的私密群組啊！聽說裡面都是一些養眼的影片，我們還在等待審核呢！」

私下交流影片這件事，林禹本是懶得管的，但聽見「審核」二字便覺得有些蹊蹺，

「你們從哪裡知道這個群組的？」

學弟笑得天真，「原來學長沒聽過這個群組啊？看來學長太用功讀書了，都快成僧了。」

另一名學弟也附和道：「聽說這個群組裡還有學姊的私密影片，所以加入是要收費的。」

未能得到答案的林禹逐漸有些惱火，怒吼了一句，「回答我的問題！你們是怎麼知道這個群組的？」

林禹毫無預兆地一吼，三個學弟肩膀同時一聳，才愣愣地回：「一樓男廁的牆上，有人用簽字筆寫上群組的帳號。」

林禹想起半個小時前說要去上廁所，卻往男廁方向走去的余倩，又想起昨天秦小希桌上的白麵粉，驚覺這件事大概和余倩脫不了關係。

林禹將額前幾縷散髮向上一撥，「你們知道加入那種群組是犯法的吧？在我查出幕後管理者是誰之前，你們最好自己取消群組申請。」

打掃時間的鐘聲響了，也意味著新生的健康檢查即將結束。

余倩直到鐘響前都沒有回來，爲避免打草驚蛇，林禹決定先裝作不知道群組的事，收拾東西時，刻意把余倩的東西也一併收走。

回教室的途中，林禹在走廊上遇見迎面而來的楊嘉愷，眼看兩人就要擦肩而過，林禹伸手捉住那人的手臂。

「幹麼？」

「和你說一件事。」

「沒空。」

「和秦小希有關。」

聽見秦小希的名字，楊嘉愷隨即收回邁出去的步伐。

待林禹解釋完事情的來龍去脈，楊嘉愷便推測他口中的私密影片，或許就是余倩要脅江敏皓的籌碼，一想到這裡，心中怒火難耐。他朝身旁的林禹攤開手掌，「手機給我。」

「你要我的手機幹麼？」

「約她放學後見面。」

林禹好言勸道：「她爸是家長會會長，無憑無據就貿然行動，只會惹事上身。」

「你爸還是警察局長，怕什麼？」

「等到需要我爸出面，事情就很嚴重了。」

話音剛落，余倩就傳來了一條訊息：

「我的學生會紀錄在你那裡吧？你在哪？我去找你拿。」

陽光自樹梢灑落，西側門的掃具儲物間因爲年久失修，基本上已是個廢棄的角落，平時除了幾個高年級學長姐會躲在這裡抽菸之外，幾乎不會有學生在這一帶走動。

放學時間已過，楊嘉愷蹲在樹下的石階上，幾縷陽光斜照下來，更顯他面容冷峻。

十分鐘後，余倩隻身前來，一見她出現，少年縱身跳下，突來的動靜讓余倩後退了一步，待看清眼前人後，便道：「怎麼是你？林禹呢？」

「他讓我跟妳說他有事來不了了。」

「不能來不會先傳訊息跟我說嗎？」

余倩低頭看了眼手機螢幕，翻了個白眼，轉身就要離開。

少年眼神一沉，朝那人快步離去的背影喊了一聲，「喂。」

她停下腳步回頭，皺著眉頭問：「幹麼？」

「妳手上有秦小希的影片？」

話一入耳，余倩的態度明顯比方才多了一絲防備，捏緊了手機，「你聽誰說的？」

她的小動作悉數落在楊嘉愷眼裡，坐實了作賊心虛。他綽有餘裕地勾唇笑著，狡黠的視線朝她投了過去，「妳不是該問我什麼影片才對嗎？」

意識到自己被擺了一道，余倩的臉色更差了，帶有幾分膽怯地說：「我不知道你在說什麼，我要走了。」

「妳開個價，我和妳買那支影片。」

女孩收回正要踏出去的腳步，他的話讓她摸不著頭緒，分不清對方眞正的意圖，「你要買那支影片幹麼？」

少年把雙手插在長褲的口袋裡，忍不住笑了出來，神色從容，「妳在跟我開玩笑嗎？男生拿那種影片還能幹麼？」

女孩聽懂他的意思，做了個嫌棄的表情，聲音流露出幾分鄙夷，「我以爲你把秦小希當朋友，原先還防著你，想不到你們男生全都是用下半身思考的動物。」

放學時間已經過了半個鐘頭，校園裡靜得很，方圓十里內只剩下他倆，楊嘉愷懶得和她浪費口舌，「妳到底給不給？」

余倩看了看周圍，擔心會被師長撞見，最後看向那久未維修的掃具間，她揚起下巴示意，「進去裡面說。」

楊嘉愷側過身子讓她先進，自己尾隨在後，默默地將掃具間的門上鎖，唇角在無人見處勾起了弧線。

余倩埋首翻找手機裡的相簿，唇邊漫過嘲謔的笑意，「早知道這麼好賺，我當時就多拍一些了。」

楊嘉愷在她自言自語時，箭步上前單手掐住她的脖子，使勁將她往後推，余倩沒抓緊的手機摔落在地，腳下失去重心往後仰倒。

頃刻，余倩背脊撞擊在冰冷的水泥地面，她吃痛地閉緊雙眼，一陣頭暈目眩，還沒回過神，少年雙手掐上了她的脖頸，過猛的力道強壓在喉間，她一陣作嘔，猛地咳了起來。

她從他深褐色的瞳膜中看見正在掙扎著的自己。

此刻的余倩像極了一條離開海水，就快要失去生命的小魚。

掃具間上方的小窗子隱隱透進夕陽的光，那是這個陰暗空間裡唯一的光源。光線恰巧照射在少年右耳的黑色耳釘上，此刻她只覺得，眼前人可能眞的會要了她的命。

「我不像江敏皓那麼有耐性，妳現在就把影片刪了。」楊嘉愷一字一句說得極緩，卻是那麼令人不寒而慄。

女孩因爲難以呼吸，話說得斷斷續續，「放……開我！這又不關你的事！影片我早就備份了！」

楊嘉愷此刻很想擰碎眼前人的骨頭，他仰賴尚存的一絲理智，用充滿戾氣的聲音道：「不要讓我講第二遍。」

余倩抬起腿，朝他的腹部踢了一腳，楊嘉愷忍痛悶哼了一聲。

「你想使用暴力，我就把這件事告訴全校的人，一旦我爸知道了，就不是……記過那麼簡單……」

瞥見她眼角滑落的淚水，楊嘉愷的力道收斂了些，轉而把臉向前貼近，前額幾乎抵在她的額上，唇角玩味地一勾，「嗯，妳去說，說放學後一個人都沒有，說我們相約在廢棄的掃具間裡……妳覺得別人會怎麼想？」

楊嘉愷的笑容讓她不自覺地發抖，冷峻的聲音直竄入耳，「大家都很會編故事的。」

「你！」

「你就不怕我把她的影片散播出去？沒人知道影片是誰拍的，秦小希如果想要指認我，她就得承認影片裡的人是她……」

秦小希的名字一入耳，他的怒火再次被點燃，兇狠的視線死死盯在她身上，「她不會知道這件事情。」

「那要看你怎麼做。」

少年凝視著余倩，收回右手，余倩急促且大口地換著氣，胸脯劇烈上下起伏著。

他取出制服口袋裡的手機，拿到余倩眼前晃了晃，女孩瞳孔一縮，五分十一秒，五分十二秒……螢幕上的錄音時間持續地跑著。

帶點戲謔的嗓音在她耳邊響起，「如果家長會會長知道自己的女兒在學校不好好念書，忙著散播同學的私密影片，不知道會怎麼想？」

聽了他的話，女孩眼神裡透出幾分驚恐，泛紅的眼眶噙著淚水，試圖穩住聲音，「既然那樣，秦小希的高中生活也不會好過了。」她直到這一刻還在賭，賭他不會想讓這件事攤在陽光底下。

遺憾的是，她的話非但沒能讓他猶豫，還從容不迫地替她分析，「那是自然，不過在那之前江敏皓會先甩了妳，而我會陪在秦小希身邊，至於妳爸……高機率得向學校辭去家長會會長一職以示負責。」

他故意停頓一下，欣賞著她萬般懼怕的模樣，「至於作爲市區重點高中的槐高，爆出這麼難堪的事件影響校譽，當然不可能對妳沒有任何懲處，妳認爲退學處分如何？」

直到這一刻，眼前的少女才眞正慌了，不顧形象地哭喊道：「我刪影片、刪群組就是了，這樣可以了吧？我眞的還沒有傳給任何人，我只是先收錢而已。」

「我不會刪音檔，妳說的最好是事實。」

她的指尖憤然地陷進他的手臂，壓出一條紅印，「你到底想要怎樣？」

少年撥開她的手，站起身，「這件事不是刪了影片就能當沒發生過。」

余倩使勁撐起自己的身軀，試圖擠出一抹笑容，「你再冷靜想想，江敏皓沒有和秦小希交往，你不是也會高興嗎？這樣做對你又有什麼好處？你以前明明最討厭插手管別人的事情。」

手機的白光照映在少年陰冷的臉龐，他垂眸將錄音存檔，接著把檔案備份上傳，餘光瞥見方才被她踢髒的制服衣角，皺著眉拍了拍，「我一點也不在乎妳要不要繼續和江敏皓交往。」

楊嘉愷轉身，居高臨下地望著淚痕斑斑的少女，「但如果秦小希受到傷害，我就會讓妳身敗名裂。」

✦

自那日在家門前分別，秦小希和江敏皓彷彿成了兩條平行線。從前兩人即使吵架，她只要兩天不理他，那人就會跑來她屁股後面哭著求和。她沒想過江敏皓的脾氣也能這麼拗。

秦小希結束打掃工作後，便走去福利社買杯冰紅茶，折回教室的途中，碰見從教官室出來的林禹，她小跑步上前和他並肩，隨口搭話，「你當上學生會會長之後變得很忙欸，下課想找你問數學都沒辦法。」

少年單手抱著一疊資料，轉頭瞧了她一眼，「沒辦法，副會長根本沒在做事。」

秦小希也知道學生會裡的狀況，點了點頭便沒再出聲。

林禹續道：「這次江敏皓在比賽中拿到金牌，各家媒體都來學校做採訪跟報導，學校決定借此機會發揚校內的跆拳道社，作爲下一屆招生的重點。」

聽見熟悉的名字，秦小希咬了咬口中的吸管。

「學校打算把江敏皓的照片做成布條掛在校門口的牆上，大概還會下個聳動的標題吧！」

秦小希嘴裡的吸管發出吸溜吸溜的聲音，最後勾起一抹敷衍的笑容：「這樣啊！」

「妳知道爲什麼我要和妳說這些嗎？」

「不知道。」她據實以告。

林禹長嘆一口氣，將原先握在手裡的伸縮皮尺交到她手上，「學校準備訂製一件印有校徽的跆拳道服，我需要知道江敏皓的衣服尺寸，妳去量。」

秦小希愣愣地盯著手裡的皮尺，「爲什麼是我？」

「妳沒看到我已經忙得分身乏術了？最晚明天就要交到教務處。」

秦小希本還想說點什麼，無奈上課鐘響了，兩人只好加快腳步跑回教室。

放學時間，秦小希走到二班，卻被告知江敏皓已經去練習了，只好背起書包往體育館的方向走去。一路上胸口突突地跳，她臉皮薄又愛面子，上次吵完架後，兩人的關係就一直處於冰點，她不知道這樣的日子還要維持多久，更確切地說，她不知道江敏皓打算和余倩交往多久。

思緒被眼前的畫面拉回，她看見江敏皓和跆拳道社的社員說說笑笑地走出體育館，卻遲遲不敢再向前一步。

是另一名社員先注意到她，在江敏皓耳邊說了幾句話，他才轉頭發現她的存在。

秦小希站在太陽下，看著江敏皓和身旁的同學朝自己走過來，江敏皓冷淡地道：「怎麼了？」

正如她所預期，江敏皓沒給她好臉色，然而她有正事在身，也不是來向他道歉的，她淡淡地道：「學生會接到指令，要來量你的衣服尺寸。」

「怎麼是妳來量？林禹說了讓我自己去找他。」

秦小希本想回他一句「你以為我很想來」，想了想還是算了，只道：「他很忙。」

江敏皓沒再問話，挺直身板，打開雙臂，秦小希拉長手中的皮尺，從腰圍量起。女孩埋首盯著皮尺上的數字，認真地為他丈量尺寸，他雙眸微斂，驀地有些心軟。

記下數字後，她示意他轉過身去，再道：「肩寬。」

他倆的身高正好是一百八十五對上一百五十八，秦小希踮起腳尖，好不容易搆著肩線，卻看不清皮尺上的數字。江敏皓不是沒有發現她的難處，然而兩人正在冷戰，他才刻意刁難。

身旁的同學見狀笑了笑，緩頰道：「你沒看人家都量不到了，還不蹲低點。」

秦小希面不改色，心裡想著這位同學人眞好。

江敏皓置若罔聞，憶起孩提時代的每一次吵架，都是他放低姿態去找她，他想看看秦小希這次能不能爲他放下身段，然而他等了很久，越等越心寒。

他轉過身，視線向下掃了一眼，搶過秦小希手裡的皮尺，扔到同學手中，「你量。」

秦小希被他的舉動嚇得肩膀一跳，抿緊了唇。

「你是怎麼了啊？明明剛才都還好好的。」無辜被捲進事端的同學接過皮尺，見到江敏皓這麼蠻橫的樣子，敢怒不敢言，便不再作聲，迅速地量好肩寬。

興許是感受不到秦小希對自己的重視，積累的不悅湧上心頭，江敏皓逮住時機就想逞些口舌之快，朝女孩喊道：「量好了就快回去，免得同學們又要到處傳我們的事。」說完便抬高下巴等著看她反應。

秦小希俯首把皮尺收回書包，任由心臟飛也似地跳動，頭也不回地轉身走了。

陽光落在操場上，她抬手遮擋，試圖看清前方的路，跑道和教室大樓卻逐漸交疊，在她眼中糊成一團，直到嘴角微微顫抖，直到淚水滾落兩頰，燙得發疼，她才停下腳步，任由情緒恣意宣洩。

接下來的幾週，江敏皓像顆陀螺似地在各處室轉來轉去。

教務處讓他請公假拍攝招生影片，學務處安排他擔任新一任的親善大使，新聞媒體來了一次又一次。教官表示，這些配合學校進行的招生活動，能讓江敏皓功過相抵，因此先前的兩支大過不會留存在他的操行成績上。

他挺享受這樣的忙碌。

自從吳萍月離開以後，他漸漸地害怕自己一個人待在空蕩蕩的家裡，屋子裡熟悉的氣味，總會在深夜時分侵蝕他的夢境。雖然吳萍月住院的那段時日，他也是一個人住，但這回不同的是，他再也等不到她回來了。

父親每月固定匯入生活費，給他打過幾次電話，幾句簡單的寒暄，甚至問過他有沒有意願搬到國外一起住，最後江敏皓婉拒了。

婉拒的原因，大概是因爲秦小希吧！

江敏皓拿出手機，在兩人的聊天室輸入了幾句話——

「我是新任的校園親善大使。」

「學校會把我的布條掛在正門口，希爸希媽要是知道了會不會驕傲？」

「我的兩支大過已經抵消了。」

「我們別吵架了好不好？」

末了，又緩緩刪去了那些字句。

放學時間，班導師陳紋找江敏皓到辦公室，方才結束社團活動的江敏皓，背著書包喊了聲報告，朝班導師的座位走去。

「老師，您找我？」

陳紋面色凝重，示意江敏皓先坐下，隨後才緩緩地開口道：「你透過校際盃得到的保送，被撤回了。學校會將這件事情低調處理，招生活動還是會照常進行……」

話落，江敏皓久久都無法回過神來。過了許久才開口問道：「保送被撤回的原因是什麼？」

陳紋輕輕嘆了口氣，無奈地說：「余會長長年和津川大學有所往來，津川的主任得知你和余禾晉的那一場架，多方思考之後做出了這樣的決定。」

原來那一場架的代價，早就不僅僅兩支大過。

陳紋見他神色凝重，試圖安慰，「還是有許多體育學校因爲校際盃相當看好你的，你只要把握在校成績，還是能申請上好的大學。還有我剛剛說的，學校會竭力將這個消息掩蓋下來，你只要繼續配合後續的招生活動就可以了。」

江敏皓想起了那些招生影片和紅布條，語聲清冷，「但這樣就是騙人了，我並沒有眞的成功保送津川。」

「但你確實是有這個實力的。」

少年喃喃地道：「就結果而言，我還是不符合資格。」

陳紋皺起眉頭，「那麼多家媒體都已經刊登你保送津川的事，現在是不可能再大動作發出聲明的，學校也有學校的考量……」

「老師，我該回家了。」江敏皓雙眼無神地站起，逕自朝門口走去。

想起潛心準備比賽的那一段時日，他埋頭訓練，連醫院都沒去幾回，錯過了那麼多能和吳萍月相處的時間，到頭來卻還是什麼都沒能得到。

那麼他做的這一切到底是爲了什麼？

少年長腿一邁，步出辦公室，陳紋明白他受到了打擊，也沒出聲攔他。

走廊上有個女孩等在門邊，見江敏皓出來，伸手去拉他的袖子，江敏皓認出她，眉間的褶痕更深了，甩開她的手，「我不想看到妳。」

江敏皓繞過余倩繼續前進，她也沒再開口說話，不依不撓地追在後面，江敏皓見她跟了上來，喝斥道：「妳到底煩不煩？看不出來我有多討厭妳嗎？」

余倩被他吼得嚇了一跳，她對江敏皓的喜歡雖然有點扭曲，但是她所做的一切並不是爲了傷害他，她想折磨的人從來都只有秦小希，可是到頭來最痛苦、失去最多的人，卻成了江敏皓。

昨夜自父親口中得知江敏皓保送被撤回的事情後，她雖幾度求情，但父親堅決地表示這件事已成定局。她從沒想過事態會演變至這麼嚴重的地步，保送遭撤的事情一旦曝光，就有可能牽扯到那支偷拍影片，再加上楊嘉愷手上握有的音檔，那麼她的人生就眞的完蛋了。

與其等到東窗事發，被人一腳踢開，她寧願選擇一個漂亮的退場。

余倩看著地板，靜靜地承受著他的所有憤怒，低語道：「我是想和你說，我們分手吧！」

✦

高三上學期漸漸步入尾聲，學生們距離升學考試也越來越近。槐高是相當看重升學率的學校，因此校內圖書館無論在平日還是假日，皆會開放給高三生自習。

夜自習前，秦小希總會拖著楊嘉愷到學校後面一家名叫「天然哞哞香」的古早味茶行喝上一杯冬瓜鮮奶，楊嘉愷和她說這家店的東西太便宜，一定全是化學成分，秦小希念在老闆娘那慈眉善目的面容，認爲楊嘉愷胡說八道。

秦小希和老闆娘點完冬瓜鮮奶後，老老實實地在一旁等待，腦中突然想起余倩這幾個月來一點動作也沒有，在學生會裡也不找她麻煩了，她的校園生活在某個時刻歸於平靜，她一時還不習慣，「欸，楊嘉愷，你有沒有發現我最近好像過得太順利了一點？」

少年涼涼地瞥了她一眼，「那樣不好嗎？」

「是沒有不好，就是覺得哪裡怪怪的。」

楊嘉愷盯著她半晌，「妳和江敏皓還沒有和好？」

近幾個月來，秦硯和王菱貞天天在她耳邊叨念著怎麼不見江敏皓的影子，秦小希總以一句「分班後比較少聯繫」來忽悠過去。

「幹麼突然問這個？」

「林禹在整理學年度出缺席紀錄時，發現他從上個月開始就常常缺課，妳知道這件事嗎？」

「你現在和我說這些是要我去關心他嗎？你心機真的很重。」秦小希說完，拿起方才老闆娘送來的冬瓜鮮奶，將吸管戳進杯子裡。

他笑了笑，「那妳打算怎麼做？」

秦小希嘴裡銜著鮮奶，含糊不清地道：「我才不管他呢，我最愛記仇了。」

「我想也是。」

秦小希看他回得那麼自然，瞬間湧上一股怒氣，吞下口中的鮮奶，「你是什麼意思啊？我可是有找過他的，只是他像趕害蟲一樣把我趕走了。」

楊嘉愷壓抑著心頭的怒火，氣得吼她一句：「妳不要自尊的啊？」

自尊這種東西又不值錢，秦小希本想這麼說，但老闆娘已經注意到他們的談話內容了，她面子掛不住，索性抿著唇不說話，把口中的吸管咬得扁扁的，盯著楊嘉愷那一副比她本人更不甘心的模樣，喊了他一聲，「楊嘉愷。」

「幹麼？」

「你爲什麼喜歡我啊？」秦小希暗暗猜想，或許是某天他陪她算數學的時候，忽然驚覺她認眞的模樣特別有魅力，畢竟認眞的女人最美麗了……

無奈幻想是豐滿的，現實卻很骨感，楊嘉愷冷冷地朝她瞥一眼，「關妳什麼事？」

關她什麼事？

秦小希瞪大了眼睛看向楊嘉愷，她對這個答案非常不滿意，這個人哪裡有半分像是在對喜歡的女生說話？在她心中，一個男生喜歡一個女生，就應該要把好吃的便當菜留給她吃，或紅著臉偷偷塞情書，再不然就是爲了她學一首情歌，否則怎麼好意思說他喜歡她？

秦小希模仿余倩，腳使勁一跺，「你喜歡我怎麼會不關我的事啊？我有權利知道！」

楊嘉愷失笑，「妳知道之後要幹麼？」

秦小希沒想過他會反問自己這個問題，撓了撓頭，「我覺得你搞錯了，你根本就沒有喜歡我，喜歡一個人才不是像你這樣。」

楊嘉愷見那人故作生氣的樣子，忽然挺想揉亂她的頭髮，一個俯身把臉湊到她眼前，鼻息跟著覆了上來，唇角微微上揚，「不然喜歡一個人應該要怎樣？」

兩人的臉相距不到三公分，秦小希嚇得瞬間抖了一下，把手裡的冬瓜鮮奶推了出去，被楊嘉愷一手接住。

空氣太微妙了，她只得僵笑著等楊嘉愷像往常一樣罵她笨手笨腳。

一秒、兩秒、三秒……

眼前人俯身含住吸管，啜了一口，最後皺起眉頭，「太甜了。」

夜自習時，儘管秦小希努力地把注意力放在歷屆試題上，心思卻還是不爭氣地往斜前方趴在桌上睡覺的江敏皓飄去。

楊嘉愷說過的話在她的心底漸漸發酵，像麵團放進烤箱，遇熱就會膨脹。

雖然秦小希是被迫調到一班的，老師也表明了目的是要讓她和江敏皓保持距離，但她內心總存有一絲愧疚，覺得自己好像眞的棄他於不顧。

秦小希越是這麼想，越覺得要把握這次機會。當前的情況算不上她主動去找他，他們只是剛好都在圖書館讀書，從第三方的角度來看，這種情形叫做巧合，絕對不是她想和江敏皓和好。

鐘聲響起，學生們三三兩兩地離開圖書館，秦小希才起身朝江敏皓的座位走去。

「江敏皓。」

少年聽見她的聲音，揉了揉睡眼惺忪的眼睛，緩緩坐起身。

見到江敏皓這副模樣，秦小希胸口的怒火瞬間點燃，她氣他放任自己的學業不管，也氣自己始終沒能放下他。

「你最近爲什麼常常缺課？」

江敏皓皺起眉，冷漠地瞥了她一眼，「妳什麼時候這麼關心我的事了？」

秦小希感受到他冰冷的視線，「我不知道你爲什麼這麼頹廢，在校成績還是會影響你的大學保送。」

江敏皓一手闔上課本，眼神流淌著一抹陰鬱，冷笑了聲，「保送？我都不在乎了，妳幹麼在乎？」

「如果連學業都荒廢，你還有什麼事情做得好？」

少年餘光瞥見自秦小希身後走來的楊嘉愷，隨之站起身來，「那妳呢？跟成績好的男生待在一起，妳的成績就會自動變好了嗎？還是妳去一班以後，開始瞧不起二班的人了？」

秦小希腦袋瞬時一片空白，那些充滿惡意的字句她每天都能聽得見，但從江敏皓口中說出來，傷人的程度竟無法比擬，她的雙唇不自覺地顫抖著，「在你心中我就是那樣的人？」

「那妳又是怎麼想我的？妳是不是覺得我很傻？」

「你到底在說什麼？」

「秦小希，妳以爲我是因爲誰才變成現在這個樣子的？我又是爲誰和余禾晉打架的？在妳眼中這一切是不是都很可笑？如果妳在意過我，又怎麼會一轉身就跟楊嘉愷玩在一起？」

秦小希忽然覺得眼前的人好陌生，空長了一張她熟悉的臉，字字句句卻都是在傷她的心，曾幾何時，他已經不再是那個總是哄著她，說他倆不會有一絲改變的男孩了。

直到淚水滑過兩頰，秦小希才意識到自己哭了，從小到大，她明明最討厭在他面前哭的。

原來他是那樣想她的啊，原來她在他的心裡那麼醜陋。

止不住的眼淚零零落落地掉下。也許，她最生氣的並不是他依然那麼幼稚，也不是他故意和她賭氣，而是全世界的人都可以向她扔那些莫須有的小石頭，他不可以，在她心裡，唯獨他不可以。

「如果我只在乎自己，我幹麼管你要不要來學校？阿嬤要是知道你現在這個樣子，你覺得她會開心嗎？」

江敏皓把視線轉向窗外，「她都走了，妳還說那些幹麼？」

秦小希氣得上前推了他一把，「你以為只有阿嬤在乎你？我們全家人都把你當家人，難道對你而言我們什麼都不算？」

秦小希盈著淚水的眼眶，模糊之中看見江敏皓微愣的模樣，他伸過手想握住她，卻被她甩開了。

「我以後都不會管你了，眞的，再也不管你了。」淚水無止盡地掉落，她卻沒有去抹，她什麼都給他了，連自己的媽媽都給了他。

全校同學傳她喜歡他的時候，她不曾否認，他卻不為所動，同學們說她去了一班就看不起二班的人時，他憑什麼就相信了？

所有的誤會都是因爲在乎，她喜歡江敏皓，可是她不敢說，她怕她的喜歡他不要。單戀一個人眞的很孤獨，他不知道他的一舉一動都牽動著自己的情緒，他僅憑一句氣話就能讓她落下淚來。

儘管知道他就是令她疼痛的根源，卻捨不得將他從心上抹去，只能矛盾地放任傷口持續擴大。

✦

明鏡般的月亮懸掛在夜裡，銀白色的光輝落了一地。時間來到晚上九點，路上人煙稀少，周圍不是田就是產業道路，其餘就只剩下幾間零星的住宅。

秦小希不曉得自己哭了多久，身旁的人終於忍不住打斷她，「妳到底要哭到什麼時候？」

被這麼一念，秦小希更委屈了，抿緊了唇，吸著鼻子，用雙手抹掉頻頻落下的淚，「你沒聽到他怎麼說我的啊？居然還不准我哭……」

楊嘉愷牽著單車，撇開臉不看她，「都幾歲了還在路上邊走邊哭，妳不丟臉，我很丟臉。」

「那你就回你家啊！我一個人也可以回去……我都那麼難過了，你就只會兇我。」

「妳死在這裡，附近的房子又更難賣了。」

「我都失戀了你還在扯那些有的沒的！你這個朋友也太差勁了吧！」

「妳哪有失戀？你們根本沒有開始過。」

「你不要再挑我語病了，你是不是真的看不出我有多難過？我的胸口現在好像硬生生被人鑿出了一個洞一樣……」

秦小希模糊的視線盯著前方的柏油路，這條路上有太多她和江敏皓的回憶，如今看著卻特別刺眼，有物是人非的感觸。

良久，秦小希察覺身旁的人突然沒了動靜，楊嘉愷該不會真的狠心地丟下她吧？空氣中只剩下秦小希吸鼻涕的聲音，自己竟也感覺有點丟臉，抬頭瞥了身旁的人一眼，「你幹麼都不說話？」

「我在想事情。」

「你不安慰我還在想別的事情？現在能有什麼事情比我更重要？」

身旁的人比她更氣，「所以我說妳幹麼要選這條路？」

秦小希看了看眼前的路，這確實是她每天回家走的路，她還沒難過到會迷路的地步，「我回家就只有這一條路啊！」

楊嘉愷聞聲，壓抑許久的怒氣瞬間就被點燃，「妳就偏要選一條明知道會受傷的路，現在開心了嗎？半夜在路邊哭得跟鬼一樣。」

他的話像一記直球打得秦小希頭昏腦脹，哭到咳了起來，其實就連她也不知道自己在堅持什麼。自從吳萍月離世之後，她已經理解到人事間的一切有多麼無常，喜歡的人不喜歡自己，只是這個宇宙中一點點的遺憾罷了。

「你突然那麼兇幹麼？我也不想要繼續喜歡他了，但我現在就是還做不到……」

秦小希用食指抹了抹鼻子，中氣十足地兇回去，「你還不是一樣？你也選了一條會受傷的路，你明明知道我喜歡江敏皓，幹麼還要和我告白？」

楊嘉愷停下腳步，視線從正前方轉回，皎白的月光映照在他臉上，眼神裡有幾分憂傷，「我沒有選擇，妳有。」

✦

冷風張狂地吹著，單薄的枯枝爲街道添了幾分寒意，秦小希卻無暇關注窗外的景致，她已經在浴室裡哀號十多分鐘了，反覆看著鏡子裡的自己，眼周微腫，雙眸布滿血絲，面色黯淡蒼白。

都說失戀讓人變得既落魄又醜，秦小希這算是還沒戀上就先變醜了，此刻眞想去江敏皓家揍他幾拳。

秦小希在浴室裡以溼毛巾冰敷眼周，直到王菱貞的叫罵聲自樓梯間傳了上來，她才不甘不願地拖著沉重的腳步下樓。

王菱貞一見自家女兒皺巴巴的襯衫、不平整的百褶裙，戴著白色口罩的模樣，「妳生病了？」

秦小希聞聲，靈機一動，「生病了就可以不去學校嗎？」

王菱貞收回視線，轉身走回廚房，「看妳挺有精神的，快點出門，不要遲到了。」

秦小希跟隨在後，「媽，妳看不出來我身體虛弱嗎？妳快點再仔細看看。」

「身體虛弱的人早上還在浴室叫那麼大聲，妳如果感冒了，就放學去看個醫生再回來。」

秦小希知道即使再吵也無際於事，她最後還是得上學，留意了時間，公車就快發車了，索性穿上鞋子出門。

空氣中浸染著冬天的氣息，此時，兩道身影正在秦家麵館旁的樹蔭下沉默對峙著。第一個出現在秦家外頭的人是江敏皓，十分鐘後楊嘉愷騎著一輛黑色機車出現，江敏皓留意到他的車上還放了另外一頂安全帽。

雙方對於彼此出現在這裡的目的都了然於心。

倚在機車旁的楊嘉愷朝著江敏皓瞥了一眼，眼中沁出一抹涼意，「你們住那麼近，你現在才來道歉？」

江敏皓面無表情，望向秦家門口，「我有事要和她說。」

楊嘉愷雙手交叉環在胸前，聳了聳肩，「她應該不想聽。」

「那是我們兩個的事。」續道：「你又是來幹麼的？」

「載她上學。」

「她不會和你走。」

少年揚眉，聲音裡盡是掩不住的自信，「很難說。」

鐵捲門旁的小門此時正好開了，秦小希推開鐵門，還未適應外頭的天光，兩道熟悉的身影倏地映入眼中，秦小希一愣，以爲自己出現幻覺。眼前的兩人留意到動靜，視線同時掃向秦小希，再同時倒抽了一口氣。

先從震懾中回過神來的人是江敏皓，他緩緩啟唇：「……妳今天怎麼這麼晚？」

秦小希讀出他眼裡的驚恐，內心覺得他想問的其實是「妳今天怎麼這麼醜」。

她抿了抿乾澀的唇瓣，面色蒼白，「我沒睡好。」

秦小希再怎麼豁達，終歸還是個青春期的少女，被喜歡的男生撞見這麼醜的樣子，說起話來都少了些氣勢。

她看向還處在震驚當中的楊嘉愷，「你要騎機車去學校？」她若再不轉移話題，這兩人恐怕要一直盯著她的臉了。

「我有駕照，爲什麼不能騎？」

「你冒著快遲到的風險來我家炫耀你有駕照？」

「我快遲到是妳害的，快上車。」

秦小希愣了愣，遲遲沒接過楊嘉愷遞上前的黑色安全帽，身後的江敏皓朝她喊了一句，「不要和他走。」

她回過身子，視線移向他的臉，「爲什麼？」

少年擰緊眉頭，熟悉的聲音像從前一樣溫柔，「……我有話和妳說。」

秦小希看著眼前這個從小和他一起長大的男孩，腦海中浮現的全是昨夜兩人在自習室裡爭吵的畫面。不曉得是她撿回了自尊，又或是不甘心昨晚的那些眼淚，秦小希板起臉來，「我沒有話要和你說。」

如果她能夠爲這段單戀做些什麼，那即便只是她在賭氣也好，她也希望他能感受到她的一點點痛苦，只要她內心還在意他，這些積累下來的傷害就無法一夕之間痊癒。

秦小希把目光挪回楊嘉愷身上，朝他走近，調整自己的書包背帶，低喃了句：「我現在看起來是不是很醜？」

楊嘉愷沒有回話，平淡地替她戴上安全帽，扣環應聲合上，再粗魯地蓋下面罩，「這樣就看不到了。」

第四章　校服上的名字

日子一天一天邁向升學考試，秦小希基本上睜開眼睛就在寫題目，楊嘉愷連假日也不放過她，拖著她到一間二十四小時的讀書中心備考。

大考在即，班上的學生各式各樣，有勢在必得的，也有臨時抱佛腳的，在秦小希看來，楊嘉愷是屬於游刃有餘的那種。

早在剛轉進一班的時候，秦小希就知道楊嘉愷是多麼聰明的人了。楊嘉愷只聽課，不做筆記，但是當她問他問題的時候，他總能完整地再替她講解一遍，她若還是不懂，他就一邊嫌棄她，然後再說一遍。

秦小希轉著手中的筆，對面的楊嘉愷正埋首盯著她的數學講義，她挑起眉梢，「怎麼樣？我沒算錯吧？」

「妳是不是偷看答案？」

秦小希一把搶過講義，「拜託，你一直叫我算數學，我還能不會嗎？我覺得我明天考試大概會是第一個離開考場的喔！」

楊嘉愷失笑，「因爲作弊被趕出去？」

秦小希氣得漲紅了臉，「……你少瞧不起我，我就算考不上世大，也可以考上桐大。」

「妳想跟著我去A市？」

他問得不急不緩，秦小希一時也給不出個答案。

高二那年，楊嘉愷誤打誤撞地成了她高中生活裡不可或缺的存在，她就是覺得有他在的日子挺好的。

楊嘉愷見她不回應，拿起手機看了一眼，時間來到下午五點，他動身收拾桌上的課本，「和我去一個地方。」

離開讀書中心後，楊嘉愷一路上都沒說話，頻頻低頭看手機導航，跟在身後的秦小希一臉疑惑，「我們現在要去哪裡？」

楊嘉愷裝沒聽見，臉上也沒有透露出半點情緒，秦小希跟著他走了五分鐘，最後被冷風吹得頭有些疼，「你再不說我就要回家了，這裡和我家是反方向。」

少年終於回頭瞪她一眼，「路痴，這裡跟妳家才不是反方向。」

「……是喔？那不是重點，你到底要帶我去哪裡？」

楊嘉愷向左彎進一條小巷子，秦小希站在巷子口呆愣了半晌，心想小巷子裡不會是有什麼驚喜吧？他該不會撿到一窩小貓，準備深情地和她說：「我是爸爸，妳是媽媽……」

直到楊嘉愷走到了巷子尾端，她才鼓起十二萬分的勇氣跟了過去。兩人走到一間小店前，楊嘉愷推開玻璃門入內，秦小希則停留在門外，抬頭看了看招牌——安徒生婦嬰用品。

婦嬰用品？秦小希瞪大眼睛，趕緊跟上。

清脆的風鈴聲迴盪著，楊嘉愷在架子前東挑西選，秦小希一路緊跟在後，腦中閃過幾個不妙的念頭，「你……你爲什麼要來這裡？」

楊嘉愷沒有理她，只顧著端詳手裡的嬰兒圍兜和奶嘴，又時不時地翻著架上的嬰兒餐具，秦小希終於忍不住說出心中所想，壓低聲音道：「你有孩子了？」

「妳白痴啊？」楊嘉愷有時候眞的不明白秦小希的腦袋到底裝了些什麼？

秦小希被罵得很無辜，「不是的話你來這裡幹麼？」

楊嘉愷挑了一條有雪人圖案的圍兜放在她手裡，「這條好看嗎？」

秦小希哪有心思鑑賞那條圍兜，搶過手後把它扔回架上，「孩子的媽媽是誰？我認識嗎？」

楊嘉愷瞪了她一眼，又重新拿起那條圍兜，「我姊，妳認識嗎？」

秦小希這才恍然大悟，「……對喔！你姊懷孕了！」

「這條好不好看？」他耐心再問一次。

見他仔細地盯著手裡的圍兜，那畫面看上去特別新奇，秦小希止不住唇角揚起的弧線，「你喜歡小孩子嗎？」

少年眼中流淌出一抹溫柔，「不喜歡。」

「你眞的很不老實耶！」終於放下心中的大石後，秦小希轉頭張望架子上的玩偶，拿起一隻粉紅色的小熊，「那我也要送一個禮物給你姊，寶寶是男生還是女生？」

「女生。」

「名字呢？想好了嗎？」

「就叫小希吧！」

「啊？不好吧？我的名字是我爸隨便取的，因爲他發現再怎麼認眞取名字也沒用，你別害了你姊的孩子。」

楊嘉愷把那條圍兜放進購物籃裡，看了看架上的磨牙玩具，挑了一隻小河馬，「我姊是不易受孕的體質，這個寶寶承載著全家人的希望。」

楊嘉愷那一臉柔和的樣子，看得秦小希也感動了起來。假設當年她爸爲她解釋名字由來的時候也能好好回答就好了，偏偏秦硯只告訴她，姓名學裡唯一可信的是命裡缺什麼就要補什麼，看來她爸是覺得她的人生沒有希望……

一旁的楊嘉愷忽然朝她拋過一抹邪惡的笑容，「小希，妳都幾歲了還會尿床？」

他的話讓她的感動瞬間化爲烏有，「無聊!虧我還被你那麼眞心的樣子打動了！」眼前的少年仍自顧自的演著，「小希，不要撿地上的東西吃。」

「……你眞的是史上最變態的舅舅。」

那總歸還算一個溫馨的午後，除了店員老用一種奇怪的眼神在打量他們以外。

結帳的時候，店員的視線來回掃了掃秦小希和楊嘉愷，在兩人離去前、後，還不忘瞥了一眼秦小希的肚皮，秦小希很想和他解釋，她肚子裡除了尚未消化的午餐之外，再也沒有其他的了。

✦

學測轉瞬之間就結束了，學校裡的日子有如白駒過隙。

楊嘉愷順利考上第一志願世冶大學，秦小希也如自己所說，考上了桐林大學，按照學校之前的轉班懲處，秦小希在學測結束後終於回到了二班。

在秦小希結束閉關讀書的日子後，她才想起江敏皓。

在這個世界上，每件事情都講求一個時機，然而，她好像早已錯過和江敏皓和解的時機，儘管她早就不生他的氣了，這場架卻好像沒有終點，沒有人願意爲這段關係承認自己在乎得更多一些。

江敏皓在學測後便請了長假，秦小希整個高三下學期都沒見到他，她從前覺得自己是最了解他的人，如今他倆連簡單的問候都做不到。

她點開手機裡的通訊軟體，往下滑了許久，才看到江敏皓的名字，兩人最後一次的對話紀錄停留在去年九月。

江敏皓說了一句生日快樂，在那之後便開始了爲期數月的冷戰。

秦小希試圖輸入幾個字：

「你怎麼都沒有來上課？」
「你不會是到畢業前都不來了吧？」
「我不找你，你為什麼也不找我？」

她有很多話想問他，卻始終沒有送出的勇氣。

✦

盛暑。

畢業前的最後一個月，學生會為了畢業典禮的活動忙得焦頭爛額，有人提議在學校操場露營夜宿，不過很快地便被駁回了，理由是誰想在大熱天睡在操場上？

接著，有人提議辦個畢業生吐槽大會，但這個提議被林禹制止了，他擔心屆時會控制不了局面。

最後，還是了無新意地決定舉辦水球大戰和告白大會。

典禮在即，學生會著手布置會場，埋首摺著紙彩球的秦小希，被眼前的一道身影擋住了光源，她仰首，撞進了眼前人的視線。

楊嘉愷奪過她手上的紙彩球，道了句：「摺得這麼醜。」

秦小希蹙緊眉頭，「喂，你小心一點，別壓壞我的彩球。」

少年往身後的椅子坐下，兩腿交疊，把手中的彩球往空中一拋，秦小希的目光循著彩球而上，用雙手接起，抓住的瞬間，過猛的力道卻把彩球壓扁了。

秦小希瞪著正笑得開懷的罪魁禍首，「你很無聊。」

楊嘉愷收起唇角的笑意，「放學去唱歌吧！林禹和黃亭也會去。」

秦小希當然同意，唯獨執著在一個點上。爲什麼先問了黃亭和林禹，最後才問她？

秦小希隨即意識到這個問題顯得自己格局很小，索性不問了，轉了個話題，「你當初是怎麼和林禹成爲朋友的啊？」

秦小希覺得，他倆根本就是天使與惡魔的組合，林禹個性隨和，和班上任何人都處得挺好，楊嘉愷則獨來獨往，難相處得很。

楊嘉愷轉頭瞥了一眼正站在講台上的林禹，只道：「妳不知道嗎？他爸是警察局長。」

秦小希恍然大悟，壓低了音量，「又是因爲身分地位？你也太現實了吧！」

楊嘉愷收回視線，「我還是會看人的。」

「那麼誰不行？」

少年將眼神瞟向秦小希身後，秦小希回過頭去，和迎面而來的余倩對上眼。

余倩見兩人同時看向自己，愣了會，續道：「林禹說你們幾個放學後要去唱歌？」

秦小希敷衍地擠出笑容，「對啊，他該不會是約妳了吧？」

余倩難得沒被激怒，來回掃了兩人幾眼，聲音輕柔，「今天是我生日，我和幾個學生會的人打算在南神路上的KTV慶生，希望你們兩個也能來。」

服務生才剛闔上包廂門退了出去，秦小希就立刻翻開桌上的菜單，用手肘推了推身旁的黃亭，「我們叫牛肉麵來吃好不好？還是妳想吃三杯雞？客家小炒？」

黃亭拿下肩上的書包，往沙發坐下，「妳點那麼多吃的完嗎？等等不是還要去隔壁吃蛋糕？」

秦小希指著菜單的手一滯，抬眸望了一圈包廂裡的眾人，吞了吞唾沫，「你們都覺得我應該要去？」

林禹將水壺裡的水倒進杯子，語氣輕鬆地道：「我是會去露個臉啦，以學生會長的身分。」

黃亭雙手環在胸前，「我覺得妳應該要去，這樣才能顯得妳有寬闊的胸襟，和她不是一個層級。」

這些都不是秦小希想聽到的答案，她只好將希望放在最後一個人身上，朝楊嘉愷望去，「你怎麼想？」

楊嘉愷聳聳肩，「也許她知道江敏皓沒來學校的原因。」

被猜中心事的秦小希抿緊了唇，「……我才不想問她。」

沉默了一會，林禹出聲緩頰，「好了好了，也不過是去吃個蛋糕，不花多少時間。」

林禹領著三人進到二〇六號包廂時，裡頭的人正巧在切蛋糕，包廂內除了余倩，還有兩名學生會的成員陳暐和阿志，跟一名時常跟在余倩身邊的女同學田甄。

陳暐一見著秦小希，便帶頭起鬨，「壽星的情敵出現了，今天男主角不在，兩位女主角是不是要互相廝殺一下？」

余倩揮著手裡的透明蛋糕刀，轉頭朝陳暐瞪了一眼，「不要挑撥我跟小希學姊啦！」

阿志笑道：「不用演了，大家都知道妳們感情很不好。」

秦小希手裡拿著從自助吧帶來的柳橙汁，抿起笑容，朝余倩做了個舉杯的動作，「生日快樂，再見。」

「小希學姊，妳都還沒吃蛋糕呢！」

秦小希轉身要離開包廂，卻被林禹拽住了手腕，只好無奈地回過身，續道：「余倩，妳還有什麼話想說嗎？」

余倩切著桌子上的蛋糕，眼神黯淡無光，「我和江敏皓分手了。」

話一出，秦小希愣了會，遲遲沒接上話，就連方才說著玩笑話的陳暐和阿志都感到不知所措。

林禹試圖緩解尷尬的氣氛，「大家先坐下來吃蛋糕啊，下禮拜我們都要畢業了，能這樣聚在一起的機會也不多了。」

余倩端起盤子上的一小塊香草蛋糕，朝秦小希遞去，「以前是我太幼稚了，希望在你們畢業前，不要盡是留下不快樂的回憶。」

阿志爽朗笑道：「今天就不要說這些不開心的，我們來喝酒吧，開瓶費大家都要分攤喔！」

田甄不滿地抗議，「是你們幾個滿十八歲的人要分攤吧，我們又不喝。」

阿志抱著手中的兩瓶酒，「這可是我從我爸那裡偷拿出來的梅酒耶！這麼好喝的酒妳不喝眞是浪費。」

一行人在包廂裡輪番唱了幾首歌，林禹留意到時間，開口道：「我們差不多要回去原本的包廂了。」

余倩喝了幾杯梅酒，頰上有些紅潤，「你們要走了啊？酒都還沒喝完。」

秦小希拍拍屁股起身，「我要回去點牛肉麵吃了，你們好好玩啊！」

余倩伸手抓住秦小希的手腕，「牛肉麵我也能點給妳吃呀！」

秦小希微微蹙起眉，「妳好像醉了。」

「我沒醉。」余倩抿了抿唇，仰頭看著秦小希，「學姊，妳都不關心江敏皓的事嗎？妳應該不知道他爲什麼那麼久沒來學校吧？」

秦小希嘆了一口氣，坐回沙發，「那妳知道些什麼？」

「我可以和妳說，但是有個條件。」

女孩揚起一抹笑容，伸手指了指楊嘉愷和林禹，「妳讓他們帶著陳暐和阿志去另一間包廂，這裡只能留下女生。」

待男生們都離開後，秦小希裝腔作勢地折了折手指，她怎麼說也是跟兩個學跆拳道的男生從小打到大，跟女生打架絕對有勝算。清了清嗓，「把江敏皓的事情說清楚，我可以考慮不傷到妳的臉。」

余倩拿起一個乾淨的玻璃杯，將梅酒倒入杯中，「學姊，妳爲什麼不相信我是眞的想跟妳和好？」

「在妳做了這麼多事以後？」傻子才信呢。

「對，我是做了很多不好的事，但是人都會長大，仇恨只會換來更多的仇恨，江敏皓把我哥打進醫院的時候，我是眞的很生氣，但是他也已經得到教訓了，失去大學的保送後，他眞的很喪志……」

「妳說什麼？」秦小希錯愕地問。

「江敏皓失去他的保送機會了，學校努力壓下這件事，但我爸是家長會會長，自然會知道。

秦小希覺得手心微微渡上一層冰冷，許久未能說出話來。

「學姊想知道江敏皓打我哥的原因嗎？恰巧和妳有關呢！」

秦小希眉間起了皺褶，回頭對上黃亭的視線，女孩也是一臉茫然。

余倩手肘抵在桌子上，撐著下頷，「要不要和我玩個遊戲？只要妳能把這瓶梅酒全部喝掉，我就告訴妳所有眞相。」

二〇八號包廂內，阿志和陳暐正合唱著〈傷心的人別聽慢歌〉，坐在沙發另一側的林禹，從十分鐘前就留意到不停注意手機時間的楊嘉愷，緩緩道了句：「你會擔心就去看一下吧！」

楊嘉愷聞聲，將手機塞回口袋，「沒有。」

半晌，口袋裡傳來了震動的聲響，楊嘉愷迅速拿起一看，林禹見狀，笑了。

楊嘉愷旋即起身開了包廂門出去，他離開不到十秒鐘的時間，便又折了回來，林禹第一次見到他那麼慌忙的樣子，挺直了身板，「發生什麼事了？」

楊嘉愷拿起書包，「我姊送醫院了，今晚應該會生，我要先走了。」

林禹點頭，「好，你快去吧！」

楊嘉愷拉開包廂門的瞬間，走廊的光線溢了進來，他腳下一滯，回頭對上林禹的視線，「你有沒有江敏皓的手機號碼？」

墨黑的夜空中連月亮也見不著。

楊嘉愷在街邊攔了一輛計程車，往市立醫院的路上駛去，凝視著飛逝而過的街景，暖黃的路燈在柏油路上落下光影，方才凌亂的思緒才終於有了喘息的空間。

他拿出手機，輸入林禹給的那串電話號碼，靜靜等待電話另一端的人接通。

一道男聲傳入耳中，車子駛上快速道路，市區高樓頓時化作了零星的燈火。

楊嘉愷直接切入正題，「秦小希在南神路KTV二〇六號包廂，余倩也在。」

對方沉默了數秒，楊嘉愷揉了揉眉心，「你應該不知道這件事吧？」又道：「畢竟你是因爲影片才會和她交往的。」

話至此，江敏皓難掩激動的情緒，「你怎麼會知道影片的事情？」

少年語調平穩地道：「影片處理好了，證據音檔已經由林禹轉交給學校和警局，學校近期就會下達余倩的停學處分，這件事秦小希還不知道，就繼續瞞著吧！」

許是一時接收過於龐大的資訊量，江敏皓又一陣靜默。

「我打來是要告訴你，秦小希喝酒了，你來送她回去。」

良久，江敏皓才終於落下一句，「……謝謝你。」

確認對方收到訊息，楊嘉愷便掛斷了通話，將手機收回口袋。

綿長壅塞的車流，惹得他心煩。

秦小希第一次喝酒，在酒精濃度高達一九％的衝擊之下，不出半小時她就醉了，抱著地上的垃圾桶吐了好一會，身旁的黃亭看不下去，輕輕拍了她的背，「夠了，不要再喝了，妳這麼想知道江敏皓的事，我去幫妳問不就好了？」

余倩也是一副半醉半醒的姿態，頰上的紅暈未褪，樂呵呵地笑，「唯獨這件事，他絕對不會告訴妳，因爲那是他保護秦小希的方式，可是他能保護她到什麼時候呢？」

秦小希看見兩個余倩在對著自己笑，伸手想去拿酒瓶，卻不愼碰倒了那瓶剩下三分之一的梅酒，黃亭在它滾向桌緣以前，趕緊抓住瓶身，將其擺正。

秦小希醉醺醺地對黃亭喊了聲：「幫我倒酒。」

黃亭將秦小希的手架在自己脖子上，一手抱著她的腰，攙扶著起身，「我不會再讓妳喝了，我覺得她是騙人的，我們回家吧！」

余倩抬首，眉眼裡帶著些許笑意，「是不是騙人的，喝完就知道了。」

黃亭看向余倩，「江敏皓不想讓她知道這件事一定有原因，既然這樣，為了保護小希，我也不打算讓她知道。」

一席話堵得余倩無言以對。

「我一直覺得善良是一種選擇，可惜有些人，卻只能透過傷害他人來得到滿足。」

離開包廂以前，黃亭再次回過頭，「擁有這麼多資源的妳，卻把人生活成這樣，妳不覺得可悲嗎？」

離開KTV後，黃亭扶著秦小希走了十分鐘的路程，秦小希將全身的重量都壓到她身上，黃亭腳下的步伐越來越不穩，「拜託妳走好一點，到底為什麼要喝成這樣？」

秦小希打了個酒嗝，嘴邊囁嚅著：「黃亭，江敏皓有祕密瞞著我。」

「他不只是瞞著妳，是瞞著很多人。」

「他怎麼可以不告訴我他失去保送的事？」

秦小希一喝醉就變得不講理，黃亭累得沁出了一身汗，「妳安分待著五分鐘就好，讓我先去攔一輛車，妳這樣子沒有司機願意載我們。」

秦小希閉上雙眼吼了一句：「叫江敏皓死到我眼前來！」她隨口的一句胡話，卻讓黃亭倏地開竅，「對對對，我現在就叫江敏皓過來送妳回家，我剛剛怎麼沒有想到？快點給我妳的手機！」

見黃亭在她的書包裡東翻西找，秦小希伸手就把她推開，「等一下！我還沒想好他出現的話我要跟他說什麼……」秦小希使勁推完黃亭，忽然感到一陣暈眩，重心一偏，便往前方的地上跌了過去。

霎那間，秦小希的書包也飛了出去，裡頭的東西全散了出來，黃亭趁機撿走她的手機。

秦小希撐起身子，垂首看著自己手腕上擦出的血痕，又一陣乾嘔。

待電話撥通之後，黃亭連說聲喂的空檔都沒留，「江敏皓，小希受傷了，我們在南神路十四巷，你有辦法過來嗎？」

電話那端傳來陣陣腳步聲，急促的呼吸聲竄進她的耳裡，「我在趕過去了。」通話旋即被對方掛斷，黃亭的壓力這才減輕了些，同時也感到疑惑，江敏皓似乎在她打去以前就得知這裡的情形，否則怎麼一點也不意外？

忽然間，兩道人影遮擋住光源，低沉的嗓音落下，「喂，妳們擋到路了。」

黃亭停下手邊撿拾書本的動作，抬眸便撞上一對不安好心的視線，映入眼的是兩名穿著黑衣，約莫三十多歲的男子，領首的男人皮膚黝黑，留著一顆平頭，正不懷好意地打量她們。

黃亭微微的皺起眉，內心不由得作嘔。

另一名染著金髮的男人，叼著菸看了一眼坐在地上的秦小希，「高中生居然敢醉倒在路邊，現在年輕人都這麼玩的？」

南神路十四巷，早上是傳統市場，到了夜晚，人車皆少，僅充斥著淡淡的魚腥味。

黃亭渾身顫慄，雙手止不住地顫抖，卻還是迅速地將書本塞進書包裡，「我們馬上就走了。」

「不用急著走啊，正巧我們有空，可以陪妳們玩。」

留著平頭的男子說完這句話，便彎下身去，用手扣住秦小希的下顎，將她的臉轉向自己，「五官還挺漂亮，小妹妹，妳爲什麼學大人喝酒？是不是受了什麼委屈？」

黃亭站起了身，試圖扶起身旁的秦小希，「這位先生，請你讓我們走吧。」

「這就要看她的意願了，妳說呢？還是妳比較想要跟我回家？」

男子身上的菸味和空氣中的魚腥味攪和在一起，直直竄入鼻腔，秦小希皺眉，反胃的感覺湧上，往對方胸口吐了上去。

「操！」

嘔吐味倏地漫開，男子面露驚恐，憤然握緊拳頭，往秦小希臉上揮去。

過猛的力道使秦小希摔在柏油路上，疼痛感讓她清醒了幾分，四肢卻仍使不上力，耳邊傳來黃亭的哭叫聲，「請你住手！不然我要報警了！」

金髮男子吐掉嘴裡叼著的菸，強硬地將黃亭的雙手向後扣住，「妳最好閉嘴，不然下場就和她一樣。」

平頭男子脫掉沾滿嘔吐物的上衣，拽住秦小希的頭髮，將女孩扯向自己。

「老子今天的好心情都被妳破壞了。」

強忍腦中的暈眩，秦小希吃力地睜開眼，男子魁梧的身形遮擋住巷子裡僅存的幾縷光線，他的身子橫跨在她身上，男子解開皮帶的聲響，在寂靜的黑夜裡顯得震耳欲聾。

大掌一陣粗魯地扯開她胸前的制服扣子，臉上滿是險詐的笑容，「這是妳該補償我的。」

秦小希望著男子身後的夜幕，在遮雨棚的縫隙間，依稀能看見那一片即將吞噬她的黑暗。

夜晚的南神市場，隨處可見潮溼的廢棄紙箱與大大小小的水窪。

江敏皓自巷子口便聽見黃亭哭喊的聲音，他邁開步伐朝聲源直奔，映入眼的竟是躺在地上的秦小希，以及裸著上身橫跨在她身上的背影。

他的怒火瞬間直竄上腦，「你以為你碰的人是誰啊！」

江敏皓的嗓音嵌在寂寥的黑夜裡，秦小希這才漸漸找回了意識。

死寂的巷子裡，所有人的視線皆往巷口望去，疾跑而來的少年迴旋起身，在空中的長腿朝平頭男子的側胸踢去。

撞擊的力道過大，男子斜躺在牆邊，連起身的力氣都使不上。

江敏皓朝平頭男子走了過去，一記掃踢狠狠落在對方臉上，男子當場暈厥。

金髮男子見狀，即刻鬆開黃亭的手，怒吼著奔跑上前，江敏皓在男子揮出右手的瞬間，以左手揪住對方的衣領向上抬起，右手自腋窩貼上、夾緊，再將人扛起，一個單臂過肩摔將男子狠摔在地。

經這麼一摔，男子只能躺在地上哀號。

黃亭臉上爬滿了淚水，雙膝跪在秦小希身側，雙手顫抖著替她將制服穿好，再扶著她坐起身。

朦朧的畫面裡，秦小希依稀能看見江敏皓如炬的目光，他失控地往那名眉角、鼻孔流著血的平頭男子揮出第二拳、第三拳……

「像你這種人渣根本不配活著！」江敏皓像一頭失控的野獸，任由拳頭一次次地落下，有那麼一刻，他甚至想過扭斷他的脖子，這樣一來，社會上就能少一個毒瘤。

「他已經昏過去了！不要再打了！」黃亭的聲音終於把江敏皓的理智喊了回來，少年這才鬆開手，男子隨即倒在垃圾堆中。

江敏皓喘著氣，將身子轉向黃亭，他試圖穩住聲線，「……我只問妳，我有趕上嗎？」

眼前的女孩瑟瑟發抖著，頭腦像是當機一般，驚魂未定地道：「……什麼？」

男孩的眼角掉下淚來，「剛剛什麼都沒有發生吧？小希她……沒事吧？」

聞言，她隨之想起那兩名男人適才骯髒的眼神，「沒有，要不是你趕過來，眞的就來不及了……」

黃亭一邊哭一邊咳的樣子映入了眼，江敏皓像消了氣的氣球，直到這一刻才放鬆全身繃緊的肌肉。

江敏皓在秦小希身旁蹲下，細細端詳著她唇角微微滲出的血絲，「他打了她？」

黃亭怯生生地點頭，眉目裡依舊存著懼怕，她很清楚，江敏皓只要再晚一步，這個夜晚將會如何啃噬她們。

得到她的答案後，他竭力壓抑怒火，「我如果再出手，妳一定要阻止我。」少年雙眸漆黑，冷聲道：「不然我眞的會殺了他。」

他按著秦小希的肩膀，手因爲憤怒而顫抖著，秦小希微微睜開了眼，在模糊的意識中，終於看清江敏皓的臉，她抬手撫上他的臉，「你終於願意來找我了？」

發現她清醒之後，江敏皓立刻握緊她的手，散亂的思緒才終於平復下來。

✦

夜很長。江敏皓先送黃亭到公車站之後，才背著秦小希回家。

微涼的晚風拂過，吹疼了秦小希唇角的傷口，她抬頭動了動，以爲自己夢見了江敏皓。

男孩留意到她的動靜，思量了一會才開口，「小希。」

夜風吹得她的身子有些冷，秦小希縮了縮脖子，微微睜開眼，「幹麼？」

他這次沉默更久，秦小希沒什麼耐性，使勁拍了他的肩膀，「你有話就說啊！」

對於好好把話說開這件事，他們已經遲了太久，久到他們都快要脫離高中生活，秦小希暗自覺得，有些話如果現在不說，未來也許就沒有機會說了。

「夜自習那天的事我很抱歉，我是不是讓妳很難過？」

秦小希的記憶瞬間拉回到那個晚上，覺得江敏皓眞卑鄙，他躲了她那麼久，怎麼可能不知道她會難過？她伸手戳了戳江敏皓的酒窩，「我哭了一整個晚上。」

「對不起。」

「你知道我爲什麼生你的氣嗎？」

江敏皓停頓半晌，直視著前方，「因爲我對妳說了很壞的話。」

秦小希跟著靜默，想起那個夜晚的自習室，想起那條回家的路，還有那些數不盡的眼淚，「江敏皓，無論你說了什麼很壞很壞的話，你只要道歉我就會原諒你，你爲什麼不早點和我道歉？你知道嗎？我們浪費了好多時間，我的高中生活有一半的日子都沒有你的參與。」

「對不起。」

秦小希聽著他的道歉，一股怒火莫名地湧上，「你這人就只會道歉啊？都不想知道我爲什麼願意跟你和好嗎？」

江敏皓輕笑一聲，「那妳爲什麼願意跟我和好？」

「因爲我喜歡你啊！」秦小希說完，臉有些熱熱的，不曉得是因爲喝了酒，還是因爲這是她第一次和男生告白。

眼前人愣了愣，久久沒能吐出一個字。

秦小希抓起他一小撮的頭髮，「你倒是說點什麼啊！」

江敏皓停下腳步，把秦小希往上抬了抬，「秦小希，妳現在是不是在說夢話？」

秦小希生平第一次告白，居然被當成是酒後失言，無力的拳頭往江敏皓背上捶了下去，「你爲什麼不相信我？」

男孩繼續向前走，笑道：「我對妳那麼不好，妳還喜歡我？」

在酒精的催化下，秦小希一陣委屈湧上心頭，想起她悲涼的單戀，想起這人不是無情的趕她走，就是在她眼前跟別的女生交往，頓時就氣哭了，「嗚……你眞的對我很不好……你憑什麼對我這麼差啊？我哪裡做錯了？我連我媽都送你了！」

壓抑許久的情緒在這一刻終於潰堤，眼淚不聽話地奪眶而出。

「最過分的是你還跑去跟余倩交往。」反正喝醉的人無論做什麼事都不奇怪，於是秦小希放任自己哭了出來，連鼻涕滴在他身上也不管。

「我沒有，妳別哭了。」

「你還說沒有？到現在還不肯認帳！」

江敏皓被秦小希突如其來的情緒嚇得手足無措，想把她放下來又擔心她站不穩，他那蹲也不是站也不是的樣子看起來像尿急。

他長嘆了口氣，既心疼又自責，「小希，我錯了。」

「那你說你哪裡做錯了。」

「我故意和妳賭氣。」

「你眞的很奇怪，你到底在賭什麼氣？」

少年沉默了一會才道：「秦小希，不要和別人一起玩，我吃醋。」

秦小希先是一愣，接著看到他緋紅的耳根，忽然有了扳回一城的感覺。有那麼一瞬間，她想過就此化干戈爲玉帛，後來又想，江敏皓讓她難過了這麼久，她豈能立刻握手言和？

「你都去當余倩的彩虹小馬了，還管我跟誰一起玩？」

「彩虹小馬是什麼東西？」

秦小希還沒能回上話，突然泛起一陣噁心，「放我下去，我想吐！」

江敏皓立即彎身讓她跳了下來，秦小希縮在路邊的水溝蓋上乾嘔，他拍拍她的背，「妳幹麼逞強喝那麼多酒？」

秦小希抬頭瞪了他一眼，「你以爲我是喜歡喝才喝的嗎！」

江敏皓被兇得莫名奇妙，擺出一張無辜的小狗臉。

秦小希覺得自己眞是世界上最可憐的人，她喜歡的人不喜歡她，如果她這輩子都無法喜歡上江敏皓以外的人，那該怎麼辦？

她把臉埋進膝蓋，蹲在地上繼續哭，「你知道嗎？從今天起，我要努力不喜歡你，這個世界上一定會有另一個人出現的，他會捨不得我老是在路邊哭，因爲我好累了，我到現在都不知道《美少女戰士》的結局是什麼……」

兩件事乍聽之下沒什麼關聯，但其實是有的。從小到大她花了那麼多青春在他身上，因爲他錯過那麼多《美少女戰士》的精采畫面，他怎麼可以無動於衷？

江敏皓沒有像往常一樣哄她，也沒有像小時候那樣照著她的話收尾，只是彎著身子輕輕摸她的頭，「妳以後要好好照顧自己。」

✦

「都已經十二點了，妳到底要睡到什麼時候？」

正午，王菱貞板著臉走進秦小希的房間，向著窗邊走去，一把拉開了原先掩著的窗簾，刺眼的天光忽地透過窗子斜潑進來。

見床上的人還裹在被子裡不爲所動，她伸手掀開棉被，「秦小希！妳馬上起床到樓下給我一個解釋！」

話落，房門砰的應聲關上，秦小希吃力地睜開眼，感受到一陣天旋地轉，緩緩爬上腦門的暈眩令她一陣想吐，直覺喉嚨乾啞，胃裡頭有隱隱的灼熱感，她按著腹部躺了一會，體內殘存的酒精使得她的反應比平常遲緩了些，她嘗試在腦中拼湊昨夜的記憶，想起自己喝光將近一整瓶的梅酒，離開KTV的時候，醉得連路都走不直，得靠黃亭攙扶，再之後的記憶，就越趨模糊了。

秦小希下樓的時候，秦硯和王菱貞分別坐在沙發兩側，目光同時看向她。

秦硯總歸還是疼女兒的，指了指茶几上切好的柳丁，「餓的話先吃一些。」

王菱貞瞪了自家老公一眼，「在我問出結果以前，誰都不准吃東西。」

秦小希抿了抿唇，頂著一頭亂髮，在茶几前的小椅子坐了下來，「我昨天跟同學去KTV唱歌。」

秦硯護女心切，搶在妻子開口前，裝模作樣念了幾句：「妳去唱歌要先打電話和我們說一聲，妳沒有想過家人會擔心嗎？好了好了，別再有下次了。」

秦小希乖巧地點頭，站起身打算離開，王菱貞隨即喝斥一聲，「我話都還沒說完妳要去哪？」

秦小希只好又坐回去。

「昨天是小江送妳回來的，妳記不記得？」

母親的話讓秦小希微微一愣，記憶這才一點一點拼湊起來，她想起自己趴在江敏皓的背上，也記得蹲在水溝蓋旁吐的自己。

秦小希輕咳了聲，又接連地串起更多資訊，「媽，我聽說江敏皓失去大學的保送，其他事我真的都不記得了，妳如果想知道，現在就叫他來我們家啊！」

「小江人都不在台灣了，我上哪問去？」

話一出，秦小希頓時啞口無言，睜圓了眼問：「他不在台灣是什麼意思？」

「昨天小江送妳回來的時候一個字都不肯說，但我可是從小看著他到大，他有沒有打架，怎麼可能瞞得了我？」

王菱貞越說越氣，「妳還好意思給我醉得不醒人事，我看他那個樣子啊，絕對是發生了什麼很大的事……」

秦小希的思緒還停留在江敏皓的去向，聽不進母親的碎念，「媽！妳先說清楚，江敏皓現在人在哪裡？」

一旁的秦硯答道：「小江搭清晨的飛機走了，這幾個月來小江的爸爸都在協助辦理移民的事，其實這樣對他們父子也好，小江在台灣沒什麼親人，現在保送資格也被取消了，移民或許是更好的選擇。」

「移民？這麼突然是要移民去哪裡？」

王菱貞見女兒不知情的樣子，問道：「小江真沒跟妳提過要移民到魁北克的事？他想讀那裡的體育學校。」

秦小希想不起更多昨夜的記憶，心急如焚地回頭奔上二樓，拿起床頭上的手機，點開通訊軟體，雙手顫抖地尋找江敏皓的名字——

無效的用户名稱。

浮現在眼前的字眼讓她雙腿驀地一軟，淚水逐漸模糊了眼前的視線。

她之所以任性地和江敏皓賭氣、揮霍彼此的青春，是因爲她以爲他們還有很多個明天。

她仗著自己和江敏皓住得近，仗著他們一起走過了那麼多個年頭，她從未想過沒有江敏皓的日子是什麼模樣，她沒有想到這一次，他會走得那麼遠。

後來她才知道，那個從小和她打打鬧鬧的男孩，是她的青春裡最不該缺席的人，是她的初戀，而他的離開卻是一聲不響。

✦

鳳凰花開的季節，也是離別的季節。

在典禮最後的環節中，全校高唱著未來的日子還很長，有緣一定會再相見，秦小希伸手撫著制服上的紅色胸花，看著畢業生們哭泣、擁抱，內心也泛起一股惆悵。

她未曾眞的擔心與誰疏離，高中生活也沒有愉快到値得她念念不忘，心底的那股愁緒，來自對未來的不確定。

她考上心中的第一志願，也不再被流言蜚語纏身，即將迎來嶄新的大學生活，但她卻無法眞的開心起來，她的未來再也沒有江敏皓了。

得知江敏皓移民的消息後，秦小希除了錯愕，更多的是憤怒，那個常常把「我們是家人」掛在嘴邊的他，怎麼能這麼無情，連一句再見也不願意給她？

又或者說，其實先丟下他的人是她自己，她明明知道吳萍月離開以後，江敏皓就變得比以往更爲脆弱，可是她從未好好地解釋他們之間的誤會，從未坦承她的難過、難受都是因爲在意，如果她能早點說出她的喜歡，是不是一切就會不一樣了？

也許他的遠走，是因爲找不到留下的理由。

暑氣瀰漫，畢業生們在校園嘻笑放肆地展開水球大戰。

黃亭伸了個懶腰，隨後看著見趴在欄杆上的秦小希，「妳眞的不去扔水球啊？那些說過妳壞話的人，妳每個都得去砸一遍才行啊！」

秦小希抿出一抹微笑，那是黃亭今天第一次見到她笑，續道：「其實移民也沒有妳想得這麼可怕，只要有心，你們還是能保持聯絡的。」

「江敏皓已經封鎖我了，他應該很生我的氣吧？阿嬤走後，我嘴上說不會丟下他一個人，但我卻只顧著和他冷戰，也沒關心過他的升學狀況。」

秦小希嘆了一口氣，視線盯著遠方操場上的混戰，有氣無力地說：「黃亭，國外一定有很多漂亮女生吧？」

黃亭聽完一愣，不曉得該不該附和。

「要是江敏皓和國外的女生結婚了，他們還能生出混血寶寶，光想就很可愛，贏在起跑點的人生我也好想要。」

「妳想太遠了吧？他才剛出國欸，怎麼在妳口中都當爸了。」

「早知道就不要讓江敏皓去踢跆拳道了，都是拿去騙女生的把戲。」

黃亭發現兩人根本在各說各話，餘光瞥見自身後走來的人影。

楊嘉愷手放在口袋裡，瀟灑地走過來，「秦小希，畢業以後還要不要聯絡？」

午後的陽光落在男孩身上，秦小希還沉浸在悲傷中，一手撐著臉頰，將視線轉向他，「不知道，我考慮考慮。」

那人輕笑了聲，「妳這人還眞無情。」

楊嘉愷拋出一支簽字筆，簽字筆在空中畫了個完美的弧線，秦小希的視線循之而上，雙手合十接住。

「幹麼？」

少年綻開笑顏，像烈日裡的艷陽，「在我制服上簽名。」

畢業生們爲了紀念，都會在制服上留下同學的簽名，然而他的制服卻依然白淨。

「你眞的沒朋友啊？」秦小希笑完，才慢半拍地想到，自己也沒讓任何同學留下簽名。

「少囉唆，我覺得那很無聊。」

「那你幹麼還叫我簽？」

楊嘉愷揚起眉梢，轉過修長的身子，背向她道：「讓妳簽就簽。」

秦小希見狀，臉上漫開眞切的笑容，她轉開筆蓋，在楊嘉愷的制服上落下「秦小希」三個大字。

「你知道嗎？你這個人眞的很不坦率。」

她把簽字筆遞回少年手中，「換你了。」

第五章　好事定律

晚秋不知不覺地到來，秦小希暗自覺得生活就像是被誰按了快轉鍵一樣，就這麼日復一日、年復一年地將她推到了這個當下。

婚禮一共辦了兩場，一場在夏天，一場在秋天。

夏天那場席開二十桌，一堆她不認識的三叔公二嬸婆都出現了，個個嘴上讚道：「好久沒見，如今都長得亭亭玉立了呢！」

秦小希不是很擅長與長輩們交際，而爸爸媽媽整場婚禮上都忙著和賓客四處敬酒道謝，飯都沒能吃上幾口，她心想結婚這事眞是太累人了。

而秋天的婚禮則是包下一棟民宿，以變裝派對爲主題，邀請少數的好友到現場盡歡。

震耳欲聾的音樂迴盪在耳邊，秦小希喝一口手裡的香檳，看著舞池裡的賓客們盡興地扭動身軀，餘光瞥見一名穿著黑色西裝，戴著老虎面具的男人緩緩朝她走了過來。

「恭喜。」

「謝謝。」秦小希禮貌地回覆。

「我從剛剛就一直沒看見新郎。」男人的聲音險些被舞池的音樂淹沒，秦小希湊上前去才聽清他說了什麼。

面具遮住了男人半張臉，秦小希只能從他的薄唇猜想著對方的長相，一股溫和的香水味漫上，她頓了頓才笑問：「你是新郎的朋友嗎？」

「對，我們念同一所高中。」

秦小希回過頭自舞池到吧台掃視了一圈，「他大概是在哪裡醉倒了吧，我去幫你找他。」

腳下的高跟鞋使她走得有些艱難，秦小希擠過人群，一路從地下室找到了一樓，最後終於在吧台椅上看見喝得如爛泥的新郎。

「你幹麼喝這麼多啊？」

男人聽見她的聲音，抬頭瞥了一眼，隨後又倒回去，「反正不是還有妳在接待嗎？」

秦小希瞪了他一眼。「有個自稱和你同校的男生在找你，而且他好像認得我。」

男人坐起身，將手裡的雞尾酒一飲而盡，「他認得妳，妳不認得他？妳的記憶力未免也太差了吧？」

秦小希見狀，伸手搶過他手中的酒杯，「你都醉成這樣就不要再喝了！最後收拾的還不都是我！」

她的喝斥引來身後人的注意，方才的那名男子循聲朝他倆走了過來，一邊摘下臉上的面具，「找到你們了。」

「秦棋書，恭喜啊，我是周柏宇，還記得我吧？」周柏宇邁步向前，拍了拍秦棋書的肩膀。

「原來是你？你居然還認得我妹？」

「高中放學常常去你家吃麵，那時她還很小。」

秦小希這才看清了男人的長相，心虛地摸摸後頸，她剛才像潑婦罵人的樣子，不會全被這個帥哥看見了吧。

「小希！」秦小希回頭，映入眼的是穿著白色小禮服的吳采茵，女人倏地撲上前，環住她的脖子，「我吃得太飽了，陪我去外面吹吹風好嗎？」

吳采茵瞅了一眼秦棋書和周柏宇，「你們怎麼都在這裡？幹麼不叫上我？」

同時見到新郎和新娘，周柏宇笑笑地朝兩人敬了一杯酒，「恭喜啊，我記得你們從高中就是班對了吧？」

吳采茵笑靨如花，打了個酒嗝，「是啊，他那時候就栽在我手裡了。」

秦小希和吳采茵在民宿外的草坪上坐了下來，夜空中的星星墜落在波光粼粼的水面上，熒熒動人。

吳采茵靠著她的肩，手裡握著蝶形香檳杯，輕喃道：「真好的夜晚。」

晚風輕輕撫過臉龐，秦小希微微屈膝，「采茵姊，這是妳心中嚮往的婚禮嗎？」

吳采茵似是等待這個問題許久了，「妳知道爲什麼我想辦變裝派對嗎？」

「爲什麼？」

「我怕我前男友想來祝福我，但又不想被我認出來，怎麼樣？我很貼心吧？」

「……采茵姊，妳是開玩笑的吧？」

「對，我開玩笑的，其實我是怕秦棋書的前女友跑來，我擔心我沉不住氣。」

秦小希搖頭笑了出來，「這就更不可能了，我哥跟妳分手的那段時間，根本沒和其他人交往。」

吳采茵睜圓了眼，欣喜地道：「原來他眞的沒交女朋友啊？還以爲他是騙我的。」

「檯面上是沒有啦，檯面下我就不知道了。」秦小希故意逗她。

吳采茵推了她一把，「妳喔，不知道今天新娘最大嗎？小心我找人把妳丟進泳池裡。」

笑聲伏進了月色，吳采茵接著又和秦小希說了那年負氣和秦棋書提分手的日子，她說她當時難過了兩個月，後來想想，女人的年華可不能用來遺憾，於是又談了下一段戀愛、下下一段戀愛，然而，終究沒有誰能讓她甘心穿上白紗。

故事的結局，是兩人繞了這麼一圈，最後又走到一起，時間從來沒把誰給沖散，而是讓他們在剛好的時刻，重新牽起彼此。

吳采茵注視著夜色，安靜了許久，秦小希側過頭看她，沉思了會才道：「采茵姊，妳怎麼知道我哥就是那個對的人？」

「我不知道呀！」

「那妳為什麼願意和他結婚？」

吳采茵抿了一口香檳，長長的睫毛眨了眨，「因為不想失去他吧！」

「雖然偶爾會吵架，也常常被他氣個半死，但每到深夜又覺得，只要身邊有他在就好了。」吳采茵自己說著都有點害臊，用食指戳了戳秦小希的臉頰，「妳呢？妳是不是也想起了誰？」

秦小希看著她清澈的雙眸，「什麼？」

「秦棋書雖然嘴上不說，但其實一直都很關心妳，他說即便過了兩年，妳還是一直沒忘記那個青梅竹馬。」

秦小希聽完愣了一下，「我哥從沒主動和我提起江敏皓的事。」

「妳媽那時候有打電話給妳哥，她說妳得知那位青梅竹馬要出國念書的時候，在家哭了一整天，妳哥知道以後也沒睡好。」

吳采茵牽起秦小希，微熱的體溫覆了上去，「絕對不要因為距離、時間或任何因素，阻止自己去喜歡一個人。錯過的人，只要心裡都還有彼此，一定找得回來的。」

秦小希輕笑，雙腿伸直，嫩草輕輕搔著大腿，「現在科技這麼發達，我從沒有想過和一個人失聯竟然是這麼容易的一件事情，這也就代表他根本不想見我。」

江敏皓不是不知道她家的地址，寄一封信給她一點也不難，可這兩年來，音訊全無，秦小希漸漸說服自己放下，既然他將他們的情誼看得那麼淡，她又何必為他肝腸寸斷？

吳采茵靜靜地聽著，抬眸望向遠方的雲層，聲音比方才略低了些，「如果他也是這麼想的呢？如果他也認爲妳一點都不想見到他呢？」

她將她微愣的模樣納入眼中，吸了一口夜晚的氣息，「我從不在乎是誰主動走向誰，那一點都不重要，重要的是，不要留下遺憾。」

✦

十一月。

秦小希和母親在百貨公司的美食街吃著晚飯，早晨的氣象預報顯示近期會有冷氣團來襲，王菱貞決定幫秦硯買件羽絨外套。吃完飯後，兩人便到男士服飾的樓層，秦小希見機會難得，裝起可憐，「媽，我也沒有羽絨外套，學校又在山上，下週我大概要裹著棉被去上課了。」

王菱貞翻著架上的衣服，頭也沒回，「妳都上大學了，喜歡什麼東西，自己存錢去買。」

秦小希將雙手收進口袋取暖，低喃道：「就算是小時候，妳也沒給我買過我喜歡的東西。」

王菱貞看上一件紅黑相間的外套，卻沒找到適合秦硯的尺碼，最後她拿起一件尺寸較大的，「小江的身高穿這個尺寸正好，他從小就很怕冷，不知道他能不能適應魁北克的天氣？」

王菱貞對自家老公偏心也就算了，江敏皓的名字一入耳，秦小希瞬間就忍無可忍，「媽！妳也太過分了吧！我都快冷死在山上了，妳也不心疼我，江敏皓都移民兩年了，妳還在想著他……」

話一出，王菱貞難得沒有像平時一樣發火，面上透出一絲憂傷，「小江跟妳不一樣，他從小就懂得看大人臉色，想要什麼東西從來不會說。」話落，轉過身子續道：「這都過兩年了，他真的沒和妳聯繫？」

秦小希翻著另一支衣桿上的羽絨背心，「沒有，人家在國外過著逍遙的日子呢！妳往後還是少操一點心吧，或是多關心一下妳女兒也可以。」

王菱貞皺了皺眉，把手上的羽絨外套掛回架上，「小江從小就和爸爸不親，加上他阿嬤剛走的那陣子，我看他整個人都變了，怎麼可能不擔心？」

秦小希閉眼長嘆一口氣，江敏皓剛走的第一年，她確實曾試著聯絡他，然而他換掉所有的聯絡方式，擺明就是準備好迎接全新的生活，他才是那個選擇和她劃清界線的人。

兩人靜默了許久，母親才開口：「我和妳爸也知道從小虧欠你們兄妹很多，妳還在念小學的時候，妳爸和人合夥想投資，還和銀行貸款，最後被騙走不少錢，家裡差點連你們兩個的學費都付不出來。」

秦小希愣了愣，停下手邊的動作，這是她第一次聽母親提起這件事。

「那時候小江的爸爸借了我們一筆錢，讓我們還清銀行的債務，順利開麵館。小江的爸爸很忙，我和你爸起初也就多少幫忙留意一下，久而久之就把小江當作親生兒子疼了。」王菱貞朝秦小希瞥了一眼，「誰曉得妳跟棋書仗著小江脾氣好，動不動就把他打到在地上哭，家裡才會在經濟轉好以後，送小江去學跆拳道，免得再被你們欺負。」

秦小希以為王菱貞之所以喜歡江敏皓，純粹因為他是很體貼的小孩，想不到兩家還有這樣的淵源，「我哪知道，妳又沒有和我們說過。」她撇嘴道。

「不過他們父子也真是太見外了，怎麼會移民了就完全沒半點消息？不會是往後都不回台灣了吧？」

秦小希口袋裡的手機震了震，她拿起手機掃了一眼。

螢幕上出現的兩條訊息皆是來自楊嘉愷。

「我在N市。」

「出來吃飯。」

秦小希照著楊嘉愷傳過來的地址，找到一間名叫「老屋鹹粥」的小吃店，整間店充滿古早味，門口的門框是綠色的，店內的地板則是鋪上紅褐色的六角磁磚。

秦小希一進門就瞧見坐在最裡面的楊嘉愷，他穿著一件灰色高領毛衣，朝她揮了揮手，臉上漫著熟悉的笑容。

秦小希拉開椅子，坐在楊嘉愷的對面，拿下身上的斜背包，「我說你，哪有人九點才約人吃晚餐的？都已經是宵夜的時間了。」

男人畫著手邊的菜單，「系上事情很多，這週才有時間回來。」

言下之意，她很閒。

秦小希做了個鬼臉，「我也很忙好不好？我是特地撥空過來的。」

楊嘉愷抬頭看著她，微微挑起一抹笑，「妳忙什麼？」

兩人一對上眼神，她就心虛了，連帶著聲音都有些不自信，「忙……面試啊，我這個寒假決定去打工，下週開始投履歷。」

楊嘉愷最後點了一碗鹹粥、泡菜、滷豆乾和炒青菜。待菜都上齊，他把泡菜推到秦小希眼前，「這家店的泡菜很好吃。」

秦小希拿起筷子夾了一口，酸辣又帶甜的滋味在嘴裡漫開，確實好吃，睜著雪亮的眼又夾了一口塞進嘴裡，嚼著嚼著才想到楊嘉愷，「你不介意吃到我的口水吧？」

出於禮貌，她才這麼問的，他們的大學離得近，見面的次數卻稱不上頻繁，兩人之間多了一些陌生的距離感。

楊嘉愷瞅了她一眼，「那盤給妳吧！」

「我吃不了那麼多，我只吃了右半邊，你介意的話就吃左半邊。」秦小希內心莫名有些委屈，「你以前明明就不介意吃我的口水。」

話一出口她就後悔了，他都沒提以前的事，她又幹麼提？秦小希抿緊了唇，清了清嗓，「算了，這盤我吃吧！」

男人瞧著她用筷子戳著盤子裡的泡菜，問道：「下個月的同學會妳去不去？」

她眉間多了些皺褶，高中的回憶湧上心頭，「我要去嗎？我只和他們同班不到一年，去了會不會沒話聊？」

他揚眉，輕笑一聲，「怎麼會，妳那時候是學校最紅的人。」

「對啊，那時候全校都在欺負我，幸好我還可以欺負你。」秦小希皮笑肉不笑。

男人面上染著淡淡的笑，「妳後來還有和誰聯絡？」

「二班的話就剩黃亭，對了，林禹也會去嗎？他最近過得好不好？」

「妳想知道的話就去問他啊！」

秦小希將手邊的啤酒倒入玻璃杯子，「算了，我也就客套一下。」

等不到楊嘉愷的回應，秦小希以爲自己又說錯了什麼，抬眸觀察楊嘉愷的表情。

「妳還是沒聯絡上江敏皓？」

怎麼今天所有人都要和她提起那個人？她往嘴裡塞了一口泡菜，「沒有，你問這個幹麼？」

「妳現在還喜歡他嗎？」

他的提問來得猝不及防，秦小希感到一陣惱羞，「以前的事你幹麼還提啊？都過去那麼久了。」

「妳痴情守候江敏皓那麼久，結果他到現在都不知道。」

秦小希死氣沉沉地看著楊嘉愷揚起唇角，眞想拿泡菜往他臉上砸去，要怪就怪她手上沒有半點楊嘉愷的黑歷史，只能任由他蹂躪她的青春往事。

吃完飯後時間已來到晚上十點，兩人坐上一台前往秦小希家的公車，下了公車站牌，再走十分鐘就能到她家，秦小希本打算讓楊嘉愷送到這就好，但楊嘉愷見她喝了酒，只道：「不差這一段路。」

走在黃澄澄的路燈下，秦小希帶著幾分醉意，邊走邊晃著腦袋，憶起前一次楊嘉愷陪著她走這條路的情景。那時她和江敏皓在學校大吵一架，在這條無人的田間小路上嚎啕大哭。她回過頭看著身後的楊嘉愷，他不再是穿著白色制服的少年，眉眼間多了一點沉穩的氣息，他好像從沒改變，又好像哪裡都不同了。

「楊嘉愷，你還記得高三夜自習結束的時候，你陪我回家的那個晚上嗎？」

男人應了聲，揚起一抹笑，「嗯，妳哭得很醜。」

秦小希瞪了他一眼，這人怎麼上了大學還是一開口就要惹她生氣。

「你就只記得這個啊？」

儘管過了兩年，那個晚上依舊清晰如昨日，秦小希驀地想起當時楊嘉愷和她說過的話，這不就來了個黑歷史嗎？眼神流淌過一絲狡黠，「我倒是記得你讓我不要再喜歡江敏皓了，讓我回頭看看你，你明明才是那個痴情守候的人。」

眼前的男人一臉坦然，月色潑了他一身，眉眼帶笑。

秦小希見他反應如此平淡，尷尬的人瞬間就成了自己，「你還笑。」

兩人安靜地走了一小段路，氣氛登時變得有些窒息，秦小希發覺今天的她說起話來就像拿石頭砸自己的腳，索性就不再開口了，反正他倆也不是不說話就會不自在的關係。

她偷偷地看了楊嘉愷一眼，沒意料到他也把目光掃向她。四目相接後，先迴避的人是秦小希。

楊嘉愷依舊揚著眉看她，「秦小希，假如我趁妳喝了酒和妳說些心裡話，妳明天還會不會記得？」

這個開場白讓秦小希內心有些激動，爲了讓楊嘉愷自爆一些小祕密，她決定裝傻，「不會，就放心的說吧！」

她會在心上記上一筆的。

男人抬頭看了一眼墨色的夜空，聲音輕盈，在晚風之中不留一點痕跡，「如果高中的時候我讓妳和我交往，妳會不會爲了留住唯一的朋友，硬著頭皮和我在一起？」

秦小希愣愣地看著楊嘉愷的針織衣領，腦袋登時一片空白。

見女孩繃緊了唇，他收回視線，別開了頭，「但我又覺得，那樣做顯得我卑鄙無恥。」

「……你本來就卑鄙無恥。」她望著楊嘉愷抑鬱的側臉，頓時覺得胸口特別難受。

她和楊嘉愷之間的羈絆就像船和槳。她是一艘船，而他是槳，在沒有任何人向她伸出手的平靜海面上，船一旦沒了槳是哪裡都去不了的。

「你不是常說高中生的小情小愛很幼稚，原來你也幼稚。」

秦小希想說的其實是，謝謝他從未讓她爲難，從未讓她在朋友與戀人的角色之間抉擇，她知道只要他開了口，她就失去他了。是楊嘉愷陪她走過了難捱的高中歲月，卑鄙的人其實是她自己。

「未來我不會再幼稚了，等到我們都畢業，只怕妳孤家寡人，我子孫滿堂。」

秦小希方才感動的情緒瞬間煙消雲散，這人就非得把她說得這麼悲慘？

幾隻在路燈下飛舞的小蟲子映入了秦小希的眼，她突然就感慨起人跟人之間的情分，想當年她初次遇見楊嘉愷的時候，還恨不得像揮蟲子那樣揮開他，誰也沒想到，後來的他們會走得這麼靠近。

「那你結婚的時候記得給我發張喜帖。」

「辦婚禮不是我的風格，浪費時間。」

秦小希不可置信地看著他，「這是一輩子的終身大事，你居然這麼草率？」

男人朝她看了一眼，「又不是要娶妳，妳激動什麼？」

秦小希頓時啞口無言，想了想才道：「也是，連你的人格偏差都能包容的人，還會在意什麼婚禮？」

「秦小希，我的人格才沒有偏差。」

秦小希笑了笑，看著位在前方幾公尺處的秦家麵館，「謝謝你送我回來。」

他微微抬起下巴，示意她進屋，「下個月的同學會我會去，妳也來吧！」

她瞧見他眼角裡若有似無的笑意後，輕聲應和，「好。」

✦

「食日不多」是一間位於A市的自助式火鍋店。秦小希在順利錄取後，隔週便去報到了，比她原先計畫得要更早。

店裡的制服是一件酒紅色的POLO衫，左胸前還用白色的縫線車了「食日不多」四個小字，看上去有股不吉利的感覺。

負責帶領她熟悉環境的女孩名叫林柔伊，就讀世治大學一年級，有著粉紫色的短髮，和一雙深邃的桃花眼。秦小希原以爲她是個不好親近的漂亮女生，相處過後才知道，她是個手腳俐落，性格活潑的人。

林柔伊帶領著秦小希介紹店內的環境，「不用有壓力，剛開始都是一些簡單的工作，只要收收碗盤，補補自助吧的醬料就好了，最最最重要的就是背下這個。」話落，林柔伊回身遞給秦小希一張白色的便條紙。

秦小希點頭接過，小心翼翼地攤開，映入眼的是一串陌生的電話號碼。

林柔伊揚起一抹甜美的笑容，「往後要是有帥哥問起妳的電話號碼，記得把我的給他，懂了嗎？」

秦小希扯了扯唇角，「懂了。」

正午，店內的人潮絡繹不絕，冬天本就是吃火鍋的季節，加上店址鄰近兩所大學，不少大學生都會過來用餐。

秦小希補完蔥花又補沙茶醬，補完沙茶醬再補烏醋，一刻也沒閒下來，餓的時候偷裝點爆米花吃，就這麼熬過巔峰時間。等到店內的人流退了一些，林柔伊才帶著她推餐車收拾空盤。

林柔伊一邊收拾桌面，一邊哼著歌，瞅了秦小希一眼，「妳爲什麼想要來打工？」

秦小希覺得店內的空調太冷了，吹得她眼睛乾澀，她眨了眨眼，將筷子丟進推車上的收餐盆，「爲了存錢啊！」

林柔伊笑了笑，「了無新意。」

「那妳爲什麼來打工？聽店長說妳快待滿一年了。」

女孩綻開了自信燦爛的笑容，「因爲我以後想要當空姐。」

秦小希愣然，她不曉得火鍋店和空姐有什麼關聯。

讀懂了她臉上的困惑，林柔伊解釋：「空姐也是推著餐車跑的服務員，只要我在這裡可以，在空中也不會有問題的。」

秦小希心想，林柔伊的身高約莫有一百七十公分，人長得漂亮，學歷又好，成爲空姐確實不難。

「挺好的，很適合妳。」

林柔伊歡快地笑著，「那妳呢？妳未來想做什麼？」

「不知道，我沒有什麼偉大的志向。」她只希望今年冬天能給自己買一件羽絨衣。

兩人一邊收拾著餐盤一邊聊天。店長注意到已是交班時間，對著她們說：「妳們把這幾桌收完就可以打卡下班了。」

桐林大學的宿舍近期正在進行整修，因此秦小希早早就搬回了N市，打算下學期再開始找房。她注意手邊的時間，回家還能趕得上吃晚飯。

她才推開店門出去，身後就傳來林柔伊的聲音，秦小希回頭一看，女孩穿著一件白色的羽絨外套，輕快地道：「我們一起走吧！」

人行道上，兩人並肩走著，秦小希搓了搓冰冷的雙手，在空氣中呵出一團白霧，林柔伊一見便笑出來，「山下的溫度妳都受不了，那妳上課的時候怎麼辦？」

「所以我才要存錢買羽絨外套啊，妳這件挺好看的，多少錢？」

林柔伊聞聲，低頭掃了眼，「五千。」

秦小希倒抽一口氣，乾冷的空氣瞬間灌入了喉間，接連咳了兩聲。

林柔伊沒發現她洶湧的小情緒，只問：「妳在趕時間嗎？我想請妳陪我去一個地方。」

「去哪？」

「我約了前面巷子裡的算命師，想算明年的桃花，但自己去總覺得怕怕的。」車站就在巷子後面的大馬路上，秦小希考慮了會，時間還早，也算不上繞路，於是便答應了。

算塔羅的地方位於一處小小的民宅內，林柔伊和秦小希先後換上室內拖鞋，一進門便看見三隻貓和一缸金魚，屋裡飄著蝴蝶蘭的香氣。

算命師艾芭是一位年約五十歲的女人，親切和藹地爲他們倒了兩杯紅棗桂花茶。秦小希戰戰兢兢地捧著茶坐在沙發角落，林柔伊則是在一張鋪著黑色絨布的長桌前和算命師對坐著。

「您好，我想要算我明年的愛情運勢。」

艾芭將手裡的牌放在林柔伊眼前，讓她憑自己的喜好隨意將牌分成四疊，林柔伊照做，艾芭拾起了第一疊的第一張牌，掃了一眼，直截了當地道：「妳的桃花方位在西方，只要朝著西邊一直走一直走一直走一直走……」

林柔伊的雙手握拳擱在大腿上，鬆開原先抿緊的唇，「走到什麼時候？」

「一直走一直走一直走……」

最後似乎是有些渴了，艾芭拿起手邊的熱茶啜飲了一口，「總有一天會遇到的。」

艾芭再抽起第二疊的第一張牌，「對方極有可能是個風象星座的人，能言善道，聰明又會賺錢，年紀大妳五歲左右。」

林柔伊一聽，樂不可支地接著問：「眞的嗎？那他長得帥不帥？」

艾芭緩緩地再攤開第三疊的第一張牌，揚眉，「帥，相當帥，而且你們在肉體上特別契合。」

林柔伊算完命後，心情看上去特別好，秦小希怎麼想都覺得她被騙了。

眼前人發現她靜默了許久，回頭道：「妳剛剛有沒有聽到，她說我和那個男的在床上特別合得來。」

秦小希微微勾起唇，「聽到了，不過妳眞的相信？」

「信啊！」

秦小希說：「那我現在也可以告訴妳，妳下個月就會在店裡遇到妳的眞命天子，人長得很帥，喜歡下廚，還是個富二代，可惜性冷感。」

林柔伊聽見最後一句，臉瞬間就垮了，擺擺手，「那不行，那不會是我的眞命天子。」

前方的號誌轉爲紅燈，秦小希停下腳步，將手收進外套口袋，「妳應該不缺桃花吧？爲什麼要去算命？」

林柔伊唇角攀上一絲笑意，從容地答道：「因爲要相信好事會發生啊！」

「什麼？」

「因爲相信有好事會發生，所以努力過好日子，然後好事就眞的發生了，這是一個變美的循環。」

秦小希側頭想了想，明白了其中的道理，「所以妳是爲了維持打扮的熱忱才去算命的？」

林柔伊滿意地彈了個響指，「沒錯，人是需要被欣賞的，被懂得欣賞的人看見，甚至是被人喜歡，有了自信，日子就有很多種可能，這樣的人生才不無趣啊！」

秦小希到家的時候已是晚上七點鐘，一進家門，就見兩老坐在客廳，全神貫注地盯著電視，看都沒看她一眼。

她脫下身上的外套，嚷著：「媽，我去年買的那條格紋針織圍巾妳收哪了，我明天想戴它出門。」

見母親沒反應，她走到沙發前，在王菱貞眼前揮了揮手，但王菱貞目光依然盯著電視，笑得合不攏嘴。

秦小希皺眉，打了個呵欠，緩緩地將視線朝螢幕轉去，驀地瞳孔一震，映入眼的竟是那再熟悉不過的身影，她從沒想過，再一次得知他的消息，居然是透過這種方式。

女主播的聲音在耳邊響起，「這名來自台灣的少年名叫江敏皓，跆拳道出身的他，於兩年前到魁北克就讀體育學校，並在當地拳館習得格鬥技巧，先後參與了四次的業餘格鬥賽事，終於在第二十三屆魁北克業餘綜合格鬥賽中，奪得了冠軍……」

✦

江敏皓在一夕間成了全國家喻戶曉的格鬥員。

次日，秦小希的社群軟體上，充斥著江敏皓的新聞，這家新聞報導他在魁北克的恩師，那家新聞報導他平時的健身習慣。社群軟體不斷地更新著最新消息，一切能和江敏皓沾上邊的新聞都是觸及率的保證。

她點開一則又一則的報導，看著照片上那個戴著拳套的大男孩，照片的背景不是校園就是館場，她翻著照片，想像著他在當地的生活，好像這麼做，就能填補出江敏皓杳無消息的兩年。

被冷氣團籠罩的A市，比平時更添了些刺骨的寒意，秦小希最後還是沒找到那條格紋圍巾，她決定下班後去買一條。

她進到店裡打了卡、換上制服就去廚房備料，沒過多久，林柔伊和店經理陸妍推開店門，兩人的談話聲自休息室一路傳來。

她們走進廚房，看見埋頭挑菜梗的秦小希，紛紛嚇了一跳。陸妍抬起手腕看錶，「小希，妳怎麼這麼早？」

秦小希笑了笑，「怕路上塞車，所以比較早出門。」

林柔伊上前拿走了她手裡的那盆青菜，「上班時間再忙就好了，放下放下，妳這麼認眞我會很困擾的。」

秦小希閒了下來，一時間不知道該做什麼，便加入兩人的談話，「妳們兩個剛剛在聊什麼？」

林柔伊目光明亮，拿起手機俐落解鎖，「聊昨天的新聞啊！妳也看到了吧？那個叫江敏皓的男生眞的很帥！」

手機螢幕上是江敏皓奪得冠軍的報導，秦小希反射性地縮了下脖子，瞥開了眼，「嗯，看到了。」

林柔伊見狀，把手機螢幕轉向自己，「妳的反應怎麼這麼冷淡？他可是早上才剛開通社群帳號，就已經累積二十萬粉絲了，我來私訊他看看，搞不好他會回我。」

陸姸聽了，在一旁笑出聲來，「我看他的私訊早就被擠爆了，哪還輪得到妳？」

林柔伊一雙媚眼含笑，「人人有機會，我決定先換一張性感的頭貼。」

秦小希聽著，沒有應聲，拿起水壺到一旁的飲水機裝水，陸姸挨在林柔伊身旁看著手機裡的相簿出主意，「這張啦，露鎖骨這張不錯。」

「這張不夠厲害，還是放這張在海邊拍的，只放翹臀的部分如何？」

「妳這樣很像色情帳號欸。」

「眞的喔？那怎麼辦？」

陸姸聳了聳肩，勸她死了這條心，「沒怎麼辦，我們還是別痴人說夢了，也許人家早就有女朋友了。」

「練綜合格鬥的人體力都很好耶！眞想體驗一下在床上被他摔的感覺。」

聽見林柔伊的願望後，正在喝水的秦小希被嗆得咳了起來，陸姸拍了拍她的背，「妳喝這麼快幹麼？又沒人和妳搶。」

中午用餐時間，火鍋店裡座無虛席，用完餐的客人前腳才剛離開，秦小希就拎著抹布上前清理。候位的客人已有十多組，店裡平日人手較為不足，外場侍者加上秦小希總共也就四個人。

林柔伊一早上忙裡忙外地送餐，又是接待又是點單又是結帳，沒有一刻得閒，陸妍經常說她一個人可以抵三個人用。

坐在七號桌的中年男子看了眼正在收拾隔壁桌的秦小希，開口喊了她一聲，「小姐，麻煩妳過來一下。」

秦小希循聲回頭，放下手邊的酒精，上前詢問：「請問需要什麼呢？」

中年男子抬起下巴指著桌上的火鍋，「妳看看我鍋裡這是什麼。」

秦小希眼眸向下一掃，鍋裡剩下三分之一的湯底，幾片蔬菜、一顆花枝丸、一顆魚餃、一片豆皮，沒看出什麼異狀，「請問哪裡有問題嗎？」

男子語氣漸漸激昂，「就是這個啊！」

她朝著他手指的方向看去，「湯裡怎麼會有辣椒？我現在胃非常不舒服，我的屁股就像有火在燒一樣。」

秦小希支吾了一會，牽起唇邊的弧線，「不好意思，因為您點的是川味麻辣鍋，所以……」所以有辣椒不是廢話嗎？

男子的音量足以響徹整間店，「我不想聽妳說那些，反正這湯是不能喝了，妳幫我換牛奶鍋，牛奶不是可以解辣嗎？」

湯都已經見底了才想換湯，秦小希抿了抿唇，一臉爲難，「不好意思，這個要求可能……」

「妳不會是打算拒絕吧？要是我胃穿孔怎麼辦？」

「依照我們的規定，是不能給您換湯底的。」

「妳也太死腦筋了吧？客人都已經表示不舒服了，如果我送醫了妳承擔得起嗎？妳一天的薪水都不夠賠！」男子使勁地拍桌。

周圍的視線登時全都聚集了過來，秦小希臉上的笑容愈發僵硬。

這時，一道熟悉的男聲自她的身後傳來，「這位先生，請您先冷靜一點。」

秦小希側過身子，將視線投了過去，映入眼的身影令她一驚，男人沒把目光停留在她身上，而是俯身靠向桌子，勾唇笑道：「其他人都還在用餐呢！」

「你是誰？沒看到我在教她怎麼做事嗎？」

男人眸底的笑意清晰可見，「我是來提醒您，根據我國刑法第三百零九條第一項，公然侮辱人者，處拘役或九千元以下罰金……不曉得您一天的薪水，夠不夠賠呢？」

中年男子瞬間氣得臉紅脖子粗，結結巴巴了好一會，「你……你你！」

林禹淡淡一笑，捉著秦小希的手腕，「我還要請她幫我點餐，您若眞的不舒服，市區醫院距離這裡只有十五分鐘的車程，經過街口公車站牌的每一班車都能到。」

被林禹拽著走的秦小希，一路抿緊了唇跟在他身後，直到那人往一張四人桌坐下，這才鬆開了她的手。

秦小希遞了一張菜單到桌子上，還沒從剛才的狀況裡回過神，她看了林禹一眼，「你怎麼會來這裡？」說完，她才發現這個問題有些愚蠢，林禹就讀世冶大學，出現在這裡簡直不能再更合理了。

男人看著菜單上的品項，「和小組的同學一起吃飯，他們等等就到了。」

秦小希靜默了半晌，才道：「剛剛謝謝你啊！」

「沒事。」

秦小希第一次遇見奧客，就被認識的人撞見，內心一時說不上是感謝還是難堪，複雜地很。

自廚房端著菜盤出來的林柔伊，一見著熟悉的身影便跑了過來，「林禹學長！你和女朋友來吃飯？」

林禹笑了笑，「沒有，今天和組員一起。」

見兩人熟識的模樣，秦小希心想這世界也太小了吧！

「你還交女朋友了？」

「嗯，有機會再帶她過來。」

林柔伊瞇起了眼，「妳怎麼也認識學長？」

「我們是高中同學啊！」

話至此，秦小希想起了楊嘉愷曾和她提過的同學會，「對了，你下個月會去同學會嗎？」

林禹搖搖頭，「不會，我那天要去女友的老家吃飯。」

林柔伊揚起燦爛的笑容，眼神裡透著光，「都要見家長了，你們不會是打算一畢業就結婚吧？」

男人沒有否認，微微笑著，「眞有那天的話，再請妳們來吃喜酒。」

秦小希頓時有種時空交錯的感受，四周轉瞬間就靜了下來，曾幾何時，成家立業居然已經離他們這麼近了。

✦

晚間六點，A市某間日料。

用餐時間，餐廳裡人聲鼎沸，黃亭和櫃台報上訂位號碼後，服務生便一路領著她朝秦小希的座位走去。

黃亭見眼前的人悠哉地翻著手裡的菜單，一手就把菜單從她手中奪了過去，秦小希無辜地仰首，眨了眨眼，「妳很餓？那妳先點。」

黃亭閉眼長嘆了口氣，重新整了整被風吹亂的頭髮，「妳又不是沒看到江敏皓的新聞，居然還有心情吃飯。」

秦小希笑了笑，看著黃亭，在一天之內見到了兩個高中時期的好友，時間好像無形之中退回了那段青澀的歲月。

「不是妳找我來吃飯的嗎？我剛下班，肚子很餓。」

一名女服務生朝兩人走了過來，挨在桌邊柔聲道：「請問兩位要點餐了嗎？」

黃亭想都沒想便把菜單遞回服務生手上，「兩碗醬油豚骨拉麵，謝謝。」

秦小希看著服務生收走菜單的背影，愣愣地笑了，「妳幹麼這麼急？」

「我急？我當然急啊，都過兩年了，也沒看你們有半點進展，現在好不容易有他的消息，妳到底和江敏皓聯絡了沒有？」

秦小希喝了口麥茶，抿了抿唇，「沒有。」

「爲什麼不？」

「爲什麼要？」

當初他一句話也沒留就離開，足足消失了兩年，如今一回來，成了家喻戶曉的格鬥員，用鋪天蓋地的新聞淹沒她的生活，在她漸漸要忘記他的時候，卑鄙地讓她想起他。他的消息如雪花般侵入她的世界，秦小希不甘心做那條等待上鉤的小魚，她要無視這一切，一句祝福也不要給他，她要他也嘗嘗那種音訊全無的滋味。

秦小希在餐點送上來以後就埋首吃麵，不再對江敏皓的話題做更多回應，黃亭最後做了個深呼吸，面色凝重地道：「我知道江敏皓當年和余倩交往的眞正原因。」

話一出，秦小希愣了愣，咬斷嘴裡的麵條，緩緩地抬起頭，對上黃亭嚴肅的臉孔。

「妳記得我們唱完KTV的那個晚上嗎?就是妳喝醉的那一晚。」

秦小希重新拼湊起腦海裡久遠的記憶，點頭道：「記得啊，我們在巷子裡遇到兩個流氓，後來是江敏皓過來……」

黃亭皺眉低喃了句：「什麼流氓，說他們是強暴犯都不爲過。」

話落，秦小希驚愕地睜圓了眼，黃亭見狀，穩住聲音道：「那個人都已經把衣服脫了、皮帶解了，要不是江敏皓趕過來，我們兩個都會有危險。」

秦小希頭皮一陣發麻，手指也微微顫抖，在她模糊的記憶裡，早已記不清那兩個男人的長相，唯一記得的只有冰冷的柏油路，以及那條漆黑的巷子。

「而且，妳知道江敏皓原本很可能趕不上嗎?要不是在我打給他以前，他就在過來的路上，我都不敢想那個晚上會有多可怕。

「江敏皓說是楊嘉愷打給他，他才知道妳喝了酒，所以才會來接妳。至於江敏皓和余倩交往的眞實原因，是因爲妳的影片。」

秦小希腦子瞬間停止運作，明明身爲當事人，卻錯過了這麼多事情，黃亭一會說楊嘉愷打給江敏皓，一會又說余倩和江敏皓交往其實是有原因的，一會又扯到什麼影片。

「等等等，妳說慢一點，妳現在說的到底是什麼影片?」

「余倩偷拍了妳在游泳池淋浴間的影片，以此威脅江敏皓和自己交往，現在妳知道了嗎?他當初會答應和余倩交往，都是爲了保護妳。」

「叮叮噹～叮叮噹～鈴聲多響亮～」

◆

十二月一到，街上便多了許多聖誕裝飾，車站中央八尺高的聖誕樹、店家玻璃窗上的聖誕窗貼、掛上暖黃燈飾的行道樹，整座城市都在慶祝著聖誕節。

A市的溫度又更低了些，天空是灰白色的，空氣中裹著一縷溼冷。

傍晚五點的藝文廣場，秦小希戴著馴鹿髮箍，穿著綠色的圍裙，踩著黑色的鬆糕鞋，站在紅綠相間的行動小餐車旁，發售傳單和聖誕餅乾。

「聖誕快樂！『食日不多』目前正在進行聖誕優惠活動喔，來店消費滿額再送手工香皂！」

陸妍今日安排秦小希到藝文廣場進行聖誕活動宣傳，她只要將餅乾賣完、傳單發完，便能收工，她看了一眼剩下的十二包餅乾，捲起袖子，喊得更賣力了。

自那日和黃亭吃過飯之後，秦小希更認眞地過日子，爲了不讓想念吞噬自己，她試著用忙碌塡滿日常，她不知道自己需要多久的時間來忘記江敏皓，但現在知道他過得好，那麼便足夠了。

她也要讓自己振作起來才行。

「姊姊！我想要買聖誕餅乾！」

一道童音將秦小希的心思捉了回來，秦小希低下頭，一名目測只有五、六歲，留著西瓜頭髮型的小男孩跑了過來。秦小希彎下身，「弟弟，你怎麼一個人在這裡？」

小男孩回頭指著站在遠處推著嬰兒車的女子，「媽媽讓我來買聖誕餅乾！」

秦小希對上女子的視線，禮貌性地點了頭，隨後又將視線挪回來，「你要買幾包？」

「三包！」

秦小希起身拾起餐車上的三包餅乾裝進紙袋裡，小心翼翼地遞交到男孩手裡，小男孩一手拎過，將剛好的錢交給她，隨後朝她身後指了指，「我還想要那個氣球。」

秦小希往小男孩的目光回頭望去，落入眼的是餐車旁綁著的兩顆氣球，一顆是聖誕老公公造型，一顆則是馴鹿造型。

雖然那兩顆氣球是裝飾用的非賣品，但小弟弟期待的眼神實在讓秦小希不忍拒絕，「好，你想要哪一顆？」

「我要聖誕老人！」

秦小希解下氣球上的繩子，彎身遞到小男孩手裡，勾起唇角的弧度，「祝你聖誕快樂。」

小男孩喜孜孜地接過氣球，小聲地問秦小希，「姊姊，我問妳一個問題喔！」

「嗯？」

「妳相信世界上有聖誕老人嗎？」小男孩說著天真的話語，清澈雙眸眨呀眨，秦小希想著自己要守護他純真的童年，將手放在膝蓋上，「相信啊，聖誕老人會給全世界的乖小孩送禮物喔！」

豈料，小男孩瞇了瞇雙眼，噗哧一聲笑了出來，頭也不回地向著媽媽跑去，口中大聲嚷著：「媽媽！那個姊姊居然相信世界上有聖誕老人……」

灰濛濛的天空下起一場細雨。

秦小希沒有在下班前賣完全部的聖誕餅乾，她決定一回店裡就強迫賣給同事們。

她淋著雨，推著餐車往火鍋店的方向走去，所幸這場雨下得並不大，是不需要撐傘的程度，雖是如此，整座城市依舊浸在朦朧的水霧中。

當她經過公園的時候，忽地一團黑影衝出，秦小希嚇得趕緊抓住推車，險些就撞上了，她回神一看，眼前是一隻黑色柴犬，擋著推車的去路，朝她激昂地吠著。

一名婦人急急忙忙跑了過來，見了眼前的畫面，忿然地轉向秦小希道：「妳小心一點好不好？如果撞傷我家的狗怎麼辦！」

秦小希繃緊唇，留意到柴犬身上並未繫上牽繩，好言勸道：「小姐，妳的狗沒有繫牽繩很危險，如果衝到馬路上去的話……」

婦人聞言，冷笑了一聲，「我在我家附近的公園晃一下而已，是要繫什麼牽繩，難道我的狗咬妳了嗎？沒有嘛！」

婦人上下打量秦小希，「都是因爲妳穿得奇裝異服，才會嚇到我家的狗。」她彎身抱起還在激動吠叫著的愛犬，走遠的同時嘴邊仍碎念著：「路上怎麼有這麼多正義魔人。」

秦小希默了默，將千言萬語都壓在喉間，目光盯著婦人離去的背影，抓著餐車握柄的手不由得收緊了些。

離開公園以後，秦小希走回大馬路上。

方才那名婦人嫌惡的表情深植在她的腦海中，胸口泛起一陣滯悶，她試圖讓自己想些快樂的事，偏頭想了半晌，才發現一件值得開心的事也沒有。

忙碌了一天，肚子早已飢腸轆轆，她思忖著王菱貞今晚不知道會煮什麼晚餐，想想昨天的晚餐，想想家裡快要過期的醬菜和冷豆腐，再想想前天的……她前天吃了什麼？

馬路上一輛黑色轎車急速駛過一個窟窿，濺起了一波水花，她還沒來得及反應，泥水便潑溼她的褲管和鞋子。

雨水自腳踝滲進鞋裡，秦小希睜大了眼，她這雙鞋才買不到一週而已，旋即蹲下身審視了一會，心疼地拍了拍邊緣沾上的泥土，拍著拍著就一陣想哭。

無助與難受在此刻化作酸澀，漫上眼角，沒有一件事是順心的。

她微微仰首，任由細碎的雨點落在臉上，晶瑩的雨珠懸掛在髮梢，密布的雲層被天空壓得很低，讓人窒息。細微的雨聲在耳畔響起，帶她回到高中的那一場雨。

那麼多個春夏秋冬、日夜清晨、好天氣壞天氣，不是都一起回家了嗎？

她想起他穿著制服襯衫的身影，想起那些坐在他單車後座的日子，她此刻眞的好想回家，好想找個人抱怨，好想證明一個人也可以好好的。

明明努力讓自己不去想了，卻還是好想他。

秦小希吸了吸鼻子，注意到她的餐車正順著前方的斜坡滑去，內心登時一驚，立刻撐起身子，胡亂地抹開盈在眼眶的淚水，追上前去。

腳上的厚底鬆糕鞋，跑起步來既沉重又礙事，減慢她的速度。秦小希不曉得那台餐車值多少錢，要是撞壞了，搞不好她一個月的薪水都不夠賠。想到這裡她就顧不得形象地一路狂追。強風吹歪她頭上的馴鹿髮箍，圍裙的肩帶也往下滑落。

餐車前方正巧出現一抹修長的身影，一名戴著黑色毛帽的男人低頭看著手機，秦小希邊跑邊喊著，「快幫我攔下那台車！」

男人驀地抬眸，只見一台綁著馴鹿氣球的餐車自斜坡上溜下，在擦過他身側之際，伸手拽住了握把，由於力道過猛，車輪在斜坡上傾斜，車身隨之側倒在柏油路上。

秦小希遠遠看見散落一地的傳單和餅乾，趕忙奔上前，蹲下身收拾，心想幸好沒有發生什麼大事，要是餐車衝撞行人，又或是釀成交通事故……後果簡直不堪設想。

「謝謝你，眞的很不好意思，如果剛才沒有你我就完蛋了。」處於驚嚇中的秦小希，木然地拾起地上被雨水沾溼的傳單，一股委屈忽然湧上心頭，她明明很努力地在過日子了，爲什麼發生的總是一些壞事？

「因爲相信有好事會發生，所以努力過好日子——」

秦小希想起林柔伊說過的話，她其實很羨慕她，過得自信自在，對生活有熱忱，也有自己的夢想，而她呢？日子就這麼一天一天地過去，一年轉眼之間又要結束了，這幾年，她過得算好嗎？

一陣冷風拂過，她的餘光瞥見一旁倒在地上的餐車，綁在握把上的氣球正蠢蠢欲動，繩線忽地就鬆開了，氣球向著天空飛去，她的視線循之而上，直到眼前的男人捉住氣球的繩線，秦小希才看清雨幕之中，那張熟悉的臉。

「然後好事眞的發生了。」

秦小希不止一次幻想過和他重逢的模樣，可能是在某個同班同學的結婚典禮上，也可能是在某一對新人的滿月宴會上，總不該是她在路邊淋著雨，戴著歪一邊的馴鹿髮箍，還狼狽地追著餐車跑的時候。

兩人半晌無話，秦小希默默地收回視線，積累的情緒到達臨界點，她把頭垂得很低很低，淚水流了下來。

江敏皓扶起躺在柏油路上的餐車，抓著握把往前推了推，緩緩道：「沒壞。」

男人熟悉的嗓音一入耳，她再也止不住潰堤的淚水，埋著頭放聲大哭。

兩年過去了，他還是那個害她在路邊哭的傢伙。

聽見她的哭聲，他立刻放開手邊的餐車，蹲下身子按住她的肩，「妳怎麼了？受傷了？」

這是夢吧！

怎麼可能是他？

他現在眞的離她這麼近？

就在觸手可及的地方。

秦小希抽抽噎噎地抬起臉，鼻子和臉漲紅成一團，胸口上下起伏著，用模糊的視線看著那個占據她大半青春的男人。

江敏皓的指尖抓緊了袖口，用衣袖輕輕抹掉她臉上的淚，半是心疼半是憐惜地道：「怎麼哭得這麼醜……」

秦小希連瞪他的力氣都沒有，就這麼哭了一分鐘。

直到蹲到腳麻了、眼淚不再流了，她才慢慢地拾起地上的傳單，以及碎得四分五裂的餅乾，起身把它們扔進餐車裡。她拍了拍手上的塵土，戴正頭上的髮箍，隨後推著餐車往火鍋店的方向走去。

男人一語未發，握著手裡的氣球，低眉順眼地跟在秦小希身後，秦小希向前走了幾步，最後還是轉過身，聲音裡蘊含怒氣，「你難道就沒有什麼要對我說的嗎？」

江敏皓緩緩掀起眼簾，視線在她身上落下，「我回來了。」

晚間七點，林柔伊雙手交叉環胸，在店門口前來回踱步。陸妍在一旁見了，便說：「妳別再走了，看得我頭都暈。」

林柔伊看了陸妍一眼，咬牙道：「等秦小希回來，看我怎麼收拾她。」

「就因爲人家有一個那麼帥的青梅竹馬？妳要收拾她還要問過冠軍的意見呢！」

半個小時前，兩人被推開店門的江敏皓嚇了一大跳，男人一開口就禮貌地詢問秦小希是否在這裡工作，得知對方在藝文廣場發傳單後，道了謝便離開。

「她明明就認識江敏皓，爲什麼不說？看我們兩個人犯花痴，搞不好都在背地裡笑我們！」

陸妍聞聲，立刻撇清關係，「話可要說清楚，犯花痴的人只有妳，沒有我。」

玻璃門緩緩打開，迎來被雨打溼的秦小希和江敏皓，林柔伊立刻上前迎接，拽住秦小希的手腕，「小希啊，妳今天辛苦了，吃過飯再回去。」

「不用了，我媽有煮飯，我要下班了。」

女孩將她抓得更緊了，「店裡招待，你們兩個就吃完飯再走吧！」

林柔伊給秦小希和江敏皓安排了較爲隱密的角落座位，在幫兩人送完湯底和菜盤之後，熱心地道：「有什麼需要的儘管告訴我，我會幫兩位送過來。」

待林柔伊走後，秦小希瞧了眼江敏皓，他正專注地把手邊的青菜丟進鍋裡，熱騰騰的水氣冒了上來。

兩人太久沒見，都不知要從哪裡聊起，見江敏皓沒有要先開口的意思，秦小希佯裝自在地開了個話題，「你在國外一切都還好吧？」

孰料，她因爲緊張沒握牢手裡的雞蛋，掉進了鍋裡，江敏皓瞧了一眼撲通落水的雞蛋，皺起眉，欲言又止。

秦小希尷尬地抿起笑臉，「我最喜歡吃水煮蛋了。」

男人沒戳破她的謊言，默默撈起雞蛋，「都沒洗就丟下去煮，會拉肚子。」

「換一鍋湯底吧，反正妳火鍋料也還沒丟。」江敏皓說完，招手把林柔伊叫了過來。

林柔伊帶著笑臉跑過來，「請問需要什麼？」

「請幫她換一鍋湯底。」

林柔伊瞭解當前的狀況後，將目光扭向秦小希，狠瞪了一眼，「請稍等。」

秦小希看著林柔伊端走她的鍋子，手邊沒辦法裝忙，只好看著江敏皓往鍋子裡扔食材。

江敏皓見她許久沒說話，抬頭瞧了眼，女孩伸長頸子，盯著他鍋裡的食物，手腕倚靠著桌沿，手指凍得紅紅的，明顯是在室外待了一天。

「明天還去發傳單嗎？」他柔聲問。

秦小希一愣，「沒有，我明天休假。」

此時，林柔伊正巧推著餐車走過來，幫秦小希換好湯底後，同時遞上一盤蝦和一盤和牛，望向江敏皓，親切地道：「這是招待你的。」

秦小希皺了皺眉，「那我呢？我有什麼？」

林柔伊冷冷地說：「妳不是有湯了嗎？」

秦小希對著林柔伊走遠的背影，偷偷做了個鬼臉，回過頭對江敏皓說：「你等等跟她說你想吃干貝跟鮭魚。」

江敏皓笑了笑，頰邊酒窩深陷，「妳怎麼又在靠著我騙吃騙喝？」

他的話一下子就把他們帶回高中時期，秦小希還沒有準備好心平氣和地聊那些往事，別開視線，埋首把手邊的菜丟進鍋裡。

男人見了，伸手按住她的手，「妳火都還沒開。」

聽完他的話，秦小希馬上彎下腰去開火，好忙好忙。

第六章　格鬥傻瓜

正值晚餐時間，店裡人聲喧鬧，火鍋香氣四溢。

兩人附近的座位轉瞬間也坐滿了人，旁人紛紛認出江敏皓，那些議論聲傳入秦小希的耳中，她意識到自己成爲眾人關注的焦點，行爲舉止頓時都優雅了起來，她抿了一口鮮奶茶，「你怎麼知道我在這裡上班？」

江敏皓將手邊的和牛往湯裡涮了涮，接著放進秦小希的碗，「我見過希爸希媽後才來的。」

「你還見到我媽了啊？她有沒有嚇暈？」王菱貞自從得知江敏皓成爲格鬥冠軍之後，便成了頭號鐵粉，沒事就在網上找他的新聞看。

江敏皓轉頭瞥了一眼店內穿梭走動的人潮，「她讓我別打格鬥了，說她心疼。」

秦小希心想，確實是她媽的作風，再這樣下去，估計明天就買件羽絨衣送來了。

她低頭撥蝦，放慢了動作，「你當年爲什麼要封鎖我？」她想過幾種可能，一是他在生她的氣，二是他打算放下這裡的一切，也包括她。

江敏皓微微垂下眼眸，憶起當時的日子，「那時我的狀態很差，阿嬤才剛走又失去大學保送，做了讓妳難過的事，還連累希爸希媽，所以想讓自己沉寂一陣子。」

即便過了那麼久，那些往事仍舊鮮明地刻在秦小希腦中，她靜了半晌，輕聲呢喃：「你也不用做到移民的地步吧……」

「記得我和妳說過的格鬥員GSP嗎？我一直很想親眼見見他成長的地方，想知道是什麼樣的環境造就他的強大。」

「所以你才會去他的家鄉？你就算再欣賞他，也不見得要走上格鬥這條路啊！」

江敏皓放下手邊的筷子，一副準備娓娓道來的樣子，「剛接觸格鬥的時候，容易變得目中無人，再後來，就會發現自己的渺小。靠著自律的鍛鍊建立心理素質，是那些日常將我的人生拉回正軌。」

相隔兩年後再見到江敏皓，他身上的確流淌著一股沉穩的正氣。

她模仿記者採訪的姿態，「那麼請問這位冠軍，接觸格鬥之後，讓你的人生有了什麼樣的改變？」

江敏皓陪著她裝模作樣，勾唇笑笑，「人在遭遇危險時，會下意識想要逃避，但透過格鬥場上的實戰，一拳一拳擊敗比自己更強勁的對手，享受征服恐懼的過程，會進而增加自信。

「不再好勝，也不會輕易認輸，面對失敗有足夠的韌性，在成功之前不會放棄。」

秦小希聽見他的回答，將蝦殼往他扔了過去，「那如果你一直沒有成功，我是不是就得等上更久才能見你一面？說走就走，說回來就回來，你就這麼有信心我一定會見你？」

男人神情微微收斂，「沒有信心，有了成績才敢回來。」

秦小希見他又睜著那雙無辜的小狗眼，任誰看了都像她在欺負他。

才這麼想的時候，下一秒果真聽見隔壁的議論聲。

「你們聽到了嗎？他好痴情喔。」

「那是他的前女友嗎？她拿蝦殼丟他欸。」

什麼前女友，連個初戀都談不上。

秦小希怕她再有什麼動作明天就要上新聞了，標題大概會這麼下——格鬥冠軍一片痴心，慘遭前女友拿蝦殼打臉。

林柔伊又拎著手裡的高湯茶壺朝兩人靠了過來，一個勁地就往秦小希的鍋裡加湯，眼睛卻始終看著江敏皓，「你之後也可以常來喔，千萬不要客氣。」

男人頷首道謝，「謝謝妳關照小希。」

秦小希皺了皺眉，湯淹到了九分滿，原先煮滾的熱湯登時就停止冒泡，趕緊道：「不用再加了，肉都熟不了……」

這一頓晚餐他們吃了兩個小時以上，都怪林柔伊三番兩次跑來給秦小希加湯，害她那一鍋料吃得比平時還久。

秦小希把脖子縮進圍巾裡，在喝了一堆熱湯之後，身體暖了許多，她跟在江敏皓身後走到停車格牽車，見男人從車廂裡拿起一頂安全帽，她一手接過，「你還多帶了安全帽？是覺得我一定會跟你回家嗎？」秦小希這話一說出口，聽起來有些曖昧，趕緊解釋，「……我是說讓你載我回家。」

✦

車水馬龍的A市，夜間仍不乏喧鬧。

坐在後座的秦小希一路上都打直身板，雙手緊緊握著後扶手。

見她沒說話，江敏皓也就專心騎車，秦小希看著疾速而過的車流，想著他們睽違兩年後的重逢，似乎太平靜了。沒有戲劇化的道歉，沒有掏心掏肺的求和，一切就和她今晚喝的柴魚昆布湯一樣淡而無味。

積累的傷心憤怒，似乎都在他的那一句「我回來了」之後，煙消雲散。這麼想的時候，她又覺得自己太好欺負了，她應該要生氣，而且有權利生氣，但是她爲什麼不再生氣了？

她抿了抿被冷風吹凍的唇，「江敏皓，你爲什麼這時候才回來？」

眼前的人微微一愣，從後照鏡掃了她一眼，「聽不到，妳往前坐一點。」

這人是故意的吧？

雖看懂他的心思，秦小希仍小幅度地向前挪了一些，她鬆開手，放在大腿上，「我問你爲什麼決定要回來。」

「學校放假，聖誕節也快到了。」晚風攜著他低沉的嗓音入耳，「……聖誕節是和家人團聚的日子。」一聽見家人二字，秦小希瞬間就有些鼻酸，她想起很多事情，想起小時候去他家送麵的自己，想起了吳萍月，想起了她的單戀和他們的爭吵，如今能再這麼和他見面，她其實是很開心的，可是怎麼老想要哭呢？

她很貪心，她想要的從來都比家人再多一些。

兩年的時間沒有沖淡她對他的喜歡，在重新見到他的那一眼她就知道了，她依然沒能喜歡上其他人，在原地等著這個說她是家人的男人。

她的人生眞的好苦，想著想著就落下淚來，「……誰稀罕當你的家人，誰稀罕和你團圓！」

後座的人沒來由哭了起來，江敏皓驀地一驚，「妳怎麼又哭了啊？」

秦小希吸了吸鼻子，任由淚水模糊了視線，在吵雜的車流聲中哭得淚如雨下，反正江敏皓現在也看不清她狼狽的樣子，她也就任由自己放肆地宣洩情緒。

秦小希額頭用力地朝江敏皓的後背撞了上去，熟悉的香味自大衣漫開，她把臉埋了進去，「……因爲我喜歡你啊！」

話落，正巧遇上路口九十秒的紅燈，耳邊少了風聲和車聲，秦小希更尷尬了，甚至有想跳車的衝動。

告白來得猝不及防，江敏皓清了清嗓，輕輕道了一句：「我知道。」

這句「我知道」簡直可以榮登秦小希心中最爛回應之首，我知道到底是什麼意思？是我知道妳喜歡我，但我不喜歡妳，還是我知道妳喜歡我，但我們讓這事過去吧？

她低喃了句：「你知道個屁……」

江敏皓牽住她擱在腿上的手，沉默了整整十五秒，秦小希看著前方的秒數，一秒一秒數在心裡。

男人沉默了良久才開口，「小希，當我的女朋友吧，以後不會再讓妳哭了。」

月明星稀。

秦小希看著那一條熟悉的回家路，被夜風吹得有些睏，回想起來，今天一整天發生了太多事情，江敏皓的告白讓她又產生了更多的擔憂，例如他們接下來的日子會變成什麼樣？她的第一段感情居然就是異國戀，她如果想飛去找他，他會不會幫她出機票錢？

機車在秦家麵館外停下，秦小希見家裡罕見地把鐵門全拉下，她拿出手機給家裡播了電話。

「喂？小希啊？」

「媽，我在門外，幫我開門。」她拍了拍鐵門。

王菱貞問道：「是不是小江送妳回來的？」

「對啊，我們吃完飯才回來的。」

王菱貞揚起唇角，「那妳今天就去住小江那吧，媽掛電話了啊！」

「啊？媽！我人都在門外了，妳幹麼不開門啊！」秦小希尖叫一聲，嚇得手機差點飛出去，用力地拍起鐵門，轟隆隆的聲響在寂寥的夜裡散開。

「別拍了，我不會幫妳開門的，再拍妳明天也別回來了。」

秦小希在鐵門外急得跳了跳，「喂？媽！妳別鬧了，快點開門啊！」

通話「喀」的一聲結束，秦小希再播一遍時已經打不通了。

晚風很涼，她渾身卻熱得可以，低頭重複播著那支打不通的號碼，身後的人清了清嗓，喚了她一聲：「小希。」

秦小希縮起了脖子，扭過頭，男人的眼眸攏著月光，「去我家嗎？」

記憶中，上一次來到江敏皓家已經是好久以前的事，熟悉的格局納入眼中，秦小希站在玄關看得出神。江敏皓走進廚房倒了杯水，出來後看見她還站在原地，笑道：「妳今天要睡玄關嗎？」

丟下這句話後，男人就轉身上樓，把她單獨留在樓下。從前她往他房間跑就跟跑自己家一樣自然，此刻卻怎麼樣都邁不出腳步，腦中僅盤旋著一個念頭，屋子裡只有他倆，那是不是意味著，什麼事都有可能發生？

秦小希想，若是馬上跟著上樓，會顯得太不矜持；若是坐在客廳，又顯得做作。她在原地躊躇了一會，才脫鞋進入室內，緩步上樓。

她輕咳兩聲，「我今天要睡哪裡啊？」

江敏皓正在房間裡翻著衣櫃，拿出一件紅色棉質上衣和黑色運動褲，「給妳當睡衣。」

秦小希接過衣服，下意識拿著衣服往鼻子貼了過去，再深吸了一口，江敏皓見狀微微一愣，「……衣服有洗過啦！」

她眼睫微掀，才注意到那人耳根泛著淡淡的紅，「衣服上都是你的味道，好懷念。」

空氣中的氣氛太微妙，兩個人在房間裡坐也不是，站也不是。最後，秦小希抓著手邊的衣服轉身下樓，往浴室跑去，她看著鏡子裡臉紅得不像話的自己，趕緊用冷水洗了把臉，試圖冷靜下來。

洗完澡後，秦小希拿起方才在便利商店買的免洗內褲，她認眞端詳著那條壓著小碎花的白色免洗內褲許久，腦中想著，第一次和男友過夜，穿免洗內褲像話嗎？想到這裡，秦小希臉上旋即漫上了一股熱，她居然在期待有什麼事會發生嗎？秦小希妳眞是太要不得了。

她深吸一口氣，穿上那條免洗內褲，腦中卻接著浮現另一個畫面，當一切氣氛都對了，江敏皓脫下她的褲子，發現裡面穿的是小碎花免洗內褲……

還是乾脆別穿了？這個念頭讓她羞到不行，秦小希陷入了穿、脫、穿、脫的輪迴，直到她累出了一身汗，最終還是選擇穿上那件醜到讓她想去客訴的免洗內褲。

出了浴室的秦小希，單手用毛巾擦著溼漉漉的頭髮，另一手牢牢地抓住褲頭，儘管她已經把褲管向上捲了好幾摺，上樓梯時還是一步一步走得緩慢，就怕一個不小心踩到褲管摔了。

走到江敏皓的房間，見他隻身待在陽台，月光襯著他的背影，秦小希拉開陽台門，冷風立刻往她的身上吹來。

「哈啾！」

男人被噴嚏聲嚇得回過頭，看了眼她仍滴著水的頭髮，「妳跑出來幹麼？」

她吸著鼻子，「褲子太大了，你幫我綁緊一點。」

江敏皓聞聲，視線朝她的褲子望去，伸手一把拉過褲頭抽繩，他的力道過猛，秦小希一沒站穩就往他懷裡撞了過去。

男人一愣，把她推回原位，「……站好。」

冷風不斷地吹，秦小希被吹得頭痛，江敏皓通紅的臉更是讓她感到窒息。

眼看抽繩已經綁到最緊，褲頭卻依然寬鬆，

江敏皓想了想，語氣特別不害臊，「把褲子脫了吧！」

這話來得太唐突，秦小希驚慌失措地抬頭，「啊？」

「妳穿上衣也能遮住全身。」

秦小希內心一陣百感交集，就算他說的是實話，多少也修飾一下吧？她固執地抓著褲頭不放，低頭看著江敏皓手背上的青筋，心臟紊亂地跳著，爲了不讓他倆繼續糾結於她要不要脫褲子，秦小希趕緊轉換話題，「你跑來陽台幹麼？」

「吹風。」

「那麼冷還吹風？」

「因爲妳很反常啊，搞得我……」秦小希抿了抿唇，心跳很快。

江敏皓垂下眼眸，「算了，房間給妳睡，我去睡訓練室。」

江敏皓鬆開手裡握著的抽繩，留下滿房無聲的月色，頭也不回地走了出去。

牆上的時鐘顯示凌晨一點。

秦小希最後沒繼續穿那件不合身的運動褲，在床上蜷縮著發呆，身體疲憊得可以，意識卻無比清晰，整個房間都充斥著讓她失眠的味道。

一個小時前，她還能聽見樓下的動靜，再後來她聽見江敏皓上樓的聲響，最後是隔壁訓練室的房門應聲關上，她低頭掃了一眼身上裹著的厚重被子，想起王菱貞曾說過江敏皓怕冷，她搶了他的被子，他會不會睡不好？

秦小希的睡意漸漸消失，她起身，緩慢地披著棉被下床，把頭往房外一探，看向另一扇緊閉的房門。

睡了？她走到訓練室前，輕輕敲了兩下，叩叩的敲門聲在寂寥的夜裡顯得響亮，她等了半晌，地板上傳來的涼意，讓她把右腳掌放到左腳背上。

厚重的門板被打開，江敏皓穿著一身灰色連帽上衣和棉褲，掃了她一眼，嗓音微啞，「怎麼了？」

「我睡不好。」她據實以告。

江敏皓見她腳下沒穿鞋，皺了皺眉，「做噩夢了？」

「沒有，就是一個人有點孤單。」冷空氣襲上秦小希沒有衣物包覆的兩條腿，她把棉被揪得更嚴實了些，望著他身後的訓練室說：「你不讓我進去嗎？」

江敏皓眼神一暗，「妳知道妳在做什麼嗎？」

秦小希沉默了會，澄澈的眼眸轉了轉，聲音輕柔地搔過他耳邊，「我不知道，但我知道你在想什麼。」秦小希裹著棉被，自男人身側擠進訓練室。

她環視著這間再熟悉不過的訓練室，全身鏡映出她有些凌亂的頭髮，軟墊熟悉的觸感讓她一下就回想起他們的孩提時代。她的眼神刻意避開地墊中央的床鋪，一屁股坐在橡膠軟墊上，雙手抱住大腿，「我們聊聊天吧！」

見秦小希坐在軟墊上，他心裡好氣又好笑，都敢進屋了還坐得那麼遠，江敏皓沒戳破她的小心思，逕自掀開地鋪上的棉被，躺了下去。

秦小希膝蓋貼著軟墊，向前爬了幾步，最後索性鑽進被窩，「讓你和我聊天，你怎麼先睡了？」

江敏皓閉著眼，「妳想聊什麼？」

自兩人重逢後，她最想做的無非是親口和他確認影片一事，然而這事太私密，在外實在難以啟齒，眼下只有他倆，房內靜得只剩下呼吸聲，她認爲是時候了。

「幾週前我見了黃亭，她告訴我余倩拿影片威脅你的事情了。」

江敏皓驀地睜開了眼，臉色陡然一沉。

「她說你會和余倩交往都是爲了保護我，是眞的嗎？」

男人沒有回應，闔上了眼，將手臂枕在後腦勺。

「你不說話，那就是默認了，當時爲什麼不告訴我？」

想起那時顧著和江敏皓賭氣的自己，秦小希感到自責，「我都不知道，還對你說了那麼多過分的話……」

江敏皓聽出她聲音裡的難受，將她攬進懷裡，「那時候的我太懦弱了，以後不會讓別人欺負妳了。」

秦小希貼著他的胸膛，聽見咚咚的心跳聲響，熱氣漫上，「我是想說，要不我們扯平吧！」

「嗯？」

她把臉埋進他的懷中，聲音聽起來悶悶的，「你高中就看過我沒穿衣服的樣子，我也得看回來才不虧。」

她的話讓他一震，男人低頭看懷裡的人，秦小希害臊地藏起自己的表情，他矯健地翻過身，淩駕在她之上，男人雙手撐著床墊，依靠尙存的理智，柔聲詢問：「妳想清楚了嗎？」唇畔流淌出的熱氣相當勾人。

訓練室裡的全身鏡倒映出兩人的形影，秦小希雙手胡亂地揮，「等等等等！不是在這裡！」回想起兒時她往江敏皓家跑的時候，常常在這間訓練室裡陪著他鍛鍊，這個空間承載了太多他們孩提時期的回憶，她內心固執地希望，這個地方只要留下一些純眞的記憶就好。

江敏皓見她的視線落在身後的全身鏡上，留意到鏡子此刻成了助興的存在，惡劣地勾唇笑了笑，「在這挺好。」沒等她回應，俯首貼上她的唇，帶著侵略氣息的吻，在她的唇上留下絲絲灼燙，秦小希渾身一顫，任由他的舌尖捲進了她的舌根。

兩人的唇瓣終於分離，她微微地喘著氣，「眞的不去床上？」

男人頃刻間脫去了自己身上的衣物，月色下映入眼的是結實的肌肉線條，他湊近她的耳朵輕咬了下，三分憐惜，七分誘惑地說：「這裡看得更清楚些。」

男人的手輕而緩地輕撫她的大腿，她緊張得擰緊了眉，欲止而不止的輕喘傳入了夜色，他的大掌往衣物底下探去，秦小希倏地就想起那件免洗內褲。

她顫抖著，即刻抓住了他的手，「停！停！先停一下！」

江敏皓一愣，順著她的話眞的沒再動作，嚴肅的道：「在這裡是不可能停的。」

「可是那個……」免洗內褲。「就是……」免洗內褲。

她不要往後回想起她的初夜，卻忘不掉當時自己穿著免洗內褲。秦小希越想越急，連帶聲音都帶著哭腔，死死地捏緊了他的手背，「我不要。」

江敏皓見她一副泫然欲泣的樣子，內心驀地一軟，把落在衣襬的手收了回來，指節輕輕抹開她眼角的水氣，「那就不要了。」

她意識到江敏皓誤會了，著急地環住他的頸子，一邊解釋，「不是不是，我很想要。」秦小希覺得她今天一直在挑戰自己恥度的極限。

這話又讓男人瞬間綳緊了背脊，眸色一沉，萌生將她占爲己有的念頭。

「只是，你可不可以再等等我……」因爲太喜歡了，所以每一刻都彌足珍貴，每一步都走得小心翼翼，哪怕只是一個吻、一個擁抱，都是她從前未曾想過的東西。因爲無條件的喜歡，所以她想把自己交給他。

男人手指扣著她的下顎，在她唇上落下一吻，「可以。」

◆

秦小希起床時並沒有叫醒枕邊的人，她輕手輕腳地離開江敏皓家。

回到家中後，在客廳吃水梨的王菱貞見秦小希回來，打量女兒一眼，眼尾拉出笑意，「穿小江的衣服啊？」

秦小希聞聲，倏地感到一陣熱，加快了腳步上樓，「所以我才回來換衣服啊！」

她從衣櫃裡拿出黑色毛衣換上，下身選了一件毛呢A字裙，最後披上一件羊羔毛立領外套就出了房門，經過客廳時徒手拿了桌上的水梨，「爸去哪了？」

王菱貞盯著電視裡的古裝劇，「去散步了。」

秦小希又再吃了幾片水梨，眼看時間差不多，拿起後背包便要出門，王菱貞在她穿鞋時喚了她一聲，「小希啊。」

女孩頭也沒抬，認眞地綁鞋帶，「幹麼？」

「我和妳爸都覺得小江挺好的。」

下午四點，秦小希結束了系上的課，心裡惦記著店裡的聖誕活動，便搭上公車去藝文廣場。她自遠處就看見廣場上穿著聖誕女郎裝的林柔伊，提步走了過去，朗聲打了個招呼，「嗨！」

林柔伊臉上原本揚起的唇角，在看見秦小希之後瞬間垂了下來，「妳怎麼會來？」

「我來捧場一下啊，今天生意怎麼樣？」秦小希低頭掃了一眼，餐車裡居然只剩下兩包餅乾，「哇，妳的銷售成績也太好了吧，佩服佩服。」

「那當然，沒有一個男人能在我的熱情推銷下拒絕我的餅乾。」

秦小希笑了笑，從後背包裡拿出錢包，「那我把這兩包買下來吧！」

林柔伊看了她一眼，「一包五百。」

秦小希瞪圓了眼，「太貴了吧！」

林柔伊冷眼看她，「我一堆帳還沒跟妳算呢！」

見秦小希一臉無辜，一副不曉得發生什麼事情的樣子，林柔伊就更氣，「我是說江敏皓！妳當時爲什麼沒說他是妳的青梅竹馬？妳的心機眞的很重！」

秦小希無辜地撓了撓後頸，「我當時也沒有他的聯絡方式。」

林柔伊攤開手掌，「那妳現在應該有了，把他的電話號碼給我。」

秦小希將手覆上林柔伊的手，輕輕拍了拍，「現在更不行了，他已經是我的男朋友了。」

林柔伊將雙眼瞇起，「眞搞不懂，妳這丫頭有什麼好的？」

秦小希笑了笑，她的好，江敏皓懂就好了，「那妳這餅乾到底是賣還是不賣？」

「一包八百。」

秦小希皺著眉頭，「怎麼又漲價啊？」

兩人一搭一唱，秦小希裙子口袋裡的手機震了震，在她拿出手機的瞬間，林柔伊瞥見了螢幕上的名字——江敏皓。

秦小希接起電話後，只說了自己在藝文廣場，隨後就是一連串的嗯、嗯、好啊、嗯、掰掰。

林柔伊等到她掛了電話才出聲，「要去約會？」

「他說要一起吃晚飯。」

林柔伊瞧了眼她止不住上揚的唇角，「吃個晚飯就開心成這樣，妳是小孩子啊？」

「因爲眞的很久沒見了，做什麼都開心。」

林柔伊聽出話中端倪，朝她拋過一記別具深意的眼色，「那麼昨晚應該很……激烈吧？」

秦小希一聽，臉立刻就漲紅，連否認的勇氣都沒有，拿走餐車裡的聖誕餅乾後便邁開腳步跑遠了。

林柔伊狡詐的表情瞬間一愣，「妳偷走我的餅乾幹麼！」

晚餐時刻，秦小希依約定時間抵達A市某間高級燒肉店，滿屋的烤肉香氣惹得她飢腸轆轆，服務生各個忙得不可開交，在門口等候了一會，才有人過來替她帶位。

女侍者領著她走到一張四人桌前，映入眼的畫面令秦小希瞳孔一震，等著她的除了江敏皓之外，還有另一道熟悉的身影，驀地冷汗直流，這到底是什麼詭異的組合？

男人慵懶地勾了勾唇角的弧線，「嗨。」

「……楊嘉愷，你怎麼會在這裡？」

江敏皓翻著手裡的菜單，代爲解釋：「我找他一起來吃飯。」

這兩人什麼時候是會一起吃飯的關係了？秦小希顧不得滿頭疑問，抱著背包往江敏皓身旁擠去。

江敏皓把菜單朝她手裡推了過去，嗓音溫和，「點妳想吃的。」

在秦小希眼裡，只要有吃的，任何事都不成問題。她專注地盯著菜單上琳琅滿目的品項，問道：「你們兩個什麼時候變這麼熟了？」

楊嘉愷冷冷地回：「我們兩個一點也不熟。」

江敏皓拾起手邊的茶，抿了一口，「我從高中就蠻討厭你的。」

楊嘉愷往椅背靠了上去，嘴角漫著笑意，「彼此彼此。」

秦小希渾身僵了僵，決定閉嘴。

趁著江敏皓起身去冰箱拿飲料時，秦小希向前湊了過去，「楊嘉愷，現在到底是什麼情形？」

他笑了笑，「妳男朋友功成歸國，請高中同學吃個飯不為過吧？」

秦小希沉默了片刻，留意到他刻意用「男朋友」來代稱江敏皓，突然間就有點心虛，他會不會誤會她早就和江敏皓暗通款曲多年？想著想著又覺得哪裡不對，她幹麼擔心他會不會誤會？

「你們哪是高中同學，你們兩個根本不同班。」

男人打了個呵欠，「他說是要謝謝我，KTV那次。」

她想起黃亭和她說過，那晚若不是楊嘉愷先打了通電話給江敏皓，她們兩人都會有危險。

明白緣由以後，她拿起手邊的熱茶，「那麼作為感謝，我敬你一杯。」

「不用了，妳今天負責烤肉。」

秦小希內心的感動頓時蕩然無存，「……你好意思讓我一個人負責這苦差事？」

楊嘉愷嘴角上揚，「不烤也行，等等我和江敏皓說妳夜自習回家在路上哭得跟鬼一樣。」

秦小希被嚇得立刻睜圓了眼，「楊嘉愷！」

秦小希這一頓飯吃得很艱辛，她若不開話題，那兩個男人就沉默吃飯，她若顧著講話，楊嘉愷又嫌她肉烤得太焦，說是致癌。

江敏皓繃著清俊的臉，見秦小希對楊嘉愷那一副唯唯諾諾的樣子，心裡的不悅油然而生，這人在他眼皮底下使喚他的女朋友倒是挺上手的？

他按住秦小希拿著夾子的手，「別烤了，我來弄。」

秦小希將夾子握得死緊，深怕江敏皓和她搶，「別別別，我烤就行了。」

江敏皓雙眉緊鎖地瞅著她，「我怎麼不知道妳有那麼喜歡烤肉？」

秦小希掛著笑臉，擺擺手，敷衍了句，「你不知道的事情可多了。」

對面的男人看了兩人一眼，往嘴裡塞了一口干貝，「嗯，像是夜自習那次。」

話才一出，秦小希倒抽了口氣，倏地就被灌入喉間的煙霧嗆到，連咳了三聲，楊嘉愷嫌棄地叫她退遠點，口水別往烤網上噴。

江敏皓看著那兩人的互動，內心那股久違的不悅怎麼就這麼熟悉呢。

晚飯結束後，楊嘉愷掛念著期末報告的事便先離開了，秦小希牽著江敏皓到附近的河堤晃了晃，嚷著吃太飽了很難受。

兩人一路沿著步道走，秦小希見氣氛有些凝重，故作輕鬆地問：「你是怎麼和楊嘉愷說我們兩個在交往的啊？」

原先沉默的男人，臉色更難看了，「那很重要嗎？」

江敏皓不費力氣地就結束了對話，她只好扁起嘴，努力想新話題。

「妳上大學後常和他聯絡嗎？」

被這麼一問，秦小希愣了愣，據實以告，「我們兩個學校挺近的，偶爾會吃個飯。」秦小希發覺自己的回答又惹得他面色鐵青，慢半拍地補充一句，「也沒有很常見，他其實很忙。」

這回話說的多，倒有點像心虛，秦小希感到有些疲憊，決定打開天窗說亮話，「怎麼了，你不高興？」

江敏皓沉默了幾秒，掃過來一記冷冰冰的眼神，「他喜歡妳，妳不會不知道吧？」沉重的夜色裡，秦小希留下一聲輕喃：「我知道，但是都已經過那麼久了。」

男人的側臉帶著幾分沉鬱，「妳不也喜歡我很久嗎？」

這人居然得了便宜還賣乖？太卑鄙了！果然先說出喜歡的人就輸了。秦小希越想越覺得自己委屈極了，決定換個策略，裝起可憐，「我轉去一班的時候眞的很孤單，當時就只有楊嘉愷陪我，你還要小鼻子小眼睛地爲了他跟我生氣。」

他明白她有理，於是陷入了很長一段時間的沉思。

秦小希眼看計謀奏效，打算趁這個時候把該交代的都說一說，「楊嘉愷是在我高三生日那天和我告白的，說起來，也是他生日那天。」

這時身旁的男人才終於有了反應，皺起雙眉，「你們兩個還同一天生日？」

這個人未免太不會抓重點了吧？秦小希加強語氣重複一遍，「我說，他和我告白了。」

江敏皓沉著臉應了一聲，似是對這個話題一點興趣也沒有，秦小希不管，仍繼續說：「他問我你和他誰比較好。」

「那妳怎麼說？」江敏皓勾起唇角。

秦小希見他暗自竊喜的樣子，忽地就想逗他一下，「忘了。」

男人臉色驟沉的樣子入了她的眼，秦小希笑得挺不直腰，拍了拍他的手臂。

「楊嘉愷比我勇敢，他明知道我喜歡你，卻還是和我告白，我連和你告白的勇氣都沒有。

「他喜歡我就像我喜歡你那麼辛苦，你是那個最幸福的人，所以不要再和他吃醋了，他是我的槳。」

「那我是什麼？」

秦小希捏緊他的指尖晃了晃，嗓音清甜：「你是我的男朋友啊！」

第七章　黑騎士的願望

這天是秦小希打工的日子。

元平路上的垃圾車傍晚五點會來一趟，秦小希自「食日不多」的廚房後門舉步維艱地拖著大型垃圾袋，走到垃圾車清運點，在等待垃圾車的空檔，她倚著圍牆，望著粉橘色的晚霞。

明天就是一班的同學會，她正思考著該穿什麼出席，此時身旁同樣在等垃圾車的老婦人朝她輕喚一聲：「妹妹，妳有男朋友嗎？」

發現對方在和自己說話，秦小希淺淺地抿出一抹笑容，有點難爲情地說：「有，阿姨，怎麼了嗎？」

婦人手邊提著一小包廚餘，笑得燦爛，「阿姨覺得妳挺順我的眼緣，想介紹我兒子給妳，妳有沒有興趣？」

秦小希聽完一陣困惑。她不曉得林柔伊最後有沒有爲了桃花沒事就往西邊走，但她可以告訴林柔伊，等垃圾車似乎是個不錯的選擇。她什麼都沒做，居然就有人要給她介紹對象。

「阿姨，不用了……」

婦人以爲她是在客氣，將廚餘放在腿邊，掏出口袋裡的手機，在相簿裡翻找著自家兒子的照片，嘴邊碎念著：「年輕人就是要多看看，多交朋友才不吃虧。」

秦小希渾身上下都在尷尬，無助的小眼神往路的盡頭望去，平時都很準時的垃圾車今天怎麼偏偏就晚了？

「阿姨，謝謝妳，但是我已經有男朋友了。」秦小希決定果斷地結束這個話題。

婦人笑了笑，「哎呦，遇到更好的就要換掉啊，女孩子的青春有限。」

秦小希倏地就想起江敏皓，一股暖意湧上心頭，她的青春已經全都拿去喜歡他了，「不會有更好的人了。」

折回店裡時，秦小希遠遠地就看見店門口前坐在機車上等她的江敏皓，她揚起嘴角，正要邁步過去，卻看見兩名高中女生上前搭話。秦小希緩緩地走到既不會被發現，卻又能清楚聽見他們對話的位置。

其中一名裙子極短的女孩柔聲問道：「你是那個格鬥冠軍對不對？可以給我們你的電話號碼嗎？」

江敏皓原先滑著手機的動作一滯，抬起頭，「不好意思，不方便。」

另一名戴著假睫毛的女孩跟著附和，「就是交個朋友而已，我們不會拿去做壞事。」

親眼見到自己男友被搭訕的現場，秦小希心臟突突地跳，要是江敏皓下一秒給出電話號碼，她就立刻跑回去找剛剛那個阿姨。

男人嗓音低沉，「我有女朋友了。」隨後將視線轉向身後的秦小希，「妳站那麼遠幹麼？下班了嗎？」

早就從後照鏡看見她了。

秦小希肩膀一顫，像是做了什麼壞事被捉到似的，見兩名高中女生將目光轉到她身上，她一手擋住臉，快步推開玻璃門，躲進了店裡。

上了一天的班，她的妝都脫得差不多了，和青春洋溢的高中小女生相比，自慚形穢。

✦

秦小希洗完澡通常是不出門的，然而交了男朋友之後，她每一次都是洗過澡才去他家，王菱貞看在眼裡，一則以喜，一則以憂。

晚間，王菱貞見秦小希又背著一身行囊準備出門，便道了句：「今天也去小江家過夜？」

秦小希應了一聲，又補了句，「我明天晚上要跟高中同學聚餐，結束應該很晚了，會直接睡江敏皓家。」

王菱貞將心思從電視機上收了回來，語重心長地說：「媽覺得你們談戀愛是很好，但安全措施也要做好知道嗎？」王菱貞趁著秦硯人在浴室洗澡，才敢這麼對秦小希說。

話落，秦小希渾身倏地一僵，臉熱得可以，羞澀地跺腳，「媽！我們才沒有！」

王菱貞跟著激動了起來，「沒有？你們居然沒有做安全措施？」她還沒急著抱孫呢！「不行不行，我這就去念一念小江。」王菱貞說完話，立刻就從沙發上起身。

秦小希把王菱貞重新按回沙發上，「媽！不是啦！我是說我們還沒有……」

王菱貞先是愣了愣，旋即露出了心安的笑容，「這樣啊，沒關係，這事急不來的，想當年我和妳爸也是……」

「啊啊啊！」秦小希用尖叫聲掩過母親的話語，摀著耳朵跑出家門。

江敏皓在浴室洗澡的時候，秦小希則坐在床上天人交戰，方才回家拿衣服時，她也順道抓了那件她想都沒想過會再次穿上的高中制服。

或許是傍晚受到那兩位女高中生的刺激，醋意暗暗地在內心生根，和從前高中時代的喜歡不同，那時的她對於喜歡江敏皓的女生們未曾抱有什麼強烈的敵意，但成為他的女朋友之後，一切卻不同了，她希望他眼裡只看著她一個人就好。

越是這麼想，她就越是羞赧，把自己的臉往枕頭埋了進去，她牙一咬，火速起身換上白色的夏季襯衫和灰色的百褶裙，在這冷颼颼的十二月。

最後，秦小希把自己裹進棉被裡，只留下一顆頭露在外面，盯著房門口。

江敏皓進房的時候秦小希刻意裝睡，她怕一對上他的視線，自己就先羞恥地跑出他家。直到感覺床墊右側陷下，棉被被人掀開，秦小希再也繃不住表情，先下手為強地上前環住男人的頸子，試圖縮短他目光停留在制服上的時間。

然而，江敏皓已經適應了黑暗，他清楚地看見她穿著槐高制服的模樣，腦子一陣當機又重啟，眼下的情況是明目張膽的勾引，沒有一個男人能心如止水。

他在她耳邊揚起唇角的弧線，吐出灼熱的氣息，「原來妳喜歡穿制服睡覺？」一語雙關，惹得秦小希心跳失序，頭垂得低低的，「不這樣的話你都快被女高中生勾走了。」

男人薄唇輕抿，「……妳在吃醋？」

洗髮精的香氣漫上鼻腔，秦小希按了按他的後腦勺，「還不明顯嗎？」

她一個大學生都腆著臉穿百褶裙了。

「我沒有把電話給她們。」

江敏皓一字一句說得乖巧，秦小希心情好上了那麼一些些，「但是她們一定知道你的社群帳號，我剛才查過了，你的粉絲都快要三十萬了。她們可能會換上性感頭貼，然後傳訊息給你，說不定還會傳照片誘惑你……」

她滿腦子想的就是這些，簡言之，沒安全感了。

江敏皓沒應聲，輕輕將人按在床上，俯身將前額貼上她的瀏海，兩人靠得太近，看不清彼此的表情，只剩下鼻息相互交纏，她胸口上下起伏著，「你幹麼？」

「給妳安全感。」話落，男人的雙唇重重地壓上了她，是一連串蠻橫窒息的深吻，他雙手捧住她的臉，讓她無處可逃，也藉此來讓她知道他的在乎。

仔細想想，他倆之間從來都是她哭著說喜歡他，她從沒聽他說過一句喜歡。

然而，江敏皓喜歡她，是從高中就深埋在心底的祕密，也是因爲對她的喜歡，讓他發現自己是多麼渺小，所以選擇卑鄙地逃走。他想成爲足以保護她的人，如果他令她沒安全感了，那就違背了他的本意。

在昏暗的房間裡，所有的感官刺激都更爲強烈，他的吻一路下探到她的頸肩，秦小希氣若游絲地按著男人的鎖骨，雙腿一會弓起一會放鬆，制服的衣襬隨著磨蹭漸漸向上推去，秦小希一手繞至背後，向著百褶裙的拉鏈處摸索，江敏皓按住她的手腕，灼熱的氣息噴在她的胸前，「穿著就好。」

秦小希聞聲停下動作，半是調侃半是挑逗地在他耳邊說：「你什麼時候學會用男人的眼光看這身制服了？」原來木頭也是會長大的啊！

他輕聲笑了笑，「妳眞的想知道？」

秦小希覺得答案她恐怕承受不住，迅速躲開那人鋒利的視線，「不想了。」

江敏皓見她微微斂起眼，他喜歡她在這種時候，特別容易害臊的樣子。用拇指和食指扣住她的下顎，強勢地將她的臉轉了回來，俯首抵住她的雙唇，另一手往身下探去，輕輕摩挲她的腰側。

秦小希顫了一下，左扭右扭最後乾脆翻過身，江敏皓原先也被她咯咯的笑聲逗笑，再後來，入眼的畫面卻讓他怎麼樣也笑不出來，彷彿被人從頭頂澆下了一桶冰水。

女孩的制服背後有簽字筆的痕跡，雖然墨水因爲年月的流逝有些淡去，仍能依稀看見那潦草的一筆一畫，寫著正是他最討厭的那個名字。

「秦小希。」

被喊的人還沒察覺事情的嚴重性，樂呵呵地轉過頭來，直到看見江敏皓臭著一張臉，她才後知後覺地問：「怎麼了？」當他喊她的全名，永遠沒有好事。

男人的眸色透出陰冷的光，丟下一句，「明天就把制服丟了。」說完人就下了床，頭也不回地揚長而去，房門最後是被用力摔上的。

被江敏皓無情扔下的秦小希獨自蜷縮在床上，頭疼地揉著眉心，虧她還爲了今晚做足準備，洗澡的時候又是去角質又是泡澡，無奈百密一疏。

她拿起床頭的手機，找出那個破壞她幸福的罪魁禍首，怒氣沖沖地播了電話過去。

晚上八點，楊嘉愷接到秦小希的電話，他當時正和林柔伊在世治大學附近的滷味攤等晚餐，兩人通識課同一組，方才在學校圖書館討論期末報告，另外兩個組員是情侶黨，說著要去約會便早退了。

林柔伊和楊嘉愷的關係稱不上熟絡，就連她這個自來熟的性格都能感受到，楊嘉愷習慣和周遭的人保持一定的距離，好看的五官總是綳著冰冷的表情，不讓人輕易讀懂他的情緒。

楊嘉愷掃了眼手機螢幕上的來電顯示後，逕自遠離了人潮。

接起電話後，秦小希死氣沉沉的聲音在電話另一端響起：「楊嘉愷，我真的會被你害死。」

了解事情的來龍去脈後，楊嘉愷開懷大笑，林柔伊將目光轉過去，見那人一手插在口袋裡，眉眼都笑彎了，她從未見過他那樣笑。

秦小希氣得都快火冒三丈，「你還笑得出來！我現在到底要怎麼辦！」

她在電話那端吵著讓他負責，相較於她激動的情緒，男人嗓音從容，聽上去心情甚好，「這還需要問？妳現在只剩下一條路了。」

秦小希抱著試試且無妨的心態向下追問，「哪一條路？」

楊嘉愷故意沉默了一會，唇角帶著狡黠的笑容，「去他的門前說妳把自己脫光了，如果他沒有手開門，妳應該知道是爲什麼吧？」

秦小希氣得直接掛斷電話，把手機扔了出去，她絕對是瘋了才會求助那個混蛋！

男人見通話被掛斷，唇邊的笑意卻收不回來，最後才默默地把手機收回大衣口袋。

林柔伊直到那人轉身朝滷味攤走回來，才挪開注視了好一會的視線。

眞想知道電話那一頭的人是誰。

秦小希最後穿著睡衣出了房門，見訓練室的門是敞開的，樓下傳來了電視機的聲響，於是她放輕腳步下了樓。

一樓一片昏暗，燈一盞也沒開，男人坐在沙發上，板著臉看電視。

秦小希輕手輕腳地朝沙發走去，隨後示好般地躺在他的大腿上，眨了眨眼，「還生氣嗎？」

男人應了聲，嗓音很沉。

氣。

秦小希知道自己理虧，如果換作是她在他的衣服上看見別的女人的名字，她也生

她伸手捏了捏他的臉，「我錯了，別生氣了。」

見江敏皓不為所動，她只好繼續哄，「你不在的那兩年，我和他都沒走到一起，現在就更不可能了。」

江敏皓俯首淡淡地看了她一眼，「秦小希。」

「嗯？」

「當年余倩拍影片的事情，妳怎麼想？還……害怕嗎？還是生氣？」

幾年過去了，這是兩人第一次認真地談論這件事，秦小希不曉得話題怎麼一下繞到了影片的事上，反應不及，只能愣愣地看著他。

她生氣嗎？怎麼可能不生氣？但她更懊惱的是，當時的自己對余倩毫無防備，才讓對方有機可乘。如果當年余倩沒有拿影片威脅江敏皓，而是直接流出影片，那她該怎麼辦？她能走過這個坎嗎？

這麼想，她就又挺慶幸的。

秦小希不是個很樂觀的人，事情總往壞處想，她曾聽聞有些女性在經歷偷拍事件後，對於相機或是閃光燈這類東西就產生陰影。然而，事件發生的當下，她人根本在狀況外，和江敏皓不同的是，她並沒有看過那支影片，就連憤怒都缺少了真實感。

她曾想過，現在回頭找余倩追究影片的事，她要拿什麼證據質問對方呢？要找到證

據，就得找出影片，到時候整件事就會被迫變得具體，她不曉得自己有沒有那個勇氣。

江敏皓見她臉色一沉，雙眸黯淡無光，「我至今還是很自責，無論是我當時的處理方式，或是我單方面認爲隱瞞妳是對的，說穿了，我也只是被余倩牽著鼻子走，要是當時她做出更多不可挽回的事，我根本保護不了妳。」

他輕輕撥開貼在她臉上的碎髮，「所以妳知道爲什麼我這麼在意楊嘉愷了嗎？當年是他替我做了我沒能爲妳做到的事。」

秦小希見他皺起眉頭，他距離她這麼近，她卻摸不清他的思緒，直到他的聲音迴盪在寂靜的夜裡——

「是他讓余倩刪掉影片的。」

✦

同學會的地點辦在A市某間知名的熱炒店。

據說這場同學會辦得很倉促，前後只花不到一個月的時間準備，就連地點也是上週才決定的，最終只湊成一桌。秦小希思來想去，大概是一班的同學們各個都是菁英，菁英們都是很忙的

店裡滿是杯盤碰撞的清脆聲響。

楊嘉愷瞅了眼坐在身側的秦小希，那人望著穿梭在熱炒店裡的服務生們，視線緊盯

著他們端著的盤子不放，他揚眉道了一句：「妳難道還沒吃飽？」

秦小希肩膀一顫，回過視線，朝楊嘉愷耳邊貼了過去，將音量壓低，「人家隔壁桌吃的不是鮑魚就是螃蟹，你們的主辦人是誰？盡點一些小魚豆乾、醬炒海瓜子想搪塞我們。」

楊嘉愷輕聲笑了笑，沒有作聲。

「好了！既然大家都吃得差不多了，我們來玩個遊戲吧！等會只要回答不出來的人，一律得喝酒。」一道男聲打斷兩人，秦小希抬眸，她記得那個人是當年一班的班長，名叫柳毅。

柳毅將秦小希手邊的酒杯斟滿了酒，「我們就從當年學校的名人開始吧！秦小希，妳當年替楊嘉愷出氣跑了三千公尺，全班都在猜你們兩個互相喜歡，妳敢說真的完全沒有動過心嗎？」

秦小希往身側的楊嘉愷望了望，白熾的日光燈落在他的髮梢，暈出一層光圈，那人深邃的瞳眸也回望著她，秦小希匆匆收回視線，拾起桌上的酒杯一飲而盡。

一名留著短髮的女子見狀，拍手笑道：「看樣子是心虛了喔，居然不敢說實話。」

眾人跟著鼓掌叫好，柳毅見氣氛熱絡起來，決定向下追問，將目標轉向楊嘉愷，「那我們問問男生的意見好了，楊嘉愷，你喜歡的人目前在現場嗎？」

秦小希看見楊嘉愷從容不迫的樣子，伸手奪走他的酒杯，一口喝下，抿了抿唇，「我幫你喝了，不准回答。」

柳毅見了，滿臉的失望，彷彿錯過一場難得的好戲，「妳幹麼幫他喝啊！他剛剛都要說了。」

秦小希後來嚷著問題都只針對他倆實在太不公平，柳毅於是領著眾人玩起轉酒瓶的遊戲，瓶口對上了誰，誰就要回答問題。

楊嘉愷那天估計是坐到風水極差的位置，瓶口時不時就朝他轉過去，眾人也就變著花樣問著同樣的問題——

「你是不是喜歡秦小希？」

「你根本就喜歡秦小希吧？」

「你不會是從高中一路喜歡她到現在吧？」

到後來，秦小希已經練就了問題一來，就自動拿酒喝的反射動作，眾人嘴裡叨念著：「妳到底是來玩遊戲還是來喝酒的？妳這個擋酒的黑騎士也做得太盡責了吧？」

過於逞強的下場就是，秦小希最後不勝酒力地昏睡過去了，當她再次清醒的時候，整張圓桌只剩下她和低頭滑手機的楊嘉愷。

男人餘光瞥見她的動靜，看著她趴在桌上的樣子，笑了笑，「妳還要睡多久？」

秦小希緩緩睜開眼，感覺頭昏腦脹的，仍舊把臉貼在桌上，「其他人呢？全部都回去了？」

「嗯，妳睡了半個小時。」

秦小希愣愣地聽著，只覺得口乾舌燥，再度閉上眼睛。

「十分鐘前江敏皓有打給妳。」

男人嗓音才落下，秦小希顧不得頭暈，嚇得坐了起來，「你說什麼？」

她的反應全然在他的意料之內，唇角微微一揚，「我幫妳接了。」

秦小希揉了揉腹部，試圖抑制住胃裡難受的感覺，「你跟他說了什麼？」

「說妳喝醉了，現在只有我跟妳在一起。」

她嚇得手指都在抖，趕緊拿起桌上的手機查看，「你是不是想害死我？你不知道他這個人最愛吃你的醋了！」

楊嘉愷一聽，臉上的笑容更張狂了，「喔？我現在知道了。」

秦小希氣自己交友不慎。

「我一個晚上幫你擋了那麼多酒，你就是這樣子回報我的？」她滑著通訊軟體，江敏皓沒有再傳來訊息，最後長嘆了一口氣，把臉重新貼回桌上，不管了，事情已成定局，一切等到回家再面對。

也許是楊嘉愷先提起江敏皓，秦小希隨之回想起江敏皓昨天所說的，關於楊嘉愷幫她處理影片的事情，她在腦中想了很多種開場白，最後決定開門見山。

「楊嘉愷，……江敏皓都跟我說了。」秦小希努力讓聲音聽起來沉穩一些，實際上她的心臟都快彈出來了。

男人把臉轉向她，「說什麼？」

秦小希喉間一陣乾澀，吞了吞唾沫，萬般艱難地扯開唇角，呢喃道：「……佘倩當年偷拍了我在淋浴間的影片，還逼江敏皓和她交往。」

話一出，楊嘉愷瞳孔一顫，那不安的模樣已經證明了這件事的眞實性。秦小希將視線探進他的眼裡，等著他親口告訴她眞相。

楊嘉愷別開臉，將手機收回口袋裡，隨後輕笑一聲，「妳不會眞的相信了吧？」

「什麼？」

「秦小希，妳男朋友只是在找藉口，大概是回頭發現當年和余倩交往的自己很丟臉。」

他說得煞有其事，秦小希雖然喝了酒，但依然保有思考的能力，「才不是這樣。」

男人聳聳肩，神色從容，「那妳看過影片了嗎？」

秦小希一時回不了嘴。

在幾杯黃湯下肚後，她比平常更加感性，「我確實沒看過影片，但是我信了。」她相信這個人眞的默默地保護她這麼久。

秦小希眼眶起了點霧氣，她努力抑制想哭的衝動，「江敏皓說是你去讓她刪掉影片的，音檔也是你錄的，你爲什麼就是不能坦率一點？」

楊嘉愷聽出她聲音裡的哽咽，沉默了半晌，眉目是一慣的冰冷，「我不記得什麼影片。」

秦小希胸口一股氣無處發，就算她想道謝，這人也不給她半點機會，抬腳就往楊嘉愷腿上踢了過去，「你耍什麼帥。」

這一腳下去後，一個不妙的念頭飛進秦小希的腦海，她立刻坐起身，半是窘迫半是嚴肅地道：「我再問你一個問題，這件事非常重要，你一定要老實回答我。」

楊嘉愷沒應聲，只有視線朝她瞥了過去。

「你當年有沒有看過那支影片？」

秦小希的聲音幾乎是抖的，面色凝重地抱住自己的身體，話一出就有點後悔，但若不問她又覺得會睡不好覺。

楊嘉愷原先板著的臉倏地就笑了出來，連帶肩膀都一聳一聳的，撇開了視線，沒有否認。

秦小希死死咬著唇，這事可是攸關她的清白，「你明明就記得影片的事！快回答我！不要只顧著笑！」說著說著就有點想哭了，瞧那人故意折磨她的樣子，她突然又覺得，或許不要知道答案更好一點。

楊嘉愷重新把視線轉了回來，手指掩著唇角的笑意，「在發生了這麼多事以後，妳最在意的是這個？」

「這個很重要啊！」

兩人靜默了片晌，他才問：「我說沒有妳信嗎？」

秦小希愣了愣，她倒是沒有想過這個答案，側首想了想，「不信。」

「那妳幹麼問我？」

秦小希長嘆了一口氣，將臉貼回桌上，說服自己有些事就別這麼認真了吧，每件事如果都要刨根究底容易招來不幸。

男人見她不說話，換了個話題，「秦小希，妳知道黑騎士可以和被解救的人許一個心願嗎？」

秦小希望了眼天花板的日光燈，「是嗎？」

「對，所以妳現在可以許一個願，我會無條件答應妳。」

「騙人，你這個人最喜歡和我談條件了。」

他眼簾微掀，淡然一笑，「這次沒有條件。」

大概是秦小希體內的酒精在作祟，她看著眼前這個陪她走過高中歲月，還喝過她口水的男人，想著她人生裡哭得最慘的時候總有他在身邊，他們一起讀書、一起失戀、一起畢業。他知道她所有的祕密，看透她還不離不棄，想到這裡，她內心就湧上一股既感慨又感傷的情緒……

「楊嘉愷。」

「嗯？」

「我希望你永遠都過得比我幸福。」

秦小希沒想過在說完這麼感人的台詞後，大家一般都是怎麼收場的，於是只好愣愣地看著他，楊嘉愷也一語未發地望著她，誰都沒有別開視線，深怕那麼做，就真的朝著尷尬的路上直奔而去了。

「秦小希。」

被點名的人一陣心驚膽跳，「幹麼？」

「妳男朋友來了。」

秦小希一驚，循著楊嘉愷的視線回過頭，只見江敏皓一邊張望一邊從熱炒店的門口走了進來，她的背脊頓時泛起一陣涼意，江敏皓最討厭她做的事情有兩件，其一，喝酒，其二，和楊嘉愷玩在一起。

「楊嘉愷，我要裝死了，不准拆穿我。」她說完就把臉埋進手臂裡，一動也不動地趴在桌上。

江敏皓走了過來，聲音裡摻著責備，「她怎麼喝了這麼多？」

「她是我的黑騎士。」見江敏皓沒應聲，又道：「怎麼？心疼？」

「嗯，我帶她回去了。」

「你不跑這一趟，我也會送她回去的。」

秦小希一愣，看不見那兩人的表情，在心裡模擬著大概就是眼睛瞪眼睛，鼻孔瞪鼻孔的程度，見江敏皓遲遲沒發火，兩人也不繼續說點什麼，她險些就眞的睡著了，直到手臂漸麻，便自己默默爬了起來。

她半瞇著眼，轉向江敏皓說：「你都來了幹麼不叫醒我？」

「看妳剛才睡得挺熟的。」江敏皓冷著一張臉，聲音沒有高低起伏，早就猜出她在裝睡了。

秦小希摸摸鼻子，想著要吵也得回家吵，免得往後落在楊嘉愷手裡的黑歷史又多了一椿，好言勸道：「我們先回家再說吧！」

夜裡的氣溫更低了，路燈明亮地灑在街道上，江敏皓和秦小希兩人踩著腳下的光線前進，她恍惚地抬起頭，看著江敏皓的側臉在她眼前忽遠又忽近，決定先釋出點善意，「你今天怎麼會跑來接我回家？」

「不然還有誰會送妳回家？」這人根本就是在挖坑給她跳。

她把他的手捏緊，巧妙地避開這道陷阱題，「沒有了，有的話也不敢告訴你。」

江敏皓一聽，笑容裡藏著些許無奈，「秦小希，妳就算喝醉還是一點也不老實。」

秦小希看了一眼男人頰上的酒窩，就知道他捨不得生她的氣，頓時覺得歲月靜好，「那你想要聽什麼實話？」

江敏皓沉默了半刻，直到一陣夜風吹起他的髮絲，他的聲音淺淺的，「妳高中的時候有沒有曾經很討厭我？」

她被他的問題嚇得一愣，抬頭看著漆黑的夜空，想起高中畢業前的那個夜晚，她蹲在路邊的水溝蓋上吐得一塌糊塗，他拍著她的頭說妳以後要好好照顧自己。琢磨著究竟該說實話還是謊話，最後她決定聽從內心的聲音，「有。」

「因爲我丟下妳離開台灣？」

「嗯，因爲你丟下我走了，我卻到現在還是喜歡你。」藉酒壯膽這話還眞不是隨便說的，一般情況下她不隨便告白的，她臉皮薄。

江敏皓沒有被秦小希的眞情流露打動，而是朝她的後腳瞧了一眼，「我剛剛就覺得妳走路姿勢怪怪的，腳怎麼了？」

秦小希以爲在告白完後，得到的回應會是「我也喜歡妳」，因此她愣了半晌才反應過來，「這雙高跟鞋是新買的，很磨腳，我的腳跟磨傷了。」

江敏皓皺緊眉頭，停下腳步，「那把鞋脫了。」

秦小希心想，這個人怎麼一開口不是要她脫褲子，就是要她脫鞋子？

「不要。」秦小希倔強地往前走了幾步，無奈眞的太痛了，連脖子都不由得縮了起來，但是在大馬路上脫鞋這種事，她還眞做不來，就算是喝醉了也做不來。

江敏皓看她固執地站著，蹲下身把她的高跟鞋脫掉，傷口瞬間又一陣刺痛。

「我不要脫鞋子！這樣很難看。」

江敏皓瞪了她一眼，「妳剛剛也沒有比較好看。」

他握著她的腳踝，端詳著腳跟上的傷口。

「我沒穿鞋怎麼走路？」

男人拎起高跟鞋，「背妳。」

秦小希環住江敏皓的頸子，把臉埋在他的頭髮裡，嗅著洗髮精的香氣，下一秒才意識到這個舉動有點變態。

江敏皓盯著前方，「秦小希，妳怎麼一喝醉就要人背？」

秦小希覺得很無辜，提議要背她的人明明就是他，說得好像她占盡他的便宜。

「上次也是你自己要背我的，不要以為我醉到連這個都忘了。」

江敏皓淺淺一笑，順著話題憶起那一天的情景，「那妳記得妳當時和我說什麼嗎？」

秦小希試圖找回當時的記憶，只記得自己哭著說想看《美少女戰士》的結局，光回想起來就羞恥到不行，「不記得了。」

「完全不記得？」

「嗯。」

「妳說妳喜歡我，妳為什麼總是喝醉才說喜歡我？」

秦小希嚇得飆高了三個音，「我有嗎？」她這嘴也太不爭氣了吧？

「嗯，害我很困擾。」

秦小希用力扯他的頭髮，「你有什麼好困擾的！」

江敏皓笑了笑，輕輕拍她的腿，「那一刻很想為妳留在台灣。」

她一愣，短短幾個字就讓鼻子酸得徹底，拚命逼回盈在眼眶的淚水，「那你為什麼最後還是走了？」

「因為我那時候什麼都沒有。」

「你有我啊！」

「嗯，繞了一圈才發現我什麼都不要，只要妳。」

江敏皓的聲音柔情似水，她認為他這話言重了，「你也不能什麼都不要，你要賺錢。」

江敏皓假裝沒發現她破壞了感動的氣氛，把話鋒又折回去，「妳那時還說妳不能沒有我。」

「怎麼可能？」

「爲什麼不可能？」

「你又不是不了解我，喜歡你，我會說不喜歡你，一點點討厭你，我會說非常討厭你。」

「那妳當時說的話是不是眞心的？」

「是吧！」

「那妳是一點點不能沒有我，還是絕對不能沒有我？」

她沒上他的當，「才怪，我當時才沒有這樣說。」

「對，妳當時只說我是彩虹小馬。」

秦小希撓撓腦袋，再拍拍他的手臂，「我快要想起來了，你再多說一點。」

「妳說，就算全世界只剩下一個楊嘉愷，妳也不會和他在一起。」

秦小希見他胡扯，決定用沉默表示不滿，那種感覺眞要形容的話，就是自己養的狗再怎麼壞都只有她能嫌，其他人不能夠說牠半分不好。

第八章　倘若時光重來

江敏皓剛推開家門，秦小希便顧不得屋內還黑漆漆的一片，按直覺前進，接著往沙發上一躺。

「秦小希，先去洗手。」

癱軟在沙發上的秦小希朝他揮了揮手，笑著說：「我動不了，你過來幫我卸妝。」

男人笑了，「妳現在是不是使喚我使喚得上癮了？」

「那你別管我好了，我這樣也能睡。」秦小希說完就閉上了眼，雙手交疊於腹部上，調整到一個更舒服的姿勢，內心盤算著這人不會棄她於不顧。

耳邊傳來一陣水流聲，接著是由遠而近的腳步聲，江敏皓靠近沙發，扶起秦小希的上半身，直到自己落座後，讓她重新躺回自己的腿上。

秦小希全程閉著眼，嘴角止不住地泛著笑。男人撥開貼在秦小希頰上的碎髮，接著往她臉上一抹，秦小希瞬間就被那粗糙的觸感疼地叫了一聲。

睜開眼後，只見江敏皓手裡拿著一張沾了水的廚房紙巾，紙巾上還有些許被他抹掉的粉，秦小希推開他的手，「你以爲你在擦碗嗎？」

眼前人一臉無辜，「不然我去拿毛巾過來？」

「有一種東西叫做卸妝棉，你怎麼連這個都不知道？」

話落，江敏皓俯身向前，把紙巾擱在茶几上，來回捏了捏秦小希的臉，惹得她一陣亂叫，伸手抓住他的大掌。指尖觸及的瞬間，她倏地就被手背和指節上大大小小的疤痕奪走注意力。

江敏皓見她專注地摸著自己指節上的疤，以及因為拳繭而顏色略深一階的指骨，安靜了下來，沒讀懂她臉上的愁緒。

這個人花了那麼多時日在訓練上，就連消失的那兩年，也是兩點一線地奔波在體育學校和格鬥館，哪還有時間理解卸妝棉跟廚房紙巾的差異。想到這裡，秦小希黯然神傷。

她把他的掌心按在自己眉眼上，擋住眼眸裡的霧氣，「江敏皓，你是真的回來我身邊了嗎？」

她的話讓他一時愣了，驀地答不上話。

「我最近常常在半夜驚醒，必須確認好幾遍你還在這裡，真實地感受你的體溫，但有時候就算這麼做了，還是會夢到你再一次不告而別。」

眼眶的淚水背叛了她偽裝的堅強，緩緩流下，溼潤了他的掌心，「老實說，這樣戰戰兢兢的日子好累。江敏皓，如果未來有一天你要離開，那麼你就別再回來了。」

「你不能占據我生命那麼長的時間，讓我在往後的每一年提不起又放不下，既不想等你卻又捨不得你，等著等著我就老了，到那個時候我就沒有人要了……」

江敏皓眉間起了皺褶，她突來的眼淚讓他內心一揪，用拇指抹去她的淚，嗓音溫柔，「我不會走，誰說妳沒人要的？」

秦小希心中的委屈一時全湧上，「楊嘉愷說我會變成孤家寡人。」

聽見那個熟悉的名字，他臉色立即一沉，「明天就去找他打一架。」

「不行，他搞不好有我的影片……」

江敏皓停止了這個話題，免得自己下一秒就奪門而出。

「等我一畢業就回台灣，不會再走了，妳如果那麼害怕，那麼我們就登記吧！」

秦小希正色，「不行。」

「爲什麼不行？」

「你如果沒有回來怎麼辦？我獨守空閨還不能找其他男人，那我不是虧死了？」

江敏皓的臉瞬間垮了下來，拾起廚房紙巾再一次往她臉上亂擦，秦小希雙手一陣亂揮，叫了好一會。

✦

平安夜這天，「食日不多」充滿一對又一對幸福的佳偶，寒冷的天再加上節日的加持，等候的隊伍早已將門口擠得水泄不通。

穿著聖誕女郎裝的林柔伊在櫃台幫客人結完帳後，拿起手邊的筆記本，推開玻璃門探出頭，「三十三號在現場嗎？」

一名留著鮑伯頭，背著黑色小牛皮單肩包的女人從人潮裡走出，林柔伊接過她手中的號碼牌，確認一遍筆記本上記錄的人數，「請問是兩位大人嗎？」

「對。」女人說完，回頭看了一眼身後的男人，楊嘉愷抬眸的瞬間正好與林柔伊四目相接，兩人同時一愣，對彼此的出現都感到有些意外。這男人平時待人冷如冰山，原來是因爲早就有女朋友了？

男人看出她心中所想，卻沒有出聲解釋，只道：「秦小希今天有上班吧？」

林柔伊懷疑自己聽錯了，爲什麼每當店裡有帥哥出現，秦小希的都能沾上邊？她抿出一個不太眞誠的笑容，「原來學長認識小希啊？她在裡面，我這就幫你們帶位。」

秦小希自中午就一路忙到現在，肚子餓了還只能蹲在廚房偷吃爆米花，林柔伊一進廚房看見那個戴著馴鹿髮箍的背影就氣，上前用力拍拍她的肩，秦小希嚇得一抖，仰首道：「幹麼？」

「妳認識楊嘉愷？」

「楊嘉愷？妳怎麼知道他？」

「我們同校的，認識也合理吧？他和一個很漂亮的女人來店裡用餐。」

秦小希聞聲，雙眸閃著微光，立刻站起身子，激動地握住林柔伊的手，「他們在哪一桌？」楊嘉愷大型八卦現場，她豈能錯過這個千載難逢的機會？

秦小希推著餐車上前，依序送上和風豚骨鍋和鮮菇牛奶鍋後，給了楊嘉愷一個燦爛的笑容，「不介紹一下？」

楊若佟見對方是楊嘉愷熟人，笑笑地轉過臉，「妳就是嘉愷的高中同學啊？我是他姊姊，妳好。」

秦小希聞聲，憶起楊嘉愷曾和她提過的那個大他七歲的姊姊，禮貌地頷首問好。虧她還以爲終於找到他的把柄了。

秦小希失落的神情全入了楊嘉愷的眼，男人盯著她頭上的馴鹿髮箍，勾了勾唇角，「熟人用餐打幾折？」

秦小希瞥了他一眼，「誰和你熟。」答得太自然，險些忘了姊姊還在現場。秦小希官腔地清了清嗓子，揚起招牌笑臉，制式化地道：「本店目前有聖誕節優惠活動，消費滿額就送手工香皂，情侶KISS送肉盤，但後者我想並不適用於兩位。」

楊若佟輕笑著，刻意壓低音量，「店員小姐，只要妳不說，沒人知道我們兩個是姊弟，妳讓我們換肉盤吧！」

聽見這話，秦小希嚇得連表情管理都沒做好，來回掃了掃兩人，小聲地問：「你們眞的要換？」

楊若佟見她驚訝的樣子，樂得笑開了，扭過頭朝楊嘉愷道：「她好可愛，居然相信了。」

秦小希見對方只是拿她打趣，乾笑了兩聲，「那麼兩位有什麼需求再隨時找我，祝你們用餐愉快。」

姊弟倆都一樣古怪。

她才回到廚房，林柔伊立刻把人揪住，「怎麼樣，那個女人是誰？」

秦小希手裡的空碗盤都還來不及放下，剛要跨出去的腳一滯，「那個啊，她是楊嘉愷的姊姊，妳下次先稍微打聽一下好不好？害我剛剛出去的時候滿心期待。」

「姊姊？所以他沒有女朋友？」

「我怎麼知道，妳去問他啊！」

林柔伊擺出一臉嫌棄她沒有用的表情，鬆開手，示意她到一邊忙去，想了想又道：「那妳和楊嘉愷又是什麼關係？」

她愣了片晌，瞇著眼反問：「妳幹麼這麼在意他的事情？」

「……我哪有？」

秦小希一副不相信的樣子，暗暗地將腦中的線索一一串起，最終得出的結論連自己都嚇了一跳。

「妳不會是喜歡楊嘉愷吧？」

林柔伊匆忙地捂住秦小希的嘴，「哪有什麼喜不喜歡！我跟他又不熟，就只是有點好奇而已。」

秦小希面色凝重地點點頭，按住她的肩膀，「回頭是岸。」

晚餐時間秦小希忙得昏天暗地，外場有送不完的餐不打緊，還要看著一對又一對為了免費肉盤而放下身段接吻的情侶們。

「來，親一個喔，我要拍了喔。」秦小希面帶笑容，身子微微向後，手裡的拍立得對準五號桌的高中生情侶，那吻不是淺嘗輒止，而是熱情如火，兩唇相貼就像磁鐵一般緊黏著，估計正值熱戀期。

「謝謝兩位參加活動，肉盤等等就幫你們送過來。」

秦小希轉身要回廚房，卻不小心撞上心不在焉的林柔伊。

林柔伊今晚的動作慢了許多，這對於本來可以時不時摸魚的秦小希來說，感受相當明顯。她抓住林柔伊的手腕，「妳還好吧？」

「……我怎麼了？」

「妳在發呆啊！」

「哪有？」

「我都發現了，自從楊嘉愷來之後，妳整個人就變得很……」奇怪兩個字還沒脫口，林柔伊又一次摀住秦小希的嘴。

「妳小聲一點！被他聽到怎麼辦？」林柔伊用氣音說。

被摀著嘴的秦小希眨著眼睛看她，還真是什麼奇聞軼事都有，之前江敏皓來店裡的時候，林柔伊可熱情了，今天怎麼一反常態？

秦小希往楊嘉愷的座位望去，他正有一搭沒一搭地和楊若佟聊著天，視線直直盯著眼前的鍋子。

「他眼裡只有食物，妳想太多了。」

林柔伊臉上一時布滿太多情緒，秦小希不忍戳破，頃刻間靈光一閃，「不然這樣吧！妳想知道什麼我可以去幫妳問，前提是下個月的春節妳少休幾天，把假讓給我休。」

「妳休那麼多天要幹麼？」

「陪男朋友啊，等他回加拿大後我們就要分隔兩地了，妳能了解分隔兩地的意思嗎？我基本上就是單身了。」

眼看林柔伊有些動搖，秦小希又問了一遍，「妳覺得這提議怎麼樣？」

她都已經在楊嘉愷身上吃那麼多虧了，趁機拿點好處也不過分吧！

「妳跟他眞的有這麼好？」林柔伊半信半疑。

「當然，不管我問什麼他都會說。」爲了春節假期，秦小希簡直豁出去了。

「妳想知道什麼？他有沒有女朋友？他喜歡的類型？還是他……明天晚上有沒有空？」

「我不知道啦，不說了，我要去上廁所，妳等等去幫我送十四桌的餐。」話落，林柔伊把手裡的空盤全都堆到秦小希懷裡，轉身朝廁所的方向跑去。

秦小希踮了踮腳，在原地喊：「說好了喔！妳要讓我休喔！」

「嗨，兩位，用餐還愉快嗎？」

秦小希趁著空閒時間，帶著笑容，繞到楊嘉愷和楊若佟的座位。

「謝謝，挺好的，我看外面很多人在候位，我們盡快吃一吃就要走了。」楊若佟勾起唇，笑笑地應答。

「這麼快？你們可以慢慢吃的，完全不需要有壓力！」她什麼都還沒問出來呢！

「其實我也很想和妳聊一聊，但是剛剛看妳很忙的樣子……」

「一點都不忙！」秦小希答得斬釘截鐵，隨後一屁股坐下，把楊嘉愷往裡邊擠了進去，那人皺了皺眉，手裡的筷子都沒來得及放下。

「對了，聽說林禹交女朋友了，那你呢？」秦小希強制開啟了話題，用手肘推了推楊嘉愷。

姊弟兩人沒搞懂眼前的情況，相互交換了一記疑惑的眼神。

「上次他有來店裡吃飯，他女朋友超漂亮的，好像是念牙醫系的……」秦小希見沒有人要理她，只好自己努力說下去。

楊若佟不忍心看她一個人自言自語，咧開嘴笑，「我也有問我弟怎麼都不帶女朋友回來給我看看，大學時期就是要好好玩，要不然帶個男朋友回來也可以啊！」

「啊哈哈。」秦小希配合地笑著，只可惜這不是林柔伊想要聽到的情報。

楊若佟認真地分析，楊嘉愷就是那種渾身散發著孤高氣質的男生，臉皮太薄的女生可承受不起，話說到這，她忽然想起一件往事，問道：「我記得之前你們系上辦活動的時候，還有個外系的學姊跑來和你告白不是嗎？」

秦小希一副準備看好戲的姿態，調侃道：「喔？我都不知道你有這麼受歡迎喔？」

楊嘉愷啜了一口手裡的可樂，唇角揚起微微的弧線，「妳現在知道也來不及。」

沒能問出半點情報的秦小希，心力交瘁之餘還被林柔伊一路嘲笑到關店。

下了班的秦小希拖著疲憊的身軀回到江敏皓家，電視機的聲響傳了出來，兩道熟悉的男聲正激昂地歡呼著，她穿上室內拖鞋走進客廳。

「秦棋書，你爲什麼在這裡？」

秦棋書的視線仍停留在電視螢幕上，江敏皓笑笑地代爲回應：「棋書哥放假回來過聖誕節，我們在看UFC選手的回顧特輯。」

秦小希將視線轉向電視，一名來自瑞典的選手奇馬耶夫做了個假動作後，便抬起右腿朝對手腹部踢去，趁著對手的注意力被轉移，以迅雷不及掩耳的速度下潛，抱住對方的左腿，將其抱摔在擂台上，不顧眼前人的掙扎，扛起對方往擂台邊靠近。

場邊一片歡聲雷動，秦棋書笑得咧開了嘴，拍了拍江敏皓的肩，「快看，狼王經典動作！」

兩個男人自成一個小世界，欣喜若狂地慶祝著，秦小希想起江敏皓曾經說過的，聖誕節就是要和家人待在一起，便默默地接受這個略顯兇殘的平安夜。

秦小希往江敏皓身旁擠了過去，湊到他身邊問：「誰啊？那個瑞典選手就是狼王？」

「嗯，他是UFC的怪物新人，出生在車臣，後來跟家人移民瑞典，五歲接觸摔跤，因為強大的角力技巧，他在場上有絕對的主宰能力，任何強勁的對手到了他手中，都像是被困住的獵物。」

秦小希盯著電視畫面中的兩名男人，相較於對手臉上的鮮血和疲態，奇馬耶夫還能笑能跳。此時傳出播報員的聲音，「這場比賽光一個回合的打擊數，就呈現相當大的落差，一百一十八比二，狼王只被對手摸到了兩下，卻痛宰對手一百多下……」

秦棋書瞥了秦小希一眼，接著解釋，「在狼王壓制對手後，習慣把對方扛到鐵籠邊和自己的團隊分享，這行為就像狼帶著獵物回去和狼群分享一樣。」

相較於秦棋書眼神裡流淌的興奮之情，秦小希不以為意，「這人有點變態。」

秦棋書懶得和她爭，「妳閉嘴，這是男人的浪漫。」

秦小希是真的不懂，但看著他們全神貫注地盯著電視機畫面的模樣，她回想起那兩人兒時打鬧的樣子，起初江敏皓只是挨揍，接觸跆拳道後，秦棋書嘴上總是會這麼激他，「你不回手就是看不起我。」於是兩人踢踢打打就成了日常，無論最後是誰輸了，也不會因此惱羞成怒，也許男人的浪漫，是自幼就存在於骨子裡的。

一道念頭閃過，秦小希舉手提議，「那麼你們兩個現在就打一架，展現男人的浪漫給我看。」

看到妹妹給自己挖坑，秦棋書一陣心寒，「妳是想看我死在這裡吧？」

秦棋書離開江家的時候，自己走還嫌孤單，非要讓秦小希陪他走，嫌外頭冷的秦小希想都沒想就拒絕，無奈最後還是被拖出了門。

兄妹倆並肩走在田間小路上，暖黃的路燈點亮了前方的路，秦小希想起小學的那段時光，她以前總是很羨慕班上同學能和兄弟姊妹一起上下學，無奈她與秦棋書差了太多歲，秦小希剛念小學的時候，秦棋書都上國中了。

秦小希看向秦棋書，問道：「采茵姊都還好嗎？你個性這麼差，她有沒有後悔嫁給你？」

秦棋書輕笑一聲，注視著前方的路，「秦小希，妳是多希望我離婚？」

「也沒有，就是覺得采茵姊太好了，嫁給你有點可惜。」

「那不然她該嫁給誰？」

秦小希佯裝思考了很久，「你放心，采茵姊如果眞的跟你離婚了，我會再介紹好男人給她的。」

「妳哪有認識什麼好男人，兩年都過去了，妳還是只有一個江敏皓。」

被說中心事的秦小希摸摸鼻子，沉默了會，「你也覺得我很沒用吧？」

秦棋書揚眉，「不會，好男人就跟好酒一樣，只會越陳越香，值得等待。」

秦小希暗想這話不曉得又是從哪偷來的，抿著唇沒有道破，見前方下個路口右轉便是秦家麵館，決定只送到這，「好了，你趕快回家吧，我就不送到門口了，免得媽看到我又要念我成天往江敏皓那跑。」

秦棋書回過身，從錢包裡拿出兩張住宿券，「采茵在這間飯店上班，你們趁著明天聖誕節去玩吧！」

秦小希喜上眉梢，眼明手快地奪過那兩張票券，深怕她哥下一秒就反悔。

「這麼好？這種溫泉飯店一個晚上都超貴的。」

秦棋書淡然地扯了扯唇角，把錢包收回口袋，「我今天和江敏皓喝酒了。」

秦小希愣了片晌，她早就看見客廳滿桌的啤酒和鹹水雞了，不知道秦棋書爲何此刻才提，「我知道啊！」

「我們聊了很久，聊他在魁北克的生活，聊之後的人生規畫。他說他打算用比賽存下的獎金，明年暑假到美國找老師精進格鬥技。我說，你這麼拚不會是想要打進UFC吧？

「站在一個男人的立場，我會覺得他超帥，但是作爲秦小希的哥哥，我眞心希望他不要這麼做，那種把人往死裡打的比賽，背後承受的傷害太大了，斷手斷腳都是有可能的事，投入的時間和精力也是難以衡量。」

秦棋書低首點燃了一根菸，「他和妳聊過這些沒有？」

秦小希垂下頭，視線停在腳下踩的夾腳拖上，「……沒有。」

她根本不敢問江敏皓究竟打算在格鬥這條路上走多久，又或是走到多遠？她知道自己應該要是最支持他的人，但她怎麼也不敢想那些血染擂台的人，倘若換成江敏皓，她該有多難受？

秦棋書輕輕吐出一圈白煙，「如果江敏皓眞的以打進UFC爲目標，妳打算怎麼辦？」

「要是他因爲我而無法做自己想做的事，那樣好像是不對的。」

「所以妳會讓他去？」

秦小希從來不覺得自己有左右江敏皓人生的權力，笑著反問：「如果他想走，我怎麼留得住他？」

秦棋書原先繃緊的面容瞬間就被這話逗笑了。

「秦小希，想不到妳長大了，還懂得替別人想了。也不看看妳說這話的樣子都快哭了。」

秦小希有些惱火，往秦棋書肩膀上捶了一拳，「誰讓你突然提那麼沉重的話題！」

男人淡淡地笑著，「他沒有打算朝UFC前進，即使這麼多家媒體都在寫他未來大有可爲，但江敏皓說格鬥並不是他人生的全部。他說，他已經和妳約好畢業就回來，不會再讓妳等了。我問他，能不能保證下半輩子都會從一而終的對妳好，他說能。」

秦小希放下緊揪著票券的手，眼睫微掀，看著秦棋書那微醺的模樣。

「我又說，婚姻眞的挺難的，它不是一場兒戲，也不像談戀愛，累了可以說散就散，你怎麼就那麼肯定你一定辦得到？妳猜他是怎麼回我的。」

菸草的氣味飄散在空中，燻得她眼角澀澀的，秦小希忍著淚搖了搖頭。

月光穿透雲層落了一地，秦棋書笑得有些欣慰，「他說，因爲她是秦小希，我永遠都欠她。」

秦小希走到玄關的時候，聽見江敏皓正在廚房裡洗碗的聲響，她輕輕關上門，手腳都被外頭的冷風給吹凍了。

秦棋書方才的那番話還在她的腦中盤旋，秦小希進了屋內，直奔廚房而去，男人留意到她的腳步，回過身子，「外面很冷，怎麼待這麼久？」

秦小希低頭掃了眼洗碗槽裡的杯盤，只道：「我哥廢話很多。」

男人收回視線，手邊繼續忙著，「很久沒見到棋書哥了，今天和他聊得很開心。」

見他都主動提了，秦小希也就佯裝自然地接話：「我哥說你明年暑假想去美國一趟。」

江敏皓一愣，隨後才緩緩揚起唇角的弧線，「嗯，可以嗎？」這話是對著他手裡的碗盤說的。

秦小希以爲自己早有了心理準備，沒想到親耳聽見他這麼說，還是有些難受。

「你要去多久？」

「暑假期間都會待在那裡。」

這意思是明年的夏天他不會回來了，也代表他們會有很長的一段時間見不上面。

秦小希靜默，淚水盈眶都快從眼角滑落。她想著自己送他上機的模樣，想著他們要再一次分隔兩地，想著未來那麼多個日子，她都只能獨自面對，一想到這裡，忽然就想仗著他對她的喜歡任性一次。

「格鬥眞的有那麼重要嗎？」

聽見她微微發顫的聲音，江敏皓放下手中的碗盤，關上水龍頭，轉過身子面向她，秦小希一說完就後悔了，她知道自己現在就像那種討人厭的女朋友，可是怎麼辦呢？她已經無法想像沒有他在身邊的日子了。

江敏皓沒有正面回應她的提問，「見不到妳我也會很痛苦。」

秦小希撇著嘴，她確實不是那個唯一難受的人，距離是擺在兩個人之間。

瞧見她隱忍著想哭的情緒，他溫柔地道：「記得我說過GSP得了第一次世界冠軍之後的事嗎？」

她眼淚登時就縮回去了，「又是GSP，你能不能別老是提他。」她覺得GSP就是那個阻礙她幸福的人。

江敏皓笑了笑，仍向下說：「他在拿到冠軍以後，放縱自己度過一段奢靡的日子。當時他以爲世界就這麼大了，如果不是後來輸給馬特塞拉，他也不會有今日的成就。所以我想，讓自己保持謙遜的方式，就是盡可能地去見更多厲害的人。」

見他說得頭頭是道，秦小希明白這事已成定局，無論她說什麼都沒有用，氣得一屁股擠開江敏皓，打開水龍頭，開始沖洗著碗盤，「但是世界上永遠都會有更厲害的人出現，這件事根本就沒有盡頭。」

江敏皓伸手想奪回碗盤，卻被她拍掉了。他知道她生氣，卻不知道怎麼哄她，思來想去，只能把心中所想的全說出來：「不往下走，就不會知道自己能走到哪裡，人生不就是一段認識自己的過程嗎？」

雖然秦小希當年曾氣他不告而別，但是她也告訴自己，倘若那就是他想要的人生，那麼她再不捨也會眞心祝福，可當他回到她的身邊，和她期待的卻不是同一個未來，不免的就有些心慌。

她拿著菜瓜布用力地搓洗碗盤，「那我呢？你是不是永遠都會在我和格鬥之間優先選擇格鬥？是不是只要我不開口，你就打算一聲不響地跑去美國？」

秦小希不期望自己的男朋友懷抱多麼大的理想，她只想要和江敏皓共享平凡的日子，像是下班的時候能和他一起吃宵夜，爲生活忙得焦頭爛額的時候，能偶爾和他抱怨。可這人滿口都是什麼世界最強、什麼找尋自我，顯得她格局特別小。直到這一刻她才發現，原來喜歡一個人會令自己感到自卑。

沉默在空氣之中蔓延，男人清了清嗓，「很多人選擇踏上格鬥這條路，是因爲知道這個世界有多麼險惡。拿奇馬耶夫來說，他出生的年代正好經歷了車臣的第二次戰爭，即使這麼多年過去，依舊能在訪談中聽見他將飢餓這個詞掛在嘴邊。」

講完了GSP又是狼王，秦小希眞不曉得自己談的到底是什麼戀愛，默不作聲地把洗好的碗盤放進烘碗機裡，抽了張廚房紙巾擦拭自己的手。

「那你又是爲了什麼選擇格鬥？我們家哪一次讓你餓過了？雖然秦家能給的只是一碗便宜的湯麵，但是也養了你十年……」秦小希掐著手指算了一下，「哇，那也不是小數目欸！」

「因為妳啊！」江敏皓握緊了她的手腕，強勢地讓她的視線轉向自己。「先是發生偷拍影片的事，再加上南神路那一晚，世上就是會有許多惡意沒來由地找上門，我常常在想，如果那一晚我沒能趕上，我的世界究竟會變成什麼模樣？」

他激動的聲音渡入了她的耳，秦小希愣了愣，抿緊了唇，原來這人從頭到尾都是為了她，她剛剛居然還跟他計較湯麵的錢。

見她微愣的模樣，男人續道：「是不是我不說，妳就真的不知道妳對我有多重要？」

她呑了呑唾沫，眼眸心虛地轉了轉，「你確實沒有和我說過啊！」連喜歡她都沒說過呢！

男人鬆開她的手，回身關上廚房的燈，兩人倏地就被滿房的黑暗包覆。

她剛想問他關燈幹麼，但江敏皓比她更早開了口，低沉的聲音懸在她的耳梢，在漆黑的空間裡更顯磁性，「秦小希，妳很重要，是我想要用生命去守護的人。」

秦小希的臉一下就竄紅了，她抬頭看他，他是側過臉說的，估計也沒比她鎮定多少。

她看不清他的表情，他也看不清她的表情，秦小希臉皮也就比平時厚了些，「那你抱抱我吧！你要去這麼久，我光想就害怕，晚上會失眠，我一失眠就想找人陪，你說我第一個會找誰呢？」

男人單手撈過她的脖子，使勁把人往懷裡按，力道大得秦小希險些窒息，她拍了拍他的手臂，「喂，你想謀殺啊！」

他清俊的臉部線條繃得緊，「嗯，死了省心。」

第九章　世界上最幸福的人

徜品溫泉飯店是一間位於T市郊區的五星級飯店，依傍著山脈，裝潢走日式建築的風格，一個晚上要價兩萬元，要不是有免費住宿券，秦小希大概一輩子都不會來。

山上空氣清新，溫度卻更低了。

兩人先是乘坐接駁車到山腰，隨後再走了五分鐘的步道才抵達飯店。

一進大廳，人在櫃台的吳采茵便雀躍地跑了過來，猶如見到失散多年的姊妹一般，顧不得自己還穿著一襲正裝，兩手捧住她的臉，「我的小希，想不到妳眞的來了！」

秦小希盛情難卻，發現吳采茵胸前的名牌上有著小小的經理二字，這才知道原來采茵姊是這家飯店的經理。她揚起唇角，「這麼難得的機會我怎麼會錯過呢，來一晚就賺兩萬。」

吳采茵被她的大實話逗笑，隨後才朝她身後的男人投去了目光，「終於有機會見到你了，我等這天好久了。」

江敏皓禮貌的頷首，「謝謝妳的邀請。」

「以後都是一家人，何必這麼客氣？行李放著就行了，我會請人拿上去，你們先去山腳下逛一圈吧，今天到處都有聖誕節活動呢！」

夜幕降臨，東條夜市人聲鼎沸，攤販的叫賣聲此起彼落，整條街上香氣四溢。

秦小希吃著手中的花生煉乳可麗餅，空著的手則被江敏皓緊緊握住，生怕人群將兩人沖散。

她來回張望，看見遠處一家古早味剉冰，「要不要買個芋頭冰來吃？」

「這麼冷的天妳還想吃冰？」

「我們這次出來玩省下住宿費，伙食費就不必省了，想吃什麼就要盡量吃才行。」

江敏皓笑了笑，牽著她往古早味剉冰的方向走去，「秦小希，妳花大錢的方式就是吃剉冰？」

被這麼一問，她腳下一滯，「不然你說，你回國後有沒有特別想吃的東西？」

「應該是垃圾食物吧！」

「這是什麼敷衍的答案？」秦小希笑了笑。

「秦小希，格鬥賽事是分量級的，所以飲食控管很重要，胖了一點、瘦了一點，都會影響肌肉狀態和參賽的資格，妳知道那代表什麼嗎？」

「什麼？」

「我已經不記得上次吃垃圾食物是什麼時候的事了。」

江敏皓時常給她灌輸一堆格鬥觀念，深怕她忘了他是格鬥運動員似的，她從沒想過自己的戀愛對象會是個格鬥傻瓜，但是轉念一想，人的一生能有一件熱衷執著的事情，應該也是幸福的吧，有什麼事情比他幸福還更重要的呢？

「那好，我們等等分頭排隊吧！你去買雞排、雞翅和雞腿，還有甜不辣、花枝丸，我去買黑糖珍珠鮮奶，等等再買個炸甜甜圈，啊！還想吃蔥油餅……」

見她一邊念著食物的名稱，一邊掰著手指數著，男人驚訝地道：「妳是認眞的？」

「嘿嘿，難得放假嘛！」秦小希踮腳拍了拍他的肩。

炸甜甜圈的隊伍排得很長，秦小希等了二十分鐘，隊伍依舊沒有前進的跡象，正當她躊躇著是否該放棄等待的時候，一名穿著白色背心，年約四十歲的中年男子牽著一名小男孩，神色自若地鑽進隊伍。

男子無視後方的排隊人潮，大搖大擺地站在秦小希面前。

秦小希無法相信眼前所見，她居然被插隊！她轉頭掃了眼身後的人群，大部分的人都低著頭滑手機，沒人留意到中年男子的插隊行徑，那名男子也就默默地留在隊伍中央。

換作是平常遇到有人插隊，秦小希還能睜一隻眼閉一隻眼，但是今天是難得的休假日，休假日裡的二十分鐘比工作日的二十分鐘更加珍貴。

好心情被破壞了，她怎麼能一聲不吭？

秦小希使勁瞪著中年男子的後腦勺，隨後拿出手機，找男朋友告狀。

滑開聊天室後，手機正好跳出江敏皓的訊息。

「妳在哪裡？」

秦小希低頭敲打著手機螢幕。

「我還沒買到甜甜圈就被人插隊了，你買好了嗎？還是我過去找你？」

送出的訊息不到一分鐘就被已讀了，隨後傳來回覆。

「我過去。」

秦小希收到江敏皓的訊息後，一則以喜，一則以憂。

她光想像對方提著一袋雞排和雞翅風風火火趕來的樣子，就覺得有些可愛，突然就不那麼惱火了，氣已經消了一半。另一方面則是，她不曉得江敏皓趕來後會發生什麼事，要是最後一言不合把對方揍得倒地不起怎麼辦？她可不想因爲區區一個甜甜圈而鬧上社會新聞。

她反覆地想著是不是該傳訊息叫他別來了，還是要騙他插隊的人已經道歉走了？

正當秦小希決定要離開隊伍的時候，江敏皓一臉從容地出現，臉上沒有一絲慍怒，口氣溫和地道：「還好嗎？」

眼前的畫面和內心所想落差甚遠，秦小希一時有些發楞，「啊？還好。」

江敏皓確認眼前的中年男子就是方才插隊的人後，便出聲詢問：「請問您剛才插隊了嗎？」

循著男人的嗓音，後方排隊的民眾才發現前方有人插了隊，紛紛抬起頭，唯獨那名插隊的中年男子假裝沒聽見。

「先生，我問您剛才是不是插隊了？」

中年男子眼看就快要順利買到炸甜甜圈，不耐煩地回頭怒瞪了一眼，「關你什麼事？你有證據說我插隊嗎？」男子這麼一回頭才發現對方竟高了自己一顆頭，氣勢頓時就削弱了不少，手邊緊牽著的兒子也跟著回過頭來，一眼便認出江敏皓，「這個人是冠軍哥哥！」

聽了兒子的話，中年男子一臉疑惑，重新打量一遍眼前的男人，似乎還真的有點眼熟。

腦中還沒想出答案，路人此起彼落的討論聲倒是先排山倒海地淹了過來。

「真的耶！他是前陣子新聞常報的那個格鬥冠軍。」

「他也太高了吧！比電視上看到的還誇張。」

「那個人也太衰了吧？居然敢插格鬥運動員的隊？」

中年男子的臉色一陣青一陣白，「你知不知道敬老尊賢？我買個甜甜圈給兒子吃而已，至於那麼計較嗎？」

秦小希見事態不妙，拉了拉江敏皓的衣襬，「算了啦，我們走吧！」

男人勾了勾唇角，自中年男子頭上輕輕落下一句，「希望你不要給孩子做最壞的示範。」

「不用跟他廢話了啦！一拳就讓他倒地不起，還買什麼甜甜圈！」

「揍他！揍他！」

「插隊的人眞的很沒品！別人的時間就不是時間啊？」

周圍的群眾紛紛拿起手機錄影，秦小希見狀乾脆把臉埋進江敏皓背後，「我不要吃了，我們趕快走啦！」

比秦小希還先承受不住輿論的人是中年男子，他在怒飆了一句國罵後，牽著兒子隱沒在夜市擁擠的人潮之中。

在後面等待的時間裡，江敏皓像稀有動物一樣被路人要求合影，一旁的秦小希內心只祈求這場鬧劇可以趕快結束。

待兩人終於排到攤位前時，老闆娘一眼就認出江敏皓，便大方地送了他們兩個甜甜圈。

秦小希簡直是把靠男友騙吃騙喝的專業發揮得淋漓盡致。

夜市旁有條小路通往公園，公園裡的聖誕裝置正發著光，江敏皓牽著正埋頭吃甜甜圈的秦小希走了進去。

兩人找了一張木製長椅坐下，欣賞著纏繞在樹上一閃一閃的金黃燈飾，秦小希吃著吃著，內心竟有些感嘆，「你真的長大了，我剛剛一度以為你會忍不住揍那個阿伯。」

江敏皓輕笑，用拇指抹掉她唇角的糖霜，「我揍他幹麼？那樣是以強欺弱。」

秦小希笑得賊頭賊腦，「你老實說，有那麼一瞬間，你一定很想揍他吧？尤其是剛剛那麼多人都在慫恿你。」

他見她那個不安好心的樣子，笑了笑，雙眸盈滿了寵溺，作勢要從長椅上起身，「既然妳那麼期待，不如我們現在回去找他？」

「先不要好了。」她把他按回長椅上，她今晚可不想看到血流成河。

秦小希默默地回憶起學生時期江敏皓打過的幾場架，在成了格鬥員之後，他已經不像從前那般心浮氣躁。

「你該不會是接觸了格鬥之後，才知道了打架的代價吧？」這是秦小希頭一次主動開啟和格鬥有關的話題。

男人眼睫微微收斂，目光放在緊握的拳頭上，「明知道他沒有還手的能力還出手，那樣是有負武德的。」見她沒出聲，江敏皓又笑笑地道：「我想成為足以讓人敬重的人，因為暴力永遠無法讓人真正信服。未來有一天，等到我在格鬥這個領域有了一定的地位，直到我不用出拳保護妳的那天，妳才是真正的安全。」

秦小希望著眼前這男人深情款款的樣子，停下咀嚼甜甜圈的動作，愣了愣才道：「什麼意思？你不會是想說『我的女人從此沒人敢動』那種中二的台詞……」

秦小希話還沒說完，江敏皓就一手就捂住了她的嘴，僅剩她的笑聲斷斷續續的地流淌出來。

「……我當然知道還有很遠的路要走，雖然妳覺得很好笑，但我是認真的。」

她看著他耳根那抹不自然的紅，突然覺得自己太壞了，說不感動也是騙人的，她只是沒料到這人連告白都這麼壯烈。

秦小希笑彎了眼，緩緩挪開他按在嘴上的手，「知道了，謝謝你。」

男人抑制上揚的唇角，卻是徒勞。他拿下身後的背包，道了句：「把眼睛閉上。」

通常一個男人讓妳閉上眼，直覺能想到的就是他打算要送東西了，再不然就是他準備要求婚。秦小希的心跳異常得快，她手裡還拿著吃一半的甜甜圈呢！閉上眼前，她四處看了一圈，不會等等GSP就從樹後面跳出來，給他們一個驚喜了吧？

氣氛這種東西很講究時機，秦小希趕緊閉上眼，直到暖呼呼的觸感包覆她的頸子，才重新睜開眼睛。

「聖誕快樂。」

那是一條米白色的羊毛圍巾，她伸手摸了摸，特別柔軟。記憶中，在很久很久以前，也有這麼一個場景，也是同樣的他和她。他曾經溫柔地爲她戴上某樣東西。

「……我想起來了，是金牌。」

男人伸手，將她頸子上的圍巾再繞了一圈，「嗯，總想著這次要給妳戴上一個浪漫一點的東西。」

循著他的嗓音，青春的往事又一次襲上腦海，她從前覺得自己的高中生活並沒有什麼值得留念的，她在那三年丟失了太多東西，失去了吳萍月，也弄丟了她的初戀。

她想起采茵姊在婚禮當晚曾和她說過的──錯過的人，只要心裡還有彼此，一定找得回來。

歲月流逝，多多少少磨去了他倆的稚氣，在最剛好的年紀，終究是把他找回來了，她的青春也不盡然都是遺憾。

回到飯店時已是晚上十點，房間位於十二樓，吳采茵表示會幫他們安排景觀最好的房間，秦小希拿著房卡準備開門的時候，興奮到手抖。

推開房門，映入眼的畫面令她發自肺腑地讚嘆了一聲。落地窗外的景色是一片山林，山腳下燈火熠熠，心胸忽然都開闊了起來。

相較於她的激動，身後的江敏皓顯得冷靜許多，僅是輕咳一聲，示意她往床上看。

秦小希往床上一瞥，驀地就被嚇得驚慌失措，腳下一邁，趕緊湊上前看個仔細，床上一共三十個色彩斑斕、五花八門的長方形盒子，一個疊著一個排成愛心的形狀。

極致特薄、螺紋顆粒、凸點設計……包裝上的字眼令秦小希羞得想一躍跳到山腳下。她感覺自己渾身的血液都往臉上竄，提不起半點勇氣去看江敏皓的表情，帶著手機，轉身跑出了房間。

一到飯店大廳，秦小希隨機找了個房務員，劈頭就問：「采茵姊人在哪裡？」

「經理已經下班了，請問有什麼需要的嗎？」

秦小希抿緊了唇，總不好說自己被三十個保險套嚇得魂不守舍，「沒……沒有，謝謝。」

電話響了三聲才被接通，秦小希人躲在大廳角落裡，將音量壓得很低，「采茵姊，那個房間是怎麼回事？」

吳采茵見她沒頭沒尾的，滿頭疑惑，「怎麼了？那是我們視野最好的景觀房，妳不喜歡？」

她揉了揉太陽穴，「采茵姊，床上的東西是妳準備的吧？」

吳采茵這才懂了秦小希在問什麼，笑道：「那個啊，因爲山上比較不方便，我怕你們在山下的時候沒把東西買齊，那樣多破壞情致啊！」

秦小希哭笑不得，「但爲什麼要買三十個？」這數字未免也太嚇人了吧？要是江敏皓誤會這一切是她安排好的，她可是跳到黃河都洗不清，還會被冠上肉食女的形象。

電話那端的人幸災樂禍，「不夠啊？年輕人體力這麼好？」

吳采茵曖昧的嗓音滑入耳中，秦小希渾身一燥，杵在原地一陣羞一陣惱。

秦小希折回房間的時候，床上的東西已經不見了，她的男朋友也不見了，秦小希往垃圾桶望去，不是找男朋友，是找保險套。

見垃圾桶是空的，又翻了翻床邊桌的抽屜，沒有，到處都沒有。

江敏皓一打開房門，便撞見秦小希翻箱倒櫃地找著保險套的畫面，他勾起唇角，

「妳男朋友都不見了，妳居然只關心保險套？」

聽見保險套三個字，秦小希嚇得一顫，漲紅著臉回過身子，「才不是，那些都是采茵姊買的，不想收下也不能丟掉吧！」

「那就收下。」他一邊說，一邊解開脖子上的圍巾。

見他淡然的反應，秦小希莫名地就有些心虛，她試圖讓語氣平穩下來，「那它們去哪了？」

男人接著脫下大衣，「妳怎麼不先問我剛才去哪了？」

秦小希一聽，內心一陣無語，就算知道江敏皓沒事就愛吃醋，但有必要跟保險套吃醋嗎？

「……那你剛才去哪了？」

江敏皓把大衣往牆上一掛，隨後彎身解鞋帶，頭也沒抬，「去找妳了。」

秦小希努力收回緊跟在他身上的目光，「你幹麼一直脫衣服？」

他失笑，深邃的眼眸輕輕抬起，「那妳為什麼紅著臉看我脫衣服？」

「我哪有？」秦小希被這麼一調戲，整張臉熱得都可以蒸包子了，正中他下懷。

江敏皓穿上室內拖鞋，拎起另一雙走到她腳邊放下，起身的同時在她耳邊落下一句，「妳想泡湯嗎？」

秦小希的臉更紅了。

男人見她發著愣，便攬過她的腰際，俯身往女孩唇上一啄，本只是想緩解她的緊張，豈料兩唇相貼之後竟是一陣難分難捨，秦小希雙手環上他的頸子，江敏皓被她的力道勾得又向前推近了些，背部的肌膚因她的動作泛起疙瘩。

直到兩唇分離，秦小希氣喘吁吁，澄澈的眼探進了他的雙眸，雙方的理智這才稍稍恢復了些。

「一起去洗澡？」

低沉的嗓音傳入她的耳，秦小希全身的神經都繃緊了，江敏皓沒等她答覆，就這麼抱著人進了浴室，秦小希一會尖叫，一會踢腿，最後實在沒轍，往男人脖子右側的斜方肌咬了下去。

作爲在格鬥場上實戰過的男人，自然不會因爲這點疼痛卻步，不顧秦小希像泥鰍似地掙扎，空著的手俐落地關上浴室門。

浴室裡的溼度和溫度都上升了些，秦小希見蒸氣瀰漫，抬起頭往後看去，石砌浴缸裡已經放了一半的溫泉水。

「你放的水？」

「嗯，放了水才去找妳的。」

她逮住機會，故意模仿他方才的模樣，「你女朋友都跑走了，你還有閒情逸致泡澡？」

「妳不回來我就自己泡。」

「我回來了也不跟你泡。」

江敏皓笑了笑，決定反其道而行，「妳不泡就出去。」

說完，便鬆開抱著她的手，重獲自由的秦小希這下有點進退兩難，她見江敏皓轉過身就開始脫衣服了，精實的背部線條和手臂肌肉全映入了眼，一時口乾舌燥，顧著欣賞，方才的扭捏全拋到了九霄雲外。

秦小希沒敢再待下去，趕緊回過身子奪門而出。浴室裡那麼亮，兩個人光著身子泡澡，想想就害臊。

秦小希坐在房間地板上，吃著剛剛買回來的蔥油餅，唇角被沾得油膩膩的，毫無靈魂地按著手裡的遙控器。

浴室門被推開，霧茫茫的蒸氣散出，江敏皓喚了她一聲，「換妳洗了。」

她應了聲，頭也不敢回，就怕那人裸著身子就出來了。然而，事實證明全是她在胡思亂想。

江敏皓穿著飯店準備的黑色浴衣，繞過她跟前，走到梳妝台吹頭髮。

相較於她戰戰兢兢的模樣，他泡完澡渾身舒暢。

秦小希的視線正好和鏡子裡的他對上，慌張地躲開。

江敏皓在她轉身進浴室前輕輕落下了一句，「剛剛鬧妳玩的，妳不用那麼害怕。」

她微微一愣，沒有回答，趕緊關上浴室門。

他的話消弭了她一部分的緊張，這才冷靜回想自己一連串不自然的行為舉止，一副把他當色狼的樣子，該不會很傷他的心吧……

秦小希洗完澡後體溫升高了些，一出浴室見房間的燈依舊亮著，她男朋友卻已經側躺在床上入睡了。

兩人一大早舟車勞頓，光是抵達T市就花了四個小時，後來又是上山又是下山的，一路奔波後，泡完澡大概特別好睡。

吹完頭髮的秦小希跑過去挨在床邊，仔細端詳著他的睡臉，男人右手臂枕在臉上，擠出了可愛的弧線，濃黑的睫毛羽扇似的散開。她伸手想去摸他的鼻子，頓了頓，把人弄醒了估計又要變著花樣嚇她，索性收回了手。

視線落到他的頸子，再一路探進微微敞開的浴衣領口，均勻的呼吸長短一致，胸膛小幅度地起起伏伏，她舔了舔乾澀的唇瓣，覺得這人簡直是上天派來折磨她的。

她輕手輕腳地關了燈才爬上床，望著江敏皓的背影，驀地就感到有些寂寞，挪過身子貼著他的背，手環上他的腰際，眼前人輕微地動了動，沒醒。

指尖觸上浴衣的瞬間，她顫了顫，兩人泡完澡後身體都暖和許多，隔著薄薄的衣服，她感受到他身上的體溫。

她用臉蹭了蹭他的背，擁抱這種東西，還是雙向付出更幸福一些，單方面的擁抱有點孤單，她也想要他抱抱她。

秦小希一下靜一下動，果然把睡著的人吵醒了。江敏皓轉過身子把她圈進懷裡，下顎抵著她的頭頂，又閉上了眼睛。

秦小希雙眸在黑暗之中睜得大大的，淺淺地低喃了一句：「就這麼睡了啊？」

「嗯？」他的尾音懶懶地上揚，連眼睛都沒睜開。

她撇了撇嘴，「這麼貴的飯店，顧著睡覺多浪費。」

男人輕輕勾動唇角，「妳可以再去泡一次澡。」

「再泡就破皮了。」秦小希抬頭瞪他。

他笑了笑，「那妳想做什麼？」

何必每件事都問得這麼清楚？這人一旦和她推拉起來，她竟是那個先按捺不住的，她都有點懷疑他是故意以退爲進了。

黑暗掩去羞怯，她定神思考了會，抿了抿唇，伸手去扯他的浴衣領口，「做一些不穿衣服才能做的事吧！」

江敏皓有過她在緊要關頭喊停的經驗，決定不再貿然行動，氣定神閒地任由她拉扯他的浴衣。

見那人閉著眼一副任她宰割的模樣，秦小希也就隨之大膽了起來，伸手探進領口，在精壯結實的胸膛上游移著，男人依然是那張清俊從容的臉，彷彿對她的動作絲毫不起反應。

秦小希調皮地將身體向上挪了些，輕咬他的耳垂，他的表情卻毫無波瀾，靜得像一尊佛似的。

這人是把她當空氣了？

還有什麼能比色誘自己男友卻不被領情更讓人挫敗的？秦小希怒火攻心，一腳踢開棉被，枕邊的人一陣哆嗦，背脊弓起。

然後她就不知道下一步該怎麼做了。

她不會要自己坐到他腰上去吧？這個念頭才剛萌芽，秦小希就羞得想逃走。

他見她好一會都沒動作，微微睜開眼，看著秦小希沉思的臉龐，江敏皓伸手拉起棉被，「妳不冷啊？」

冷？她氣得都要冒煙了，「我很熱。」

說者無心，聽者有意，「還是妳想出去散步？」

散步？多麼有益身心健康的提議，可惜她現在只想大魚大肉。

江敏皓見她沉默不語，隱忍著笑意，他當然知道她在想什麼，無奈他不敢比她先有動作，就怕又嚇著她了，再者，內心深處或許也有那麼一點想欺負她吧！

眼看坐著的人都快石化了，意識到自己的舉動有點壞，江敏皓示好地去牽她的手，秦小希刻意躲開。

她轉身背對著他，「江敏皓。」

「嗯？」

「你愛我嗎？」

四周的空氣頓時有些凝結，江敏皓愣了愣，一手枕在後腦勺，認爲自己這時候該說愛，話一到嘴邊卻止住了。

愛嗎？愛是什麼？

他在昏暗不清的視線裡看見女孩一動也不動的形影，抿抿唇，「我不知道。」

這四個字有些傷人，卻無比誠懇。

秦小希彷彿聽見自己心碎的聲音，她說喜歡他的時候，他說他知道，她問他愛不愛她的時候，他居然好意思說不知道？

在這種節骨眼上，不愛也要說愛，難道還可以有別的答案嗎？這麼想的時候，她鼻頭就一酸，她居然寧可他說謊騙她？如果他真的不愛她該怎麼辦？她有勇氣單方面地一直愛著他嗎？

靜默的夜裡傳來了啜泣的聲響，江敏皓起身打開床頭的燈，見女孩垂首揉著眼睛，他溫柔地捉住她的手腕，把人轉向自己。

秦小希板著臉，雙眸微微泛紅，他支吾了一會，「妳怎麼哭了？」

「你連愛不愛我都不知道，難道我該笑嗎？」她不會是愛上一個渣男了吧！果然長他這樣的，都沒一個好東西。

女孩淚眼婆娑的樣子看得他心疼，他伸手把她的頭按入自己胸口，沉默了半晌，秦小希聽著他咚咚的心跳聲，想著這人該不會是想用美色讓她閉嘴吧？

男人靜默了好一會才開口，「秦小希，我沒有看過我爸媽相愛的樣子。」

秦小希一愣，急促的心跳這才平穩下來，不敢抬頭去看他的表情。

「我不知道怎麼樣才算得上愛一個人，可是我問過阿嬤嫁給阿公的理由，妳要聽嗎？」

秦小希沒有作聲，緩緩點了頭。

男人安撫地摸了摸她的頭，「阿嬤家裡經濟條件很好，但是她和阿公認識的時候阿公還很窮，所以阿祖反對他們在一起。阿公爲了展現自己的決心，四處和朋友借錢湊了一筆數目不小的聘金，當時所有的人都笑阿公傻。

「但是阿嬤那時就知道自己會嫁給阿公了，她說如果一個人擁有的不多，卻願意把他的一切無條件給你，那你就已經是世界上最幸福的人了。

「再後來，我看著每天拿著兩碗麵跑來我家的妳，就想著……雖然我什麼都沒有，可是總有一天，我也想要把我的一切都給妳。

「我想讓妳變成世界上最幸福的人。」

秦小希聽完，眼淚便猖狂地湧出。這個人居然從那麼小的時候就愛上她了嗎？她去送麵的時候臉明明就很臭……

「你不會是故意惹我哭才講出這一段故事的吧？心機眞的很重……」她吸了吸鼻子道。

她的臉上有著淺淺地兩道淚痕，雙頰因爲方才泡湯的緣故還紅通通的，看上去特別惹人垂憐，男人喉結輕滾，低聲道：「妳不要哭了，妳這樣……」看起來風情萬種。

秦小希垂頭揉著眼睛，「我怎樣？」

他在腦中思索了一會，卻找不到更恰當的詞彙，只好誠實地說出心中所想：「很誘人。」

炙熱的視線從頭上落下，秦小希微微一顫，這個人怎麼能心平氣和地對一個正在傷心的女生說這樣下流的話？「你變態啊！」

兩人僵持不下，最後是格鬥傻瓜先釋出善意，關了燈，牢牢地把人拉進懷裡，躺回床上，被子蓋得嚴嚴實實。

直到情緒緩和了些，秦小希才翻起舊帳，「你明明說過不會再讓我哭。」

男人揉著她頭髮的手一滯，尾音含笑，「在床上不一樣。」

秦小希背脊一涼，「該不會你高中的時候老愛惹我哭其實是故意的吧？你真的很變態……」

秦小希沒說下去的話全被他的唇給堵住了，她的唇角帶有淚水的鹹味，被吻得迷茫，熱得想寬衣解帶，她猶豫了下該先脫自己的還是先脫他的，沒想到男人動作比她更快，已經解開她浴衣上的綁帶，大掌朝她胸前探去。

秦小希想著既然都被人摸了，自己也得多摸一點回來，伸手解開他腰際的綁帶，解開的浴衣登時就被扔到床下去了。男人捉住她的手，讓她的指尖貼在他的腹部肌肉上，秦小希隨之一顫，他笑著，帶著她更往下去。

循著朝陽東昇，山林的霧氣漸薄，遠方墨綠的山巒被鍍上一層淡淡的金色。

女孩細碎的喘息聲輕輕地撓著他的耳根，像一股電流滑過，男人唇角流淌出一抹笑，深情地記下她的每一個樣子。

秦小希在迷濛的意識裡這麼回想著，她是如何淪陷到這步田地的？細算起來，兩人昨晚至多只睡了三個小時，其餘的時間，都在……享受人生。

天微微地亮了，秦小希想著，第一次就這麼奮鬥到天明，眞是怕養大了他的胃口，她的腰都快要不是她的腰了。但是怎麼辦呢？她一方面抵抗，一方面又深陷在這般巫山雲雨之中，眞是對自己感到生氣。

飯店的自助早餐僅開放到十一點。兩人早晨洗澡後又補了個眠，這一睡險些睡到中午，秦小希最後憑著意志力趕上飯店的自助早餐。

餐廳裡僅剩兩、三桌的客人在用餐，秦小希選了個窗邊的位置坐下，接著就是一連串地使喚江敏皓。

「你去幫我拿一盤生魚片來。」

「你去幫我拿手捲壽司過來。」

「你再去……」

男人才準備用餐，剛拿起的碗筷又隨之放下，「妳剛才怎麼不一次說？」

她見他理直氣壯，跟著挺直了腰桿，「那你昨晚怎麼不一次……」

最後那個字就算把頭扭下來，她都說不出口。秦小希瞪他一眼，「算了，現在讓你拿個東西都不樂意了，不會是對我厭倦了吧？那我未來變老變醜的話該怎麼辦……」

江敏皓輕輕嘆息，起身前柔聲問：「還要拿什麼？」

秦小希揚起笑臉，「看到我愛吃的就都拿來吧！」

兩人吃完早飯後，秦小希仍坐在位置上滑手機，「我們坐車之前再去這家伴手禮店買點東西，那裡有我爸愛喝的玄米茶。」

江敏皓還沒應聲，另一道聲音便先落下，「打擾了，請問你是江敏皓嗎？」

聽見這熟悉的開場白，秦小希本以為又是要來合照、簽名的粉絲，一抬頭，才看見對方手裡握著一支麥克風，看著麥克風前的LOGO，她立刻認出這家新聞媒體。

江敏皓微笑應答：「是，您好。」

女人開心地笑著，再朝秦小希望去，「請問這位是女朋友嗎？」

「對。」江敏皓說。

「太好了，我是〈情侶話題〉的主持人Sherry，我們和飯店業者有合作，目前正在進行情侶快問快答的遊戲，只要參加就有機會獲得一萬元的旅遊獎金，不曉得兩位有沒有意願參與活動呢？」

秦小希一聽見獎金如此優渥，便立刻笑盈盈地道：「當然有。」

Sherry吩咐身後的助理遞過白板，簡單地整理桌面，確保鏡頭上一切完美之後，讓江敏皓和秦小希一同面向著鏡頭坐著。

「你們只要將答案寫在白板上就可以嘍！如果沒問題的話我們就開始錄製了。」

秦小希捏緊手中的白板筆，心裡想的全是一萬塊的獎金可以買多少玄米茶？

「第一題很簡單，大家都知道江敏皓是最近才功成歸國的，在國外的時候最想念的家鄉食物是什麼呢？女朋友會知道答案嗎？」

題目才入耳，秦小希喜不自勝，這個問題兩人昨天才討論過呢！

江敏皓一聽見題目，也是想都沒想便開始作答。

隨後，Sherry讓兩人翻開白板，坐在鏡頭右側的秦小希往江敏皓的白板湊過去看，立刻一愣，答案怎麼和昨晚不一樣？

秦小希寫得答案是垃圾食物，江敏皓則是寫了一個令她不知該笑還是該哭的答案。

Sherry的聲音透過麥克風傳來，「秦家麵館？能和大家介紹一下這間麵店嗎？」

江敏皓的笑眼中帶著光，「最想念的食物是她家的麵，從小吃到大。」

那句從小吃到大，莫名地就令秦小希有點想哭。

無奈此時畫面是這樣的，兩張白板，左邊寫著秦家麵館，右邊寫著垃圾食物。溫馨感人的氣氛，和說不上哪裡不協調的畫面成了大大的對比。

「男朋友也太浪漫了吧？粉絲們這樣知道了嗎？如果想要巧遇江敏皓，記得到麵館碰碰運氣啊！」

Sherry翻了翻手中的題卡，「那麼我們接著進行下一題吧！請問兩人分別是在什麼時候發現自己喜歡上對方的呢？」

在秦小希的印象中，她已經喜歡江敏皓很久很久了，久到她難以追溯根源。她轉頭注視江敏皓專注的側臉，回想起高中的那一場大雨，對她而言，那好像就是她單戀的起點。

直到Sherry讓兩人把板子翻過來，她才看見江敏皓板子上的答案——某人送她回家。秦小希的臉頓時熱得像是在大太陽底下曬了很久。

自兩人交往起，她很少問他「你爲什麼喜歡我」、「你什麼時候喜歡我的」、「你有多喜歡我」這類問題，所以她根本不知道他對她的喜歡是何時萌芽的。

秦小希皺了皺眉，「你高中的時候就喜歡我了？」

「很意外嗎？」江敏皓一副處之泰然的樣子。

當然意外啊！如果是這樣，那她當時是不是就不算是單戀了？

江敏皓見她分神，垂眼看了她手中的板子，「吹頭髮？妳就那麼喜歡我幫妳吹頭髮？」

一旁的Sherry笑笑地搭話，「當時是誰送她回家的呢？」

男人轉過臉，嗓音含笑，緩緩地道：「她的槳。」

此話一出，秦小希就傻住了。原以爲這人會一如既往地逮住機會說楊嘉愷的壞話，沒想到竟能從他口中聽見這個答案，於是眼淚不爭氣地溢出眼角。

注意到她的情緒波動，江敏皓語聲溫柔，側過身抹去她的眼淚，「怎麼又哭了？」

一旁的Sherry繼續追問：「女朋友可以和大家分享一下，妳是如何發現自己喜歡上對方的嗎？」

「那天下了一場大雨，我摔倒了，擦破手腕，沒辦法吹頭髮，然後，就是……」

秦小希一哭之後就停不下來，鼻子酸得厲害，喉嚨也癢癢的，對於自己在鏡頭前這麼不受控感到內疚。

江敏皓替她把話說下去，「我幫妳吹頭髮，妳哥還說不知道的人會以為我們是一對情侶，對不對？」

她盈著淚水點頭。

✦

午後的陽光自車窗斜斜灑了進來，客運緩緩駛上高速公路。秦小希靠著江敏皓的左手臂睡得很熟，一縷灼人的光線落在她的臉上，她輕攏細眉，男人留意到她的動靜，伸手將窗簾掩緊了些。

秦小希夢見了江敏皓，夢裡的他還是那青澀的高中生模樣，她在他身後靜靜地看著他騎著單車越來越遠，她想喊他，卻發不出半點聲音，少年的身影越趨模糊，直到消失在她的視線盡頭……

女孩身子微微一顫，睜著惺忪的雙眼，抬眸確認了一眼，江敏皓還在。

兩人視線在空中交會，江敏皓壓低了聲音，「做噩夢了？」

秦小希沒應聲，用臉蹭了蹭他的衣袖，重新找了個舒服的角度，再一次閉上眼睛。

這回她把他的手臂攬得緊緊的。

「江敏皓。」

「嗯？」

她微掀眼簾，面上染著淡淡的愁悶，方才的夢境似浪潮般層層推向她，「你有曾經後悔過我們的高中生活沒能留下太多快樂的回憶嗎？」

現在回想起來，那時候怎麼就那麼愛生氣呢？夢裡的人看上去那麼無害，她當時怎麼捨得老和他吵架？

他牽緊她的手，也閉上了眼，聲音很輕，「我們現在很快樂就夠了。」

秦小希持不同意見，「如果我們能早一點和好就好了。」

江敏皓靜默了片晌，憶起他打了余禾晉後，秦硯被請去學校，結束後帶著他們去吃飯的那一次。

「就像希爸說的，我們當時都還很年輕，年輕人就是會有孩子氣的時候。如果時間重來一次，我們還是會冷戰吵架，用沉默掩飾自己的在意，還是沒有足夠坦然的勇氣……但是多年後我們還是會和好。」

秦小希沉思了片刻，覺得這話有那麼幾分道理，也就不那麼遺憾了。

「你記不記得有次我去找你量衣服的尺寸？你當時故意刁難我，眞的很惡劣。」

他當然沒忘記那天的情景，淡淡地抿出一抹笑，「誰讓妳和楊嘉愷走那麼近。」

秦小希別過臉，笑了一聲，「眞的好幼稚。」

男人忽然想起兩人晚自習大吵後的事情，「還有一次，我和他在妳家門外等妳上學。」

那是秦小希最不願回想的畫面之一，板著臉應了聲。

「妳那天早上眞的好醜。」

秦小希轉頭瞪江敏皓。

「我們本來搶著送妳去學校，在看到妳後，我就決定把機會讓給他了。」

眼看他抹黑他們的青春往事，秦小希氣得從座椅上彈了起來，「你少扭曲事實！明明就是我不想要讓你載，而且我會那麼醜還不是你造成的，你害我前一晚很傷心啊！」

江敏皓輕輕地拍了拍她的手，讓她小聲點，別吵到其他乘客休息。

「妳知道那天早上我本來想和妳說什麼嗎？」

「說什麼！」秦小希還在氣。

「想和妳說我要出國念書的事。」

話一出，秦小希愣了愣，原來他本來是打算要和她說的。

「但是看見妳和他走之後就氣得不想和妳說了。」

「就因爲我讓楊嘉愷載我去學校，你就氣到不告而別？還封鎖我兩年？你這個人也太小心眼了吧？」

江敏皓憶起當時鐵了心和秦小希斷絕聯絡的自己，撇著嘴，「我們冷戰的那幾個月妳也不曾找過我，妳知道我一天檢查多少遍訊息嗎？」

秦小希瞬間有想把他按在懷裡哄一哄的念頭。她用小指勾著他的指節，「我就算沒找你，但也沒有封鎖你，哪像你這麼狠心。」

「我怕妳找我，也怕妳不找我，乾脆把妳拉進黑名單，省得心煩。」男人說得斬釘截鐵，彷彿時光再重來一次，他還是會這麼做。

這個世界這麼大，兩個人要走散是極其容易的事情。秦小希冷哼一聲，「你就不擔心我也換聯絡方式？到時候你想找也找不到我，那怎麼辦？」

他的手轉而覆上她的手背，嗓音溫和，「如果真是那樣，那我希望妳幸福。」

搖晃的車身像搖籃，窗外的日光把大地烘得暖暖的，空氣裡存在著冬日的氣息，秦小希躺回椅背，盯著電視機上的人參廣告發呆，只見畫面中的老爺爺和老奶奶坐在公園的長椅上曬太陽，那畫面太和諧，她驀地就一陣心軟。

可惜她啊，偏偏只有和他在一起的時候，才能真正地感到幸福。

✦

秦小希和江敏皓最後雖然沒有拿到快問快答的一萬元獎金，卻意外收穫了另一份禮物。

在網路上擁有百萬粉絲追蹤的〈情侶話題〉將該影片上線之後，陸續有不少民眾為了親睹江敏皓的風采，不惜從其他縣市跑到秦家麵館用餐，亦有其他新聞媒體前來拜訪，以「兩碗麵的故事」為題，撰寫江敏皓和秦家之間的淵源。

樂不可支的秦硯與王菱貞找出江敏皓從前跆拳道比賽得獎的照片，張貼在麵館的牆上，生意可謂蒸蒸日上，秦硯嘴上總念著的退休計畫，恐怕是得暫緩了。

晚上六點，秦小希提著兩份湯麵到江敏皓家，將麵放在桌上，到神壇桌前給吳萍月上香，隨後又在沙發上坐了一會，看著桌上的湯麵，突然就好想念吳萍月。

從陽台收完衣服下樓的江敏皓，看見她發愣的背影，輕喚了她一聲。

秦小希回頭，淡淡地道了句：「一起吃晚餐吧！」

秦小希隨手轉了新聞台當做背景音，擱下遙控器，起身去廚房拿碗筷，女記者的聲音此時正好傳了出來，「記者實地走訪這家位於N市村原國小附近的秦家麵館……」

先是聽到母校的名字，接著又聽見自家麵店的名字，秦小希抱著兩個碗就從廚房衝了出來，江敏皓拿起桌上的遙控器，將音量稍稍調大了些。

電視正重播著昨日早上的新聞，只見畫面中，王菱貞站在店門口前接受訪問，在太陽下笑得燦爛，「哎呦，就是小孩子有口無心啦，我女兒當時就在外面跟人家說什麼，我媽媽就是你媽媽，然後我就多一個兒子了。」

秦小希的臉登時就熱了，她媽怎麼可以在全國觀眾面前這樣出賣她啊！

王菱貞說完還不夠，秦硯也湊上前來補充，「我們夫妻怎麼也沒想到，這個兒子居然比家裡兩個小孩還要爭氣。」

秦小希冷笑幾聲，心裡想著，秦棋書，有你我不孤單。

她長嘆了口氣，把其中一個碗遞給身旁安靜許久的江敏皓，只見那人唇角揚起，對著電視傻笑。

「你幹麼笑成那樣？」

他接過碗，笑著說：「因爲爸爸媽媽很開心。」

秦小希一愣，她很少聽見江敏皓這樣稱呼自己的父母，從前他總是希爸希媽的喊，此刻聽著卻沒有半點扭捏。

新聞進入下一則報導，秦小希把湯麵倒進碗裡，香氣轉瞬間溢滿整間客廳。

江敏皓捧著碗，喝了一口湯，瞥了秦小希一眼，那人正埋首吹涼手裡的湯麵，纖長的睫毛傾蓋在眼瞼上。

他忽地就憶起多年以前的事情，嗓音溫煦，「小時候阿嬤常常問我覺得妳這個小女生怎麼樣。」

秦小希聞聲精神一振，和吳萍月有關的話題，她便特別感興趣，回過頭問：「什麼時候？」

「妳送完麵回家之後。」

「那你怎麼說？」

「我說妳跑得很快。」

秦小希的期待瞬間落空。兒時的秦小希送完麵回家，王菱貞就讓她把雙手攤開，口袋內裡掏出來檢查，要是看見吳萍月給的零錢她就要挨揍了，這樣還能跑不快嗎？

秦小希故作耿耿於懷，按著自己的胸口，「我從小挨著皮肉痛一點一點把你養大，你還動不動惹我哭，阿嬤在天上知道了一定會難過的。」

江敏皓拿起她桌前的碗，拾起筷子拌涼湯麵，循著她的聲音也想起了吳萍月，「妳說阿嬤如果知道我們在一起了會怎麼想？」

「當然會很開心啊，她從以前就那麼喜歡我。」秦小希自豪地說。

男人眼眸含笑，「不是只有她啊！」

秦小希聽了，揚起嘴角，樂得都要飛上天了，江敏皓見她得意的樣子，微笑道：「妳也是從以前就那麼喜歡我。」

秦小希瞪他一眼，那人居然還恬不知恥地對她笑，笑得那麼好看。她伸手去搶他手裡的碗，「你讓我一次都不行啊？真是看清你了，和楊嘉愷一個樣，對喜歡的女生都不懂得憐香惜玉！」

楊嘉愷的名字才入耳，江敏皓的表情倏地一沉，秦小希見狀很是滿意，這招怎麼就次次見效呢？

格鬥傻瓜撇過臉專心吃麵、專心吃醋，一聲不吭。

秦小希得意地把視線轉回電視機上，看見新聞上的日期，默默在心裡一算，距離江敏皓離開台灣只剩下不到一個月的時間，她忽然就爲剛才的行爲感到後悔，他們哪有那麼多時間鬧脾氣，未來她想他的時候，說不定還要抱著他的被子哭呢！

她伸手去戳了戳他的手臂，「我鬧你玩的，沒生氣吧？」

「沒事，吃麵。」

聲音多冷淡啊！

秦小希揚起笑臉示好，「你知道我高中最遺憾的一件事情是什麼嗎？」

江敏皓此時忙著吹涼手中的麵，略帶敷衍地回應，「什麼？」

秦小希回憶起當年那個少了江敏皓的畢業典禮。「就覺得……沒能跟你留下一張畢業合照挺可惜的。」

她一席話說得真切，江敏皓忽地一愣，胸口堵著的氣瞬間煙消雲散，在無人見處，唇角微微勾動了一下。

沒意識到自己的安撫已經起了作用的秦小希，越說越起勁，「你失去保送之後天天翹課，缺席學校大大小小的活動，我後來就連要在畢業紀念冊裡找到你的身影都很難，你知道嗎？」

江敏皓放下手中的筷子，微微轉過身子，「妳還特地翻畢業紀念冊找我？」

秦小希故作鎮靜地清了清嗓，「因爲你封鎖我了啊！」

他不在的那兩年，她想他的時候就回去翻畢業紀念冊，看著照片裡的大男孩，想著他是不是也在世界的某個角落想著她呢？懊惱著自己究竟是怎麼把他氣得再也不想和她說話的？她曾默默地下定決心，如果未來還能和他見上一面，她要把她的喜歡老老實實地都告訴他。

「雖然你那時候封鎖我了，但我不怪你，我知道我們都盡力了，盡力在那個青澀的時期假裝自己像個大人。

「我很早就想好了，就算多年後我們再見時，你已經有了老婆、有了小孩，我也要替高中時期的秦小希，轉達她的心意給你，她的那份喜歡雖然不夠自信，而且還有點幼稚，但是非常非常眞心。」

十七、八歲的秦小希，笨拙地藏著自己的忌妒，明明目光所及早已全是他，卻又深怕這份喜歡不值一提。幸好，他們有足夠的時間任性一回，最終還是等到了彼此。

經過歲月的擠壓，長大後才曉得，喜歡本來就是一件不講道理的事情，嘴上說著要找一個比他更好的人，卻又矛盾地把他放在心上最重要的位置。

其實她知道，在這漫漫長路上，終究是他用他的青春，縱容了她的孩子氣。

全文完

番外
青春期的煩惱

江敏皓想過和好。

在他把那些言不由衷的氣話全在自習室宣洩出來的瞬間，在他看見秦小希的眼淚時，他就已經心軟了。

「如果妳也能多在意我一點就好了。」他不只一遍在心裡這麼想，希望她能看穿他莽撞的行爲背後，僅僅是因爲對她的在乎。

回想起來，在吳萍月離開以後，他就老是讓她哭。

倘若秦小希知道他即將到另一個遙遠的城市展開新生活，會不會有一點點捨不得？會不會也懊悔他們沒能早一點把話說開？會不會……希望他留下來？

才這麼想的時候，他已經騎著單車到秦家麵館外頭。濃重的夜色下，麵館的鐵捲門全降了下來。江敏皓抬頭看向二樓秦小希的房間，暖黃的光線自窗子溢出。

兩人方才在自習室爭吵的畫面歷歷在目，他糾結了半晌，始終沒勇氣喊她下樓。

少年在樓下呆站了十分鐘，直到王菱貞散步回來，撞見他失神的模樣，喊了一聲：

「小江？這麼晚了你人怎麼在這裡？」

江敏皓嚇得肩膀一震，擔心王菱貞的聲音傳到二樓去，心虛地跳上單車，「我正要回家，希媽晚安。」

王菱貞見他那慌忙的樣子，心裡多少也明白了，江敏皓近幾個月都沒來，兩個孩子估計為了什麼事情在鬧彆扭。

「小江，和希媽聊聊天吧！」

王菱貞拿出鑰匙邀江敏皓進屋，只見少年面有難色地杵在原地，她最後也不堅持，「就在外頭說吧！」

晚風徐徐，四周是一片寂靜。

作為從小看著江敏皓和秦小希打打鬧鬧的王菱貞而言，兩人這麼長時間的冷戰，還眞是第一次。然而，就她對江敏皓的了解，這孩子習慣把事都藏在心底，恐怕無法從他口中問出什麼。

「我們小希的個性也不知道是像到誰，愛面子、脾氣又倔，平時多虧有你包容她。」王菱貞打破沉默，認為先數落自家女兒準沒錯。

江敏皓微微一愣，淡笑著搖了搖頭，內心忽地就泛起了一陣酸，只怕如今她身邊有另外一個人包容她了。

王菱貞瞧了少年一眼，關心的問話到了嘴邊，卻愁自己思慮不周，反而造成他的壓力，最後轉了話鋒，「小江，有事沒事就來店裡坐坐，很久沒見你來吃麵了。」

江敏皓瞳眸一震，忽而間想起了什麼。

「希媽，我能問妳一個問題嗎？」

王菱貞隱忍著心中的雀躍，慈藹笑笑道：「當然，你想問什麼都可以問。」

青春期的煩惱可多了，課業成績、人際關係、感情問題，自吳萍月走後，江敏皓的親人都不在身邊，恐怕有很多心事都找不到人訴說吧？王菱貞相當樂意當他的聽眾，畢竟她也是他的媽媽啊。

「上次那個送小希回家的男生……」

王菱貞睜圓了眼，看來秦小希在學校有很多她不知道的祕密，她面上的笑容漸漸僵硬，就怕江敏皓接下來要問出什麼驚人的問題。

「他後來有留下來吃麵嗎？」

少年口中的上次，都是好幾個月前的事了，王菱貞絞盡腦汁地想，秦小希自從轉到一班後，確實和一個姓楊的男同學走得挺近的，不過到店裡吃晚餐這事還眞沒有。

她終於意會過來，原來是自家女兒神經大條，做了讓人家傷心的事情。

王菱貞見江敏皓那憂心忡忡的樣子，都有點心疼了，趕緊安撫道：「沒呢，沒有一起吃麵，他們不是一起吃麵的那種關係。」

至於一起吃麵的關係究竟是哪種關係，她一時也解釋不來。

熟料，江敏皓唇邊登時就漫開了一抹張揚的弧線，王菱貞瞥見他竭力壓抑勾起的唇角，也不由得笑了出來。

眞是傻兒子。

兩人後續又聊了些學校的近況，在外頭也餵飽了不少隻蚊子，直到王菱貞注意到時間不早了，便喊他早點回去休息。

江敏皓上了單車，在離開前又道了句：「希媽。」

「嗯？」

「我明天早上來送小希上學。」

江敏皓送秦小希上學這事在王菱貞眼裡不是什麼新鮮事，怪的是少年彼時看上去一副滿懷期待的樣子。

距離和好的日子應該不遠了。

王菱貞看著路燈下那抹修長的身影，覺得時間的流逝實在令人唏噓，曾幾何時，小鬼頭們也懂得爲情所困了？她默了默，最後頷首笑笑，「好，那就麻煩你了。」

番外二

男朋友的義務

考上同一所大學的林禹和楊嘉愷偶爾會約在撞球館打發時間。

位於地下室的撞球館光線略爲昏暗，清脆的擊球聲在耳邊接連響起，剛剛開完球的林禹讓出了位子，手機正好來了一通電話，他掃了眼螢幕上的名字後迅速接起，「你到門口了嗎？好，我過去接你。」

掛斷電話後，他把手機收回口袋裡，將視線掃向楊嘉愷，「有個人說想見你，我就擅自幫他了，我去帶他過來。」拋下這句話後，林禹跑了出去。

五分鐘後，林禹領著一個修長的身影走近球檯，「人我帶來了，打個招呼吧！」

顧著思考球路的楊嘉愷頭也沒抬，彎低身軀，水平持桿，銳利的眼眸緊盯著目標球，甩腕擊中白球向前推去，哐啷一聲，四號球精準入袋，母球則在球檯上旋轉退回。

這時，他才收回視線，挺直身板，將眼前的人納入了眼。

眼神交會之下，穿著毛呢外套的男人率先出聲，「好久不見。」白熾的燈光籠罩在男人身上，那人的氣質相比高中時期更添了幾分矜重，大有凱旋歸國的架勢。

楊嘉愷輕笑了一聲，對於他的到來沒有幾分驚訝，早在新聞大肆報導江敏皓的消息時，就猜到他回國的日子近了。

他垂眸拾起一旁的巧克，朝球桿皮頭磨了磨，微微斂起了眼，「回台灣找秦小希？」

「嗯。」

楊嘉愷盯著檯上的球型，輕握著球桿到球檯另一側，找了個角度，彎低身子瞄球，「她不在這裡。」

「我想請你吃一頓飯。」

楊嘉愷臉上染著幾許詫異，眉眼含笑，「我們的感情有這麼好嗎？」

江敏皓不怒反笑，這人還是和他記憶中一樣難相處，「只是想和你道謝。」

他的道謝應有幾種意思，楊嘉愷對這句話的解讀是「謝謝我不在的這幾年你代我陪在她身邊」，或是「謝謝你始終沒有越過那一條線」。不管是哪一種，都讓人不爽。

豈料，江敏皓所指的，是更久遠以前的事情。

專注著瞄球的楊嘉愷神色平靜，江敏皓沉默了一會，才將KTV那晚的事情交代了一遍，包括他接到他的電話，隨後又接到黃亭的電話，以及南神路發生的一切。

楊嘉愷緊黏著七號球的目光登時一顫，角度微微一偏，出桿擊中的母球未能順利繞過障礙球，在球檯上滾了幾圈後便停下。

突如其來的往事惹得男人臉色一暗，眸底愈發深沉了些。他試圖將腦中混亂的訊息理出一條思路，他記得那個夜晚，他在KTV接到家人的電話，楊若佟被送往醫院，最後到了凌晨才生產，產後失血過多，狀況一度有些危急，那命是搶救回來的。

仔細回想起來，當時人在醫院的他，確實沒有餘力關心秦小希後續是如何回家的，然而，現在看來，那通電話很關鍵。

四周空氣忽地有些滯悶，林禹清了清嗓，總覺得此刻的他，杵在這裡有些多餘。

「要不……我先出去買個喝的？你們兩個都那麼久沒見了，慢慢聊。」林禹說完也不等兩人回應，放下手邊的球桿，轉身往門口的方向溜了出去。

暈黃的燈光下，楊嘉愷挺直了背脊，看似在腦中計算著旋轉值，實則早已因爲江敏皓剛才的話而失神。

待情緒稍稍平復，才勾起唇笑，「既然如此，應該是秦小希請我吃飯，你來做什麼？」

江敏皓拾起被林禹扔下的那一支球桿，俯身架桿，左手腕貼著球檯，拇指和食指形成環型扣住球桿，雙眸緊咬著檯上的十號球，推桿出去，母球擊中十號球，撞上顆星反彈，再擊中十三號球，兩球接連入袋。

他深邃的眼眸漫進了幾許笑意，站直身軀。

「我來盡一點男朋友的義務。」

番外三
大洋彼岸

七夕情人節。

一對對濃情蜜意的佳偶深怕逮不著機會曬恩愛似的，有志一同地選在今天把A市擠得水泄不通。大街上隨處可見的小熊玫瑰花束、巧克力愛心禮盒和高朋滿座的餐廳，在秦小希眼中，這一切的一切都是如此的……與她無關。

在江敏皓回到魁北克之後，兩人開始了隔著海洋談情的日子。然而，情人不在身邊是一回事，心境上的調整又是另外一回事了。每到這種特殊節日，她的意志力就特別薄弱，捱不了僞單身的日子，只好纏著黃亭一整天。

黃亭最近迷上了手工編織，舉凡包包上的吊飾、環保杯袋、零錢包都是出自她的手中。兩人在吃過晚飯後到書店閒逛，黃亭翻看著編織書，秦小希則徘徊於在兩性關係的書櫃之中。

結完帳的黃亭緩步走向秦小希，只見眼前人目光搜索著架上的書籍，黃亭看了眼她抱在懷中的兩本書，其一是《揮別錯的人，人生才開始》，其二是《一個人也很好》，她面上驚恐，壓低音量道：「秦小希，妳該不會是想要分手了吧？」

秦小希的視線倏地被喚了回來，「啊？妳說這個啊？沒有啦，我就隨意看看。」

黃亭將雙眼瞇成了一條線，明顯不信。

她最近深陷在編織的坑裡，好一陣子沒有關心朋友的戀愛近況了，記得江敏皓剛飛出去的那一個月，秦小希三不五時就打電話找她，雖然多半時候都在哀號自己有多麼想念男朋友。

發現這謊圓不下去，秦小希轉過身，面色凝重地道：「老實說，一想到我們下次見面的日子遙遙無期，我還真有點後悔當初答應談遠距離戀愛。」

黃亭微微一愣，據她所知，他倆已經談遠距離五個月了，距離就和時間一樣，會使很多事情變得模糊，縱使如此，她也沒想過先說放棄的人會是秦小希。

秦小希收回視線，淡淡地道：「再說，他在國外的日子通通被比賽和課堂塞滿了，忙得沒有時間想念在大洋彼岸的我，我又幹麼這麼牽腸掛肚？」

「小希，妳先冷靜一點，妳有沒有想過，或許只是妳最近過得太閒了，才會胡思亂想？」

空氣留白了一會，秦小希終究沒繃住表情，噗嗤一聲笑了出來，「等一下，妳居然說我過得很閒？我最近又是念書又是打工，還一邊準備考汽車駕照！」

黃亭似乎沒搞懂眼前的狀況，仍一臉納悶。

「我才沒有要分手，這書是打算買來送火鍋店的同事，最近有個男同事被女友甩了，每天上班都躲在廁所哭。」

釐清事情緣由以後，黃亭才終於卸下臉上的擔憂，「秦小希，妳很無聊，以後妳眞的分手我可不理妳。」

秦小希示好般地上前挽著黃亭的手臂，「我們黃亭眞好，剛剛那麼擔心我呢！妳放心，我和江敏皓好不容易才走到一起，區區這點距離是打擊不了我們的。」

兩人一同向著結帳櫃檯走去，黃亭眼角染著笑意，「好啊，既然妳都這麼說了，那今年聖誕節應該用不著我陪妳了吧？」

某人的臉一下就垮了，「妳又沒有男朋友，陪我一下都不行？」

「妳有沒有想過我交不到男朋友可能是妳害的？」

「妳交不到男朋友怎麼會是我害的啊？是妳自己整天躲在家裡織東西都約不出門。」

「秦小希，妳越說越過分了，今年聖誕節我一定要放生妳，有本事妳找個男人和妳一起過。」

「親愛的黃亭，妳好像很希望看到我分手啊……」

番外四
前程似錦

秦小希從未想過在她拿到汽車駕照以後，第一個坐上副駕駛座的人居然會是——楊嘉愷。

大學畢業的暑假，秦小希正處於對人生迷茫的階段，而對於楊嘉愷繼續念研究所這件事她並不意外，眞正令她訝異的是，這人最後選擇出國深造，念的是遊戲開發。

於是江敏皓還沒回國，她又得目送另一個人出國了。

凌晨兩點，天色昏暗，馬路上冷冷清清，車子在夜幕中朝著機場的方向行駛，這是秦小希考到駕照後頭一次上路，她雙手緊握著方向盤，一路上神經繃得緊，身旁的人倒是氣定神閒，心臟比她還大顆。

楊嘉愷的視線從手機螢幕上移開，掃了眼車窗外的景色，「秦小希，按照妳這個時速，我們等等就可以看到日出了。」

秦小希沒心思說笑，依舊盯著前方的路，「你安靜點，這車是跟我哥借的。」言下之意是撞壞了她要賠。

時間推回兩個月前，秦小希聽聞楊嘉愷要飛往美國，相當講義氣地提議，「到時候我送你去機場吧！」

楊嘉愷買的是清晨五點的機票，有點良心的人看在時間這麼折騰人的份上，理應會回絕，可惜她忘了，楊嘉愷這人實在沒良心。

秦小希專注於路況，車上連音樂都不開，發覺身邊的人眞如她所要求地靜默了一陣子，又喚了他一聲：「你可別睡著啊，隨便和我聊點什麼。」

楊嘉愷側頭輕靠著車窗，閉目養神道：「江敏皓知道妳這個時間人在這嗎？」

秦小希嘖了一聲，撇了撇嘴，「你非要一開口就提到他嗎？」

男人微掀眼睫，凝視著呼嘯而過的街景，「你們吵架了？」

被說中心事的駕駛本人眨了眨眼，「呃……他就是有點介意我大半夜跑來當你的司機……」話到嘴邊，她皺了皺眉，重新糾正用詞，「好吧，是非常介意，我當初是不是不該那麼老實地跟他說？他本來就已經很討厭你了，但我又不想瞞著他。」

孰料，秦小希抱怨完不僅沒有暢快的感覺，反而有些心虛。想來想去錯的人好像眞的是她，但是她先前並不知道，楊嘉愷的航班會在這個天要亮不亮的時候飛啊！

滿滿的罪惡感瞬間襲上，秦小希深深嘆了一口氣，「楊嘉愷，你站在第三方的立場老實跟我說，我現在的行爲是不是眞的很不好？」

那人懶懶地抬了抬眼皮，笑著點評，「嗯，差勁的女友。」

秦小希握著方向盤的手一顫，慢半拍地意識到事情的嚴重性，腦中充斥的盡是江敏皓一回國就和她提分手的畫面。

「那我說要送你去機場的時候，你怎麼不阻止我啊！你可以拒絕我的啊！」副駕駛座上的人要笑不笑的，「那樣對我有什麼好處？」她是不曉得對他有什麼好處，反正對她而言絕對只有壞處。

秦小希如坐針氈，心想還是乾脆也買張機票飛魁北克好了，江敏皓可是曾經狠下心封鎖她的男人。

「江敏皓什麼時候回國？」

「兩週後，我們打算在A市租一間房子……」她乾笑了聲，「前提是他沒有因爲今天的事氣到和我分手。」

抵達機場的時候，時間還未到四點，楊嘉愷下車前又把話題繞回秦小希身上，「別怪我沒提醒妳，同居多半沒有好下場。」

男人解開安全帶，像在說一個不變的眞理，秦小希靜默了一會，想著這是楊嘉愷遠赴美國以前給她的最後忠告，思及此，眼眶就有點熱熱的。

她喜歡江敏皓有多久，這人都看在眼裡，一想到未來她的槳不在身邊，總覺得少了點什麼。

「是啊，往後要是我和他吵架，無法甩門離開，想找你的時候你又不在，你說我怎麼辦？」最主要的是這人可是秦小希手中最具威脅性的籌碼，她的籌碼這一飛沒個三年五年怕是不會回來的，她以後和江敏皓鬥嘴都沒氣勢了。

楊嘉愷沒發現她的憂愁，誠懇地說：「睡公園吧，現在公園也挺競爭的，妳找時間去占個位子。」

「我冒著被甩的風險載你來機場，你居然建議我去睡公園？」秦小希大概後半輩子都要懊悔自己交友不慎。

男人從容地下車，繞到後車廂先後拎出兩個二十八吋的行李箱，秦小希跟著下車，在一旁幫不上忙，只能眼巴巴地看著，「你到美國了記得和我說一聲啊！」

楊嘉愷應了聲，闔上後車廂，拖著兩只行李箱就要走，秦小希見這人走得那麼急，趕忙伸長脖子喊：「你到美國要好好生活，然後別太快交到好朋友，那樣我會……」挺孤單的。

這個念頭才湧上心頭，秦小希便硬生生壓了下來，楊嘉愷邁出去的步伐一滯，抑制著漫開的笑意，回頭瞅了她一眼，「會怎樣？」

夜裡微涼的風在兩人之間穿梭，秦小希清了清嗓，沒有坦率地說出心中所想，「我會為他祈禱的，遇上你這個人都沒好事。」

楊嘉愷將手肘輕輕靠在行李箱的手把上，只道：「妳知道林禹和我上同一間學校嗎？」

秦小希微訝，高中畢業後她和林禹的聯繫並不頻繁，加上那人也不怎麼活躍於社群平台上，她完全不知道這件事。「你們念同一間大學還不夠，現在還要手牽手一起去美國深造啊？感情這麼好？」

「妳高中的時候不也跟他玩得挺好嗎？」

「啊？還行吧！」秦小希不理解楊嘉愷為何要提起那麼久以前的往事。

「妳想找他的時候可以來美國玩啊！」

瞧這人把去美國講得像去鄰居家玩那麼簡單，她隱忍著想吐槽他的衝動，心底忽地一暖，笑了出來。

他和她都一樣不坦率。

「知道了，要是我哪天想他了就去美國找他。」

楊嘉愷頷首，看了眼手機裡的時間，是真的該走了，拖著手裡的兩個箱子轉過身，留給她一身瀟灑的背影。

恍惚之間，她似是回想起更久以前的記憶，高二下學期的時候，她曾在樓梯間甩開他的手，讓他別再和自己玩了，以免連帶著被排擠，當時的他毫不在意，那颯爽的背影帥氣逼人，她怕他得意，至今依舊沒告訴他。

在夜色的籠罩下，秦小希最後又喊了他一次：「楊嘉愷。」

男人旋過身子，兩人對上眼神，她揚起唇角的弧線，右手使勁在空中揮舞，「一路順風啊。」

後記
相信好事會發生

大家好，我是敘娜，《她的孩子氣》是我高中時期動筆寫的小說，也因爲這樣，老覺得這三個角色陪我走了好長的一段時間。

這個故事在我二〇二〇年剛進到POPO的時候，曾經以舊書名《好好在一起》連載過一次，也是我第一次參加華文大賞的故事，雖然當時沒能入圍，但這次的參賽經驗讓我回頭檢視了這個故事不足的地方，並且決定好好修過。

新版《她的孩子氣》將原先的第一人稱改爲第三人稱，增加了楊嘉愷的支線，當時又正好關注到綜合格鬥，於是決定在書中融入這個元素，讓江敏皓的人設更完整一些。

關於湯麵CP們，連載時收到一些留言說好羨慕女主角，眞想魂穿秦小希，覺得大家怎麼這麼可愛呢？雖然秦小希本人沒有覺得自己很幸運，先是喜歡上遲鈍到不行的青梅竹馬，還有個總是握有她把柄的損友，最後連媽媽都偏心別人家的兒子。但可以被兩個男生守護著的她，還是好令人羨慕啊！

在故事前期，江敏皓一直都把秦小希當作很重要的家人，那樣的在意不是異性之間因為好奇或不了解而產生的情愫，而是她從小就是他身邊無可替代的存在，他沒想過有天會有另一個男孩子取代他，陪在她的身邊，直到這時木頭才開竅了，不過當時的他處於很混亂的時期，因為自卑而沒有勇氣將喜歡說出口。好在小希也是死腦筋，固執地喜歡著一棵神木那麼久。

我在寫《她的孩子氣》時並沒有什麼野心，也沒有多大的自信，純粹是寫得非常快樂，因此收到馥蔓總編的來信，說想談實體出版時，真的很雀躍也很感謝。

這裡想偷偷出賣一下總編，談簽約時，她寄了封信說內容會比較長，要花時間讀一下，於是我很認真往下讀，看到其中一個章節居然是「關於楊嘉愷」，還寫道：「是的！我就是這麼喜歡楊嘉愷，喜歡到特別拉出一個章節來討論他，請容許我花一些篇幅來表達我對他的愛。」同時給了故事裡的貢丸遊戲很高的評價，看到的時候真的快被可愛死！開心到都睡不著。

楊嘉愷實在是收穫太多愛了，每次看讀者在留言區喊他愷哥、愷愷、寶貝愷，內心都覺得這男二真是太無法無天了……有讀者語重心長地跟我說，自己的心情像老母親一樣複雜，既希望他幸福，又捨不得他跟別的女孩在一起。很感謝大家如此愛他，你們的喜歡我都好好的收著了。

很開心《她的孩子氣》一路走到了這裡，謝謝城邦原創讓這三隻小鬼頭被更多人看見，謝謝責編啟樺在校稿期間耐心地給了我許多專業的協助，也感謝喜歡這個故事的每一個你們。

最後，想分享書中林柔伊曾和秦小希說過的好事定律給大家，「因爲相信有好事會發生，所以努力過好日子，然後好事眞的發生了。」希望將來面臨挫折、沒有信心、自我懷疑的時候，你們也能試著相信日子還有許多種可能，相信好事就在不遠的將來。

敍娜

國家圖書館出版品預行編目資料

她的孩子氣／敘娜著. -- 初版. -- 臺北市 ： 城邦原創股份有限公司出版：英屬蓋曼群島商家庭傳媒股份有限公司城邦分公司發行, 2023.01

面；公分. --

ISBN 978-626-7217-09-2（平裝）

863.57　　111020680

她的孩子氣

作　　者／敘娜
企畫選書／楊馥蔓
責任編輯／鄭廸樺、黃韻璇
行銷業務／林政杰
版　　權／李婷雯
副總經理／陳靜芬
總 經 理／黃淑貞
發 行 人／何飛鵬
法律顧問／元禾法律事務所　王子文律師
出　　版／城邦原創股份有限公司
台北市中山區民生東路二段 141 號 6 樓
電話：(02) 2509-5506　傳眞：(02) 2500-1933
email：service@popo.tw
發　　行／英屬蓋曼群島商家庭傳媒股份有限公司城邦分公司
聯絡地址：台北市中山區民生東路二段 141 號 11 樓
書虫客服服務專線：(02) 25007718・(02) 25007719
24小時傳眞服務：(02) 25001990・(02) 25001991
服務時間：週一至週五09:30-12:00・13:30-17:00
郵撥帳號：19863813　戶名：書虫股份有限公司
讀者服務信箱 email：service@readingclub.com.tw
城邦讀書花園網址：www.cite.com.tw
香港發行所／城邦（香港）出版集團有限公司
地址：香港灣仔駱克道 193 號東超商業中心 1 樓
email：hkcite@biznetvigator.com
電話：(852)25086231　傳眞：(852) 25789337
馬新發行所／城邦（馬新）出版集團 Cité(M)Sdn. Bhd.
41, Jalan Radin Anum, Bandar Baru Sri Petaling,
57000 Kuala Lumpur, Malaysia.
電話：(603) 90563833　傳眞：(603) 90576622
email：services@cite.my
封面設計／Gincy
電腦排版／游淑萍
印　　刷／漾格科技股份有限公司
經 銷 商／聯合發行股份有限公司
電話：(02)2917-8022　傳眞：(02)2911-0053

■ 2023 年1月初版

Printed in Taiwan

定價／350元

ISBN　978-626-7217-09-2

POPO城邦原創 www.popo.tw
城邦讀書花園 www.cite.com.tw